U0737257

柿子在枝头叫喊

王往 著

中国言实出版社

图书在版编目（CIP）数据

柿子在枝头叫喊 / 王往著 . -- 北京：中国言实出版社，2021.1

ISBN 978-7-5171-3646-0

Ⅰ.①柿… Ⅱ.①王… Ⅲ.①短篇小说—小说集—中国—当代 Ⅳ.① I247.7

中国版本图书馆 CIP 数据核字（2020）第 256121 号

出 版 人 王昕朋
责任编辑 代青霞　李昌鹏
责任校对 张国旗

出版发行 中国言实出版社
　　　　　地　　址：北京市朝阳区北苑路 180 号加利大厦 5 号楼 105 室
　　　　　邮　　编：100101
　　　　　编辑部：北京市海淀区花园路 6 号院 B 座 6 层
　　　　　邮　　编：100088
　　　　　电　　话：64924853（总编室）　64924716（发行部）
　　　　　网　　址：www.zgyscbs.cn
　　　　　E-mail：zgyscbs@263.net

经　　销 新华书店
印　　刷 北京中科印刷有限公司
版　　次 2021 年 1 月第 1 版　　2021 年 1 月第 1 次印刷
规　　格 880 毫米 × 1230 毫米　1/32　9.125 印张
字　　数 189 千字
定　　价 48.00 元　　ISBN 978-7-5171-3646-0

目录

CONTENTS

1

第二辑　小说观

第一辑

文 本

雨水淹没了村庄的道路

如果你是我们村里的人，你就知道我说的这些事没有丝毫夸张。

我说的是多年前的那场大雨。

现在我就带你去看看。

那是真正的一场大雨。傍晚时分，一阵响雷过后，粗大的雨点直直地砸下来，砸得什么都砰砰响。雨点越来越密集，几分钟后就连成了瀑布。天一下子黑了，牲畜和人都躲到能躲的地方了。地面上的水涨高了，从树丛里爬出来的蛤蟆，爬着爬着，就失去了地面的支撑，只能在水上笨拙地划动了。高处的雨水往低处哗哗流淌，如同河流决口，水面上浮着一层杂草、木棍和我们没有收回的破鞋子破盆。我们在昏暗中吃了晚饭，上床以后，听着屋檐下流水倾泻，无端紧张，在那铺天盖地的雨幕后，好像隐藏着什么更大的声音，担心房子随时要被冲垮。

雨下了整整一夜。第二天早上我们起来后，发现水已经涨到门槛了。突然间，水面一阵起伏，水花高溅，一条银白的弧线伴着巨响弹起，把我们吓得往后一退，紧接着堂屋里就出现了一条蹦跳的鲢鱼。我五岁的妹妹吓哭了。我爸却哈哈笑起来，一脚踩住了鲢鱼，让我们兄弟把它搬到水桶里。它把桶撞得咚咚响。这条倒霉透顶的鱼以为雨水能给它自由，没想到雨水很快就把它送上了绝路。

很快，我们就发现水里到处是鱼，村子里到处响起了捉鱼的声音。人们用盆子罩，用手抓，用棍子打，用叉子叉。各种各样的大大小小的鱼四处逃窜，它们飞起又落下，落下又飞起。它们甚至蹿进了猪圈和牛圈。不用说，大水让可怜的猪不能安睡，它们像牛一样站在水里，不时地抖动一下身体，想甩掉身上的水。鸡全部跳到草垛或树枝上，歪着头看着鸭子和鹅在水里显摆。

雨水把所有地方填满了，把所有地方都连了起来。

我们村和附近几个村地势低洼，处在一条大河的下游，别的地方的雨水都涌进来了。逢到初夏汛期这样的大雨必然是汪洋一片。我和哥哥也拿了盆和桶，跳进水里。我们还在家门口，正准备去别处捉鱼疯玩，有一条鱼自己跳进了桶里。我哥抱起它，吓唬着妹妹，大鱼要吃人啦。然后将它扔进了门里。妹妹已经不再害怕了，咯咯地笑起来。这时，我妈站到了门口，她让我们回屋里。

"有什么好玩的？"她说，脸上满是忧愁。我们愣在那里，不知发生了什么。

"鱼塘的鱼都跑了。"她看着身边的我爸说。我们家承包了村里几十亩鱼塘。

"这有什么办法。"我爸说，"这么大的雨水，哪家的鱼塘都保不住。"

"承包费有一半是借的，到时候拿什么还？"我妈又说。

我爸看了我妈一下，脸阴下来，没有理她，对我们一挥手："你们捉鱼去。"

我妈走到村路上，鱼就在她的身边跑来跑去。全村的人都在捉鱼，我妈孤零零站着，没有人搭理她。

中午的时候，天色又暗了下来。闷热当中，惊雷再次响起，大雨随之而下。几个小时以后方才停下。四面八方的水涌向我们村，好像我们村是用来蓄水的水库；水位又抬高了许多，角角落落都是鱼，都是捕鱼的人。有些人捉到了鱼，故意高声喊着，引起我妈的注意，或者直接抱着鱼从她身边走过。要知道，自从我们家承包了鱼塘后，有人偷偷去钓，有人偷偷去下网，我妈只要发现，就会不客气地将他们赶走，将他们的渔网拖走。她总是能神不知鬼不觉地出现在偷鱼者身边。他们恨死她了。

村里人捉了鱼，马上去鳞破肚，腌了起来。很快代销店的盐就卖光了，不能腌上的鱼在初夏的闷热中只能变质发臭。这种腥臭黏在人们的身上，散布在空气中，流淌在水里，但人们仍然兴奋地四处追逐。有人开始将没有发臭的鱼背去城里卖了。雨水里的鱼一下子涌到了街道上，这种腥臭从乡村扩散到了城里，随处可见捂口掩鼻的人。令村里人失望的是，鱼价从之前的两三块钱一斤跌到了五角一斤。五角钱只够买两袋盐。有人就将卖鱼的钱直接换成了盐，然后急匆匆往村里赶，他们要捉更多的鱼，将它们变为咸鱼。

"他们捉的都是我们的鱼。"我妈还在絮叨。但是没有人理她，我爸也不理她。我爸让我们尽量多捉鱼，说到时候咸鱼也能救命。

雨水带来了一时的狂欢，人们很快就陷入了愁苦之中。蔬菜没在了水里，玉米倒伏了。我妈拿着一根棍子探路，去了稻田。水稻是我们的主粮。

雨水把什么都连成了一片。田野里一只鸟都没有。所有的水稻都没在水里，倒是那些稗草在水面招摇。我妈走到自家的田边，站在齐腰深的水里，伸手探着一棵稻子，它的叶子已经开始烂了。她又去探另一棵稻子，它的叶子也烂了，秸秆上裹着一层黏液。我妈用探路的棍子使劲拍打着水面，好像这样可以把雨水击退。一条鱼在她身边飞起，差点把她撞倒。

她顶着阴沉沉的天空回来了。

"稻子的梢头都淹没了。"她对我爸说。

我爸正对着屋子里一堆半死不活的鱼犯愁，因为再也没钱买盐了。一只只鱼眼睛嘲讽地看着他，让他抓耳挠腮。

"你也不去稻田看看。"我妈又说。

"我不看也晓得。"我爸看也不看她。

"要是稻子死光了，秋天你就等着喝西北风吧。"我妈将探路的棍子扔进了门外的水里。

我妈的话不是没有道理，我们遇到这么大的雨水不是一两回，庄稼绝收，等着我们的就只有饥饿。

我爸说："难道是我叫老天下这么大雨的？"然后，高声骂了她几句。

我妈说："我就不该嫁到这么低洼的地方，它就是个水牢。"

我爸说："你活该。"

他们老是吵架，我都烦透了。

暴雨每隔几小时就下一阵，好像要将我们的村彻底吞灭。水位不断涨高。有些人家的屋子里开始进水了。有几户人家的泥坯小屋倒了。

村里人慌张起来。我们这里的房子都是土墙草顶，墙基都是石头，但那露出地面的部分高度有限。如果大水漫过石头，土墙将不堪一击，随时可能坍塌。

我爸带着我们开始在房子周围打水坝。别的人家也都这么做了。我们就地取土，鱼就在水坝里外跳着，但是我们顾不上它们了。我们正忙得满头大汗时，婶娘蹚着水来了。她对我爸说，我妈带着我妹妹，挎着包袱，已经走上通往集镇的路上了。

我爸并没有吃惊，"哦"了一声，拄着铁锹愣了一会儿说："让她走吧。"

我妈一吵架，就会出走，多数时候是我爸把她找回来，也有时候是她自己回来。

"你把我的脸丢尽了。"每次我妈走了再回来，我爸都这么说。我爸还对她说："只要你不把两个儿子带走，以后爱去哪儿去哪儿，我是不会再找你了。"

婶娘对我爸说："你还是把她拉回头，要是真走了就麻烦了。"

我爸说："随她去吧，我要先保住房子。人家女人都安稳，就她要走，给我丢脸。"

但是我心里很紧张，我跑到路上，看着白茫茫一片水，想要哭了。我突然很羡慕妹妹，妈妈每次出走都带着她。我爸冲我喊："你站那儿干什么，你给我回来打坝子，她会回来的。"

我们打好了水坝，让它远远高出墙基，把每一个地方都拍得结结实实，把坝内的水统统刮了出去。

房子安全了。

我每天都会走出村子，去通往集镇的路上站着，等着我妈和妹妹。有一天晚上，我做了一个梦，梦见我妈和我妹回来了，她们骑在一条大鱼的身上，在汹涌的水里朝着村庄奔来。我把这个梦告诉了我爸，我爸听了说："你妈害怕下大雨，到处是水她会吓死的。"

暴雨总算过去了。太阳报复似的烤着村庄，气温急剧上升。淹没在水里的蔬菜露出来了，但从根到叶都烂了。腐臭味四起，任何庄稼都在烈日的烘烤下加速死亡。倒伏的玉米已经无力站起，花粉干枯在穗子上，水稻的叶子烂透了，蝗虫和蚂蚱在啃着它们的秸子，白色的黄色的蛾子飞舞其间。

水位在一点点下降。鱼塘显出了形状。我爸踩着泥泞去了鱼塘边，在那儿一站就是半天。

一天，村里的管强找到了他。管强很神秘地跟他说了一会儿话。我爸低声骂了一句："狗日的，尽给我丢脸啦。怕事有事……"

我爸回到家里，坐在门槛上一根接一根抽烟，我和我哥也挨着他坐着。我们问他，要不要找我妈她们，他突然就来火了："本来想去找的，现在不想找了。动不动就离家出走，她把我的脸都丢尽了。我是不想她回来了，你们也不要想了。"

可是当天晚上，我爸睡了一会儿，又起来了，对我们说，他还是要去找我妈和我妹。他让我们都睡下，给我们掖好被子，吹灭了灯，就走出了家门。

我妈终于带着我妹妹回来了。

但是我爸却没有回来。村里人说，我爸负债逃跑了。我们家人不相信他会逃跑，但是我们不知道他去了哪里。

我们问管强，我爸走之前，都跟他说了什么，管强说瞎聊几句，没说什么。

在接下来的日子里，我妈把地里腐烂的庄稼都铲了，把板结的土重新翻了一遍，让它们接受烈日的烘烤，直到烤得发白，再把它们敲碎。她一个人做这些事情。她在这些土里种下了萝卜、白菜、菠菜、油菜。她对我们说，现在只能种这些蔬菜了。她还说，秋天了，这些菜卖了，可以换粮食。

在这些劳作的日子里，我们只能吃稀饭和咸鱼，咸鱼的咸和腥臊让我们难以忍耐，吃到呕吐。我妈说："再难吃，也比稀饭有营养，吃了它，才有力气干活。这是你爸留给你们的。"

秋分到了，要种麦子了，我爸还没有回来。我妈带着我们把水稻田里的稻根和杂草都铲了，然后赶着牛下了地，她说，把水稻田犁上一遍，晒上几天就可以种小麦了，明年春天就能吃到麦子了。在我们这里，女人犁地，我看到的只有我妈。水牛不听她的，要么跑快了，把犁铧拖倒在地，要么站着不动，任她怎么吆喝就是不理。我妈让我哥抓着牛鼻子上的铁环，倒退着走，慢慢控制住了水牛。

犁了几趟地，我哥累了，就坐到了地上。我妈让他歇歇再起来，我哥却哭了。

"我爸到底去哪里了？"我哥咆哮着。

"也许他死了。"我妈说，"不管怎样，我要把麦子种上。"

我们再次去问管强，我爸走之前，他跟我爸说了什么，管强说真的没说什么啊，有些事他叫我不要跟任何人说，"你们实在要问，就去问你妈好了"。我妈怎么能知道他们说了什么，我们觉得管强的话实在气人。

种下的麦子很快露出了芽，又很快长成了青苗。我爸还没有回来。这期间，我妈去找过他，但是没有结果。

"我们还差人家钱呢，他就丢下我们不管了。"我妈说。但我们都不想理她，如果不是她出走，我爸就不会失踪。

有一天晚上，我做了一个和以前一样的梦，梦见我爸回来了，他骑在一条大鱼的身上，在汹涌的水里朝着村庄奔来。我把这个梦告诉了我妈，我说："上次你走了以后，我也做了这个梦。"我妈听了，想了想说："我们这里的雨水太多了，我也老做这样的梦。"

　　这时候，天很冷了，鱼塘的水位很低了，我妈雇来了抽水机。她说，要起鱼了，城里人都等着腌咸鱼了，这会儿价格会不错。

　　鱼塘的水抽干了，比往年的鱼少了七八成，村里人说，算上承包费、饲料费，再除去抽水机的费用，我们家这一年真是亏大了。我妈说："不管了，明年再放鱼苗吧。"她让我们把河底的每一个角落都找一遍，无论多么小的鱼都捡上来。

　　我们听她的，把河底的每一个角落都找了一遍。最后，在一个水洼里，我们发现了一副男人的骸骨。

　　安葬我爸骸骨那天，我妈对着怀里白绸包着的骸骨说："他爸，孩子说得对，你真是骑着大鱼回来了。"

　　我妈让做碑的人在他的碑上刻了一条鱼。离开墓地时，她摸着那条鱼说："他爸，以后再穷，我也不去讨饭了，我再也不会让你丢脸了。"

　　直到现在，我们那里还是经常遭受水淹。雨水到来时，还会将大片农田和整个村庄困住，还会有四处逃散的鱼群。

　　我母亲还生活在那里。自从那个多雨的初夏重返家园后，她再也没有离开过我们村。再也没有。

夕阳山外山

宋街有这么三个人，很有意思：穷开心于之际、穷讲究袁梅青、穷大方杜乃撰。人称他们宋街"三穷"。三个人都在宋街长大成人，起初没有什么交往，原因是行当不一样。后来熟识，也是偶然。于之际是扎花圈的，捎带着做些跟丧事有关的活儿，比如写挽联、入殓死者等。这些事能多少得些烟酒钱。于之际有一笔好字，擅行草，不知师法何人，但有他的个性，间架结构疏密参差，颇有粗头乱服的不羁之美。人家请他写挽联，一是图他字好，二是他根据死者生评编撰的内容，入情入理，恰如其分。他扎花圈的时候，总是放着音乐。他有一个唱片机，什么曲子都听，有地方小戏，也有流行音乐，还有外国古典音乐。有时，他也跟着曲子哼，手头的活儿照样漂漂亮亮。他的铺子很少有人去，但是不冷清，他活得也好像很自在。中午和晚上，于之际都要喝几杯，有菜没菜都喝得有滋有味，喝几口，停下，抽一会儿烟，再喝，脸上一层高粱红，皱纹里荡着笑，好像从来就没有什么心思。

旁人看来，他不应该是这样的，都说他穷开心。前几年，于之际的女人带着孩子走了，听说跟了一个跑码头的老中医，他也不打听，不找。人家问他，他就一句话：

"嫌我穷，过好日子去了。"

于之际除了扎花圈，还爱扎蝈蝈笼子。他的蝈蝈笼子花样多，窄檐儿的小屋，宽檐儿的宫殿，宝塔形的庙宇，尖顶的欧式教堂。每到秋天，他都去乡下背一捆截好的高粱秆回来，放在背阴处晾着，这样慢慢阴过的高粱秆不易断裂，颜色好。他的蝈蝈笼都是黄灿灿的，像贴了金箔。

扎花圈是为了糊口，扎蝈蝈笼子纯粹是好玩，蝈蝈笼子扎好后他大多送给街坊的小孩子。孩子们想他的蝈蝈笼子时，跟他亲得不得了，玩过了，照样跟他调皮捣蛋，他们会跟在他后面嚷：

于之际

扎花圈

一圈又一圈

把他圈里边

于之际走着走着，突然转过身来，一跺脚，吓唬道："你们这些小东西，明年别想蝈蝈笼子了！"

孩子们一哄而散，于之际却又哈哈笑起来。

到了下一年，蝈蝈叫了，他照扎不误。扎好一个，看见谁家孩子路过门前，他就喊住了：

"伢子，要蝈蝈笼子吗？"

孩子站住了。

他就拿出笼子来，提着，来回抖着：

"伢子，你看，漂亮吧？拿去玩。明年再给你扎一个。"

他自己的铺子里也挂着个蝈蝈笼子。自打女人和孩子走后，他晚上就睡在铺子里，听蝈蝈一声一声长长短短地叫。

秋天过后，他又养起了蟋蟀。一个彩釉罐子，就放床头柜上。蟋蟀也是一声一声长长短短地叫。

有一回，他在纺织厂院墙外的檀树根下捉了一只"大扁头"，前胸如鼓，后肢粗壮，牙口阔大，触须刚健，让不少人羡慕。城北的玩家刘少楠知道了，摸上门来，从六百加到两千，也没谈成。

"这不能给你，我自己要听呢。"不管他出多少钱，于之际只是摆手。

"蟋蟀是用来斗的，哪是用来听的呀？老于啊，你外行了。"

于之际听说过刘少楠这个人，他斗蟋蟀赢了不少钱。但是于之际还是不想卖："斗蟋蟀我不懂，我就喜欢它叫，留着听，图个开心。"

"我这价是顶高的了，不信你去打听打听——你要这玩意干什么呀？"刘少楠不死心。

于之际愣了一下，笑道："我开心嘛，穷开心。"

刘少楠走了，一路骂骂咧咧："穷开心，真他妈穷开心。"

于之际还交了个相好的，叫黄朴芬。黄朴芬是木器厂会计，长得不丑，男人瘫痪了，还有三个孩子。外人看来，这个黄朴芬有图他钱的意思。邻居陈奶奶问于之际："你没少贴她钱吧？"

于之际说："我哪有什么钱贴她？我这铺子哪有什么大来头？"

"多多少少总会贴一些吧？"

"你说我要钱做什么？"

"你就是穷开心，不能留点钱给自己？到哪天走不动做不动了，我看你怎么办。"

"陈奶啊，我天天睡花圈店里，生死还看不透吗？晚年再说晚年话。"于之际哈哈一笑。

穷讲究说的是袁梅青。

袁梅青早上醒来，必然要喝一杯红茶，他说早上喝红茶能祛除体内寒气，让脑子一天清爽。他都是坐在床头，拥着被子，叫女人云霞现烧，隔夜的水不用，云霞一边烧水，一边听他伸长脖子叮嘱，"烧到蟹眼泡就行了"。

云霞就嗤他："蟹眼泡，蟹眼泡，螃蟹眼到底多大，你量过吗，穷讲究。"

嗤归嗤，还得听他的。烧了水，放了茶叶，用一个青瓷茶盏捧给他。袁梅青却又不急着喝，把被子往上拉拉，双目微闭，说让茶叶在水里安个神儿，自己也要先安个神儿。

中午，袁梅青喝绿茶，他说绿茶去肝火；晚间喝黑茶，说是暖胃，助消化。云霞忍不住笑了："你晚上吃的棒面稀饭，就的萝卜干，有什么消化不了的？"

袁梅青自己也笑了："这个……主要是暖胃。"

说起来寒碜，不管早中晚，云霞在他的茶杯里只放一两片茶叶。

好茶喝不起了。

袁梅青做生意亏了，从天上跌到了地下。

他是做古玩玉器的。二十几岁入行，从南到北，赚钱无数，在宋街，在淮城，没有几个不知道的。有钱的时候，他养鸟养鱼养花。他养的观音鸟，要去几百里外的南京夫子庙购专用草籽。养兰花只养翡翠兰，一盆上千块。前几年，去了一趟缅甸，被人下套子，买了一块赌石，一榔头下去，却是"败絮其中"，并无翡翠。所谓"一榔头下去"，是宋街人随嘴瞎嚼的，他们哪里知道，翡翠是用刀锯切割的。这话传到袁梅青那儿，他就止不住地笑。

那次一赌，几乎让他倾家荡产。

几年了，就在家歇着，什么也不干。幸好，手头还有些留着把玩的小物件，实在缺钱了，就拿一两样去文庙古玩市场换几个零用。

有了钱，先去花街的仙鹤池。他喜欢泡澡。有意思的是，泡澡时，他从来不去太早，估计上了不少人才去，说开始时的水"寡"人，伤皮肤，至于什么道理，他也说不出来。泡到微微出汗了，开始搓背。搓好了，伙计用热毛巾捂到背上，用力一拍，一旋，再随手往下一抹，快速递到他手上，他嘴上说着"舒坦舒坦"，迅速在前胸一抹，就歪到躺椅上，盖上浴巾，叫伙计泡杯浓茶，"杀杀口"，然后，再叫伙计"丫"（剖）一个青萝卜。淮城澡堂里的青萝卜都挑大小差不离的，论个儿卖，一个价。伙计一手握着萝卜，一手握着弯头小刀，"咔咔"几声，裂开一个"井"字口，里面也是青碧如玉。他吃的这种萝卜，叫钵池山青萝卜。汪曾祺在《萝卜》一文中写过："我在淮安头一回吃到青萝卜。曾在淮安中学读过一个学期，一到星期日，就买了七八个青萝卜，一堆花生，几个同学，尽情吃一顿。后来我到天津吃过青萝卜，觉得淮安青萝卜比天津的好。"汪老强调"青"，就是指里外皆青，这种萝卜只有淮安钵池山才有。青，脆，带着丝丝甜。

袁梅青吃萝卜也有讲究：只吃中段以上。说靠后的地方水分少，不甜。

喝了茶，吃了萝卜，就睡上一两个钟头。别人醒了穿衣就走，他起来再叫伙计上一杯茶，这杯茶他只喝一两口，说是为了"醒迷"。

他这一把澡，比别人多花不少钱。

要是杜乃撰来了，他就不必花钱了。

杜乃撰喜欢侃，喜欢交朋友，聊上几句，就不把你当外人了，结账时抢着付钱。他侃什么呢？奇闻逸事，历史掌故，南北风情，都是浴客们闻所未闻的。据说，他还会武功，但没人见他亮过招，只是知道他会玩石锁，七八十斤重的石锁，两手交替着，前后左右能转几圈。有爱讨小便宜的，会故意跟他多侃一阵，混个好感，他就把账一起付了。

袁梅青和杜乃撰交往，就从杜乃撰给他付账开始的。

袁梅青说："老大，你这个人呢，义气，做大事的料。"他比杜乃撰小一岁还不到，却叫"老大"，颇显尊重。

杜乃撰一笑："我就没想过做什么大事，我的想法是，一个人赚十个钱，要有三个给家里，六个给朋友，一个给自己就行了。"

袁梅青说："给朋友的六个也是给自己的。"

杜乃撰想了想，笑了："你到底是见过世面的，这话对！不过呢，我没想那么多，我就是穷大方。"

杜乃撰的确是穷大方。他父亲是从山东潍坊过来的皮匠，在宋街落了脚后就再没回去。父亲就是一个乐善好施的人。有乞丐过他的铺子，他必然要施舍几个。杜乃撰记得，他十几岁那年，有一回父亲给乞丐钱，旁边卖肉的黄四对他父亲说："这些人都是装穷，家里说不定住瓦屋楼房呢。"父亲对黄四说："我看还是穷，有钱人家的老父老母不会装要饭的吧。"黄四说："这些人就把要饭当行当了，别可怜他们。"父亲说："就是把要饭当行当，也要体谅，你卖肉是行当，我修鞋子是行当，就不准人家把要饭当着行当？我看要饭的也是风里来雨里去，也辛苦。咱给人家一点儿，是人情，不给是本分，你不给，还反对别人给，过分了。"黄四就闭了嘴。父亲也是个穷大方，在市场买菜时，从没还过价，卖菜的那些乡下人差点把他当菩萨了。有一回，慈云寺修缮，方丈来化缘，他一个外乡人，把一年手艺钱全捐了。他在宋街人缘极好。父亲的这些事儿，都给他留下了很深的印象。

杜乃撰像他父亲。他原来是木器厂的车床师傅，后来，一只手掌让机器绞了半截，厂里让他去收发室，他不干，跑出来开了油漆店。生意还不错。但是他大手大脚的，好交朋友，还是没什么钱。他小舅子不孝，对父母不好，来他这里哭诉，杜乃撰听完，二话没说，让两位老人直接搬到他家，连他对象都吃惊了。杜乃撰说："不就多两双筷子吗，我们不管，难道让老人上街要饭？"每年春节前，他就早早去了银行，换一大把五块十块的新票子，等着大年初一的街坊孩子，上门拜年的也好，门前遇到的也好，嘴甜的叫他叔叔或伯伯的，性格腼腆不好意思吭声的，他都给一张唰唰响的压岁钱。他在宋街的人缘，和他父亲一样好。他的朋友多得没法说，三教九流，四面八方都有。他好交往，到了荒唐的地步，有时想请朋友吃饭，没有钱，就跟朋友借钱，然后再请他们吃饭。朋友多，找他帮忙的人就多，他也总能想出法子帮上，因此，他还老不闲着。

于之际也经常来仙鹤池。

在这里，宋街"三穷"结了缘。

于之际洗了澡，就要唱戏。他不喜欢搓背，自己好歹擦擦，就出了池子。刚挨着躺椅，就会有人提醒他：

"老于，来一段。"

"好啊，好啊。"他一边用热毛巾抹着脸，一边应着，一点儿也不拿架子，好像他来浴室不是为洗澡，而是为了唱戏。

袁梅青就赶紧说："老于，不急，先来杯茶，润润嗓子。"

于之际摆手："不用不用。"

"那来一丫（瓣）萝卜？"

"不用不用，我都不喜欢。"

杜乃撰在一旁说："润润嗓子好，今天我给钱。"

于之际一边摆手，一边开了声：

　　小姐呀小姐你多风采

　　君瑞呀君瑞你大雅才

　　风流不用千金买

　　月移花影玉人来

唱到兴起，就起身表演了，因是穿着短裤，颇有几分滑稽，惹得众人想笑，但是再往下听听，就听出了他的用情，没有人笑了。

　　今宵勾却了相思债

　　一对情侣称心怀

　　老夫人把婚姻赖

　　好姻缘无情被拆开

　　……

有时候他也说顺口溜，这些顺口溜不知是他自己编的，还是听来的，都很入人心，也很好玩。

浴客们好像更喜欢顺口溜，澡堂里嬉笑声一片。过会儿，大家就你一言我一语地侃起了种种世态……

出了浴室，如果赶巧是饭点，杜乃撰必然要请袁梅青、于之际喝点小酒。大多去车家老馆。车家老馆是车桥的老板车人顺开的，淮扬菜正宗，最有特色的是大煮干丝和青萝乌仔羹。据说，车人顺的祖辈接待过河道总督靳辅、军阀孙传芳，父辈接待过国民党要员韩德勤，到他这代已经是第五代了。但是，馆子并不大，价钱也适中。

几杯酒下去，袁梅青就有了愁绪，眼睛朝着窗外，似乎就他一个人在喝酒。

杜乃撰说他："梅青，你这是怎么了？别老愁眉苦脸的，你跟老于学学，开心开心的，啊。"

袁梅青说："老大，你不晓得，人呢，想的那样东西得不到，反而不怎么愁，愁的是，有了以后，又他妈没了。"

于之际接过话来："嘿，不就是做生意亏了嘛，又不是吃上顿没下顿，开心也是一天，憋屈也是一天，你何必啊？来来，敬你一杯。"

杜乃撰也端起酒杯："我也敬你，开心些，说不定哪天还会东山再起的。"

袁梅青与他们碰了杯子："不瞒你们说，别看我天天在家蹲着，其实头脑里一直盘着生意。"

不长时间，袁梅青去了于之际的花圈店。

是于之际叫他去的。

袁梅青在文庙古玩市场，发现了一套明朝的日文刻本《史记》，心头一震，中国宝物历来为外邦所掠居多，在此小城如何有此奇书？说不定是孤本。袁梅青觉得翻本的时候到了，佯装平心静气讨价还价，从十万讲到六万，卖家就再不让步了。袁梅青找了几个生意场上的朋友，想凑一笔钱，没有结果。

袁梅青闷闷不乐，昏昏沉沉，就拐到了杜乃撰那儿。

"你真看准了？"杜乃撰问。

"看准了，这方面我钻研了不是一年了，不管是从纸张还是从装帧看，都是那个时代的。我还偷着记了一段日文，去了一趟上海，请教了名师，不会有假。这个东西到了上海那边至少翻两倍价钱。"

"真想下手？"

"想啊！急死了！"

杜乃撰想了一会儿，说："我没有余钱，这样吧，我原来买过一个小房子，或许能值五六万，租出去了，现在我就把它卖了。"

"这……不是太为难你了吗？"

"我成全你一回。"

"老大，事成之后……"

"不要说那么多，等你能赚了再说——一定要有把握啊。"

"放心，这回算看准了。"

杜乃撰的房子卖得急，对方出价五万不到，他一咬牙出手了。

于之际听杜乃撰说了这事儿，就对他说："你再碰见梅青的话，让他到我那里去一趟。"

袁梅青在花圈店外站着，铺子里的唱片机放着音乐：晚风拂柳笛声残，夕阳山外山。天之涯，地之角，知交半零落……

袁梅青让这歌搅得快要哭了。目光散散的，不知看向何处。

于之际说："你进来啊，梅青。"

袁梅青进去，连个坐的地方也没有。

于之际关了音乐，指着唱片机，问他："这个你识不识得？"

袁梅青只看了一眼，就惊得说不出话了。

于之际说："梅青，你恐怕还不晓得，我家原来可不是一般人家，我爹（祖父）留学过英国，我爸在白崇禧手下做过副官，这运动那革命的……我最没出息。这是我爹留下的，哥伦比亚黑胶唱片机……"

袁梅青说："老古董！"

"你拿去吧！"

袁梅青瞪大眼，又叹口气："只怕以后有钱了，也找不回它了。"

于之际说："你先卖了，凑凑，把生意做起来，开开心心就好，没有它，我照样听戏，二三十的，买个收音机，不也一样听吗？"

于之际病倒了。

临终时，多年前走掉的女人和孩子又回来了。于之际强撑着下了床，带他们去饭店吃了一顿。

女人说回来也没别的事，孩子在那边成家了，一是来看看他，还有就是问他家里的老房子怎么处理。

于之际心想，这么巧啊，知道我不行了，你们也回来了。回来也好，毕竟见了孩子一面。于之际说："这还要问吗，老房子当然是你们的了。"

女人说："我是怕哦，你再上那个女人的当，一辈子的钱全让那死女人套去了。最后，还不是我们来送你。"

于之际想：她怎么知道我和黄朴芬的事？

女人又说："房子的事，你最好立个遗嘱。"

于之际说："没有人套我钱，我给谁东西都是自愿的。我说给你就给你了，立什么遗嘱？不是人人说话都变来变去的……你放心！"

于之际死去的那天黄昏，来了一个女人，把一沓钱塞给了他前妻，默默走到灵棚里，跪在他身边，磕了四个头，说："老于，我来看看你，也算送你一程，你到那边还要开开心心……你帮衬我的，我都会记着。我走了啊。"

说罢，起身出了灵棚。

最终，还是哭了。

擦着泪水穿过人群，拖着夕阳走了。

袁梅青碰碰身边的杜乃撰，说："老于有她这把泪也算值了，这女人不简单。"

杜乃撰说："老于也不简单。"

守灵到半夜时，袁梅青跟杜乃撰商量，要在桃花坞陵园为于之际买一块墓地，那是本地最好的陵园，挨着古淮河南岸，北高南低，背风朝阳，左桃花，右梨园，风水极佳。只是价格昂贵，连地皮加造墓，少了十万下不来。

杜乃撰略有些为难，说："你我一人一半，行，就是我最近手头不宽松，要不……换个地方？"

袁梅青说："你别费神了，这钱我一个人出。你的情况我不是不知道，老大，我们之间你就别争了。"

清明时，袁梅青、杜乃撰相约去桃花坞扫墓。黑色大理石上，"于之际之墓"几个字，遒劲，端庄，是本市最有名的书法家庄德晖的手笔。那是袁梅青特地上门求来的。庄德晖没收他润格，袁梅青以一份厚礼代替了人情。

杜乃撰说："梅青啊，你这个讲究人，让老于也讲究了一回。"

袁梅青说："他配！"

出了陵园，杜乃撰跟袁梅青开起了玩笑："桃花坞这地方确实不错，梅青，以后你也给我安排这地方。"

袁梅青也逗他："而且，我也要请名家给你写碑！"

"要是不知道的，还以为我自己生前请人写的，岂不是又说我穷大方？"杜乃撰笑得更响。

十多年后，杜乃撰真的住进了桃花坞，和于之际的墓相隔不远，碑文也是名家手笔。

于之际，杜乃撰走了，后来黄朴芬又走了。

好多人都走了。

袁梅青很老了，生意上的往来基本断了。他说做他这一行的，老了固然更有经验，但是老了也容易犯糊涂，到了一定年龄，错误就犯不起了，不如在家玩着，安安稳稳度晚年。每次去桃花坞，他都要带上一瓶好酒。老伴云霞说："上坟要这么好的酒吗，你也是……"

他就笑起来："这么多年了，你又不是不晓得，讲究惯了……"

把天空拉弯

很多人，很多时候，对老家的情感是矛盾的。老家像一把曾给你挡过风雨，但是已经破旧了的雨伞，让你无法取舍。通向老家的路，似黄叶从枝头飘向土地的过程，说不清更应该眷念哪一头。

腊月二十八，我赶到了老家。大巴车在小镇的含沙河桥头停下。下了车，一阵清凉，气流像寒霜一样擦过脸庞，一路舟车辗转的劳顿，飘然而去。索性又喝了几口矿泉水，咕咚咕咚，头脑就开了一扇窗，明朗澄澈。天色将晚，街边理发店的旋转灯亮得晃眼了，背着年货的男人女人匆忙地蹬着自行车，一个小男孩弯着腰，打火机凑近了插在碎砖堆上的爆竹……

挨着含沙河北岸的道路，向东，三公里，就是老家的村庄。含沙河的岸上堆满了黑黝黝的淤泥，河坡平整，看来冬天是挑河了。河底的水浅浅的，清清的，看得见蚌壳。

有几个开三轮摩托车搭客的老乡要送我，我说我想慢慢走回去。他们说："天快晚了，走着多累呀，三块钱送到你家门口。"我说："天冷啦，走走暖和。"

我给他们每人散了一支香烟，算是抱歉。他们小小的失望消失了。

每年回家，到了小镇，我都是步行向村庄的。我不是个急性子的人，但最耐不住空闲时的无聊，比如等车、排队购物、餐桌旁等客，我会烦躁得一支一支抽烟，眉头皱着，觉得自己成了个空壳，老是动了逃离现场的念头。那么，怎么就喜欢在这条路上一步步走？原因很简单，我喜欢回忆。到了家里，这种情绪全没了，喝酒、打牌、看人吵架、听张家长李家短，鸡鸣狗吠很快就把那几日的假期扯乱了。

"思绪"这个词很撩人。十几岁的时候，写作文，最爱用"记忆的思绪"这个词组。它是一个线头、一根绳子、一条路，引着你将故事编下去，使你觉得别人的目光被你的文字牵着走，有几分蒙人的得意，叙述起来也就流畅多了，生动多了，好像丝瓜或者葡萄的藤蔓沿着支架往上爬，鲜活水灵。那么，当自己实实在在地踏在这条路上时，记忆的思绪自然就飘起来了。回忆领着你走路了，脚下的路就被忽视了，哪里还有无聊和疲惫？

我从小就让母亲喜欢，说我最懂事。每年卖了猪，母亲总会给我几角零花钱。做鞋子也是第一个给我做。我装猪菜的竹篓要是坏了，母亲会用竹篾——补好，细心得像缝衣服。

我除了割猪草，还割绿肥。分田到户第一年，父母在自留田边挖了一个大坑，说是绿肥塘。下田锄草时，母亲把锄掉的草背回来，扔在里面，过一段时间，浇上几桶粪水。中午的时候，母亲到沟渠边抹紫穗槐的叶子，母亲说，紫穗槐烂了上田最肥。我也跟着母亲去。母亲说，现在田分到户了，收的粮食都是自己的了，糊弄不得。其实在生产队里时，母亲种田就从不糊弄。抬粪水时，本来是两个人一副扁担，母亲就想了个办法，她在中间，左肩搭一个扁担，右肩搭一个扁担，这样，就是三个人抬两桶粪水了，每两组就多抬了一桶。队长看我母亲的发明好，就叫别人也这样组合，母亲就遭了别人的怨恨。那时母亲卖力地干，可日子还是不够过，我们家人口多劳力少。

分田到户第一年，我们家的麦子、水稻长得特别好，交了公粮，还有两大囤子，囤子的直径有两米多。天天中午吃大米饭，早晚或者炒饭，或者下面条。看看饭里亮晃晃的油花，母亲说，过去财主家也舍不得这么吃啊。过年了，我哥写了副对联，上联是：日日吃米饭，下联是：顿顿喝鱼汤。我哥又拖过横批说："写什么呢？"我插话说："横批写'妈妈辛苦了'！"一家人都笑起来。母亲拍着我的脑袋说："你是说你辛苦了吧，你老跟着我采绿肥。"我不好意思起来，溜走了。

没想到，长大后会和母亲合不来。记得两年前，我写了一首小诗，其中有这么几句：一个写诗的农民／成了诗人／住进了城里／一个唱歌的农民／成了民歌王／住进了城里／歌唱土地的人／远离了土地／唱给土地的赞歌／往往含着虚伪／滴在土地上的泪水／却无比的真诚／……

一个朋友说，这首小诗看似大白话，实际上负载了很多东西。我笑着说，没那么厉害吧。不过，说实话，想起老家，想起曾经种过的土地，想起母亲，心里的确很复杂。

我至今还记得成年后和母亲的第一次争吵。那一天早上，母亲拍着我的窗口，叫我起来吃饭。头一天晚上，我看书看久了，睡得很沉。母亲的叫喊让我觉得刺耳。我听见了，就是不作声。母亲一遍遍地叫。我完全清醒了，可是我不想起来。我初中毕业了，在家劳动了两年，我受够了农田的苦。一亩稻子从育秧到起秧到插秧到收割，也就能收一千多斤，中间还要拔草打药上肥，可是一千多斤稻谷也就四五百块钱，交了公粮，除去农本，根本没有赚头。从土地里我看不到任何出路。大哥虽说工作了，可是拿不了几个工资，二哥高中一毕业就去外省打工了，妹妹还读书，只有我陪母亲种田。分田到户转眼十年，我们家没发生根本性变化。母亲让我去拔草，我把别人拔了的草背回来交差。母亲让我去打药，一亩田该喷三桶药水，我喷了一桶就回来了。我也不去采绿肥了。一有机会我就闷在家里，看武侠小说，偶尔也写点小诗，抒发苦闷。

母亲见我不起来，又来拍门。我猛地掀开被子，冲到门边，把门拉开，好险，差点放了她一个跟头。我大声吼："你叫什么叫！"母亲说："叫你吃饭啊，吃了早饭把豆田锄一下，草都快把豆子盖住了。"母亲赤着脚，裤腿高高挽着，衣服让露水打湿了，我知道她是从秧田拔草回来了。她每天都是起早做农活，做了一阵才回来吃饭。可是那一刻，我一点也不怜惜。我说："你以后少管我，我不想种地！"母亲说："庄稼人总不能把嘴巴扎起来，活着一天都要吃饭的。"我说："好了，我不吃你的饭！你走吧，我要睡觉！"说着我就"叭"一声把门关上了。母亲也急了，死命捶着门说："你出来，你开门，你太不像话了！"我走到床边，越想越来气，又转身"哗"一下把门拉开。我说："是我不像话，还是你们不像话？凭什么让我在家陪你们种田，你们究竟给了我什么！"母亲愣住了，眼里漫出了泪水。我说："你别这样，反正我是不种田了！"

我又睡了一天，第二天就和村里人外出打工了。

这样家里只剩下父母和妹妹了。

大哥找了家好单位，收入高了些，就劝父母把田退了，他们死活不同意。父亲去世后，我们再次提出把田退了，母亲还是不同意。父亲在时，即便大忙我也可以不回家，现在不行了。

七八亩的庄稼要拖到晒场上，靠母亲是不行的。

我每次大忙回来时，村里人都说："你妈真不容易，几亩田的稻子，她一个人岸水。"我们那儿灌溉的水，来自上游洪泽湖，如果洪泽湖水位低，再遇上天旱，灌溉就成了问题。偶尔来了水，或者下了一阵雨，村民就把水往田里岸。一般人家都是把铁桶拴了，两个人牵着绳子甩。听说母亲一个人岸水，我很不是滋味。母亲说，等你娶了媳妇，你外出打工，就有人和我岸水了。我虽是怜惜母亲，听说这话，又生气了。我对母亲说："快把田退了吧，谁陪你种田？我娶了媳妇，也带出去打工。"母亲说："我在一天，谁也不准退田。"

我结婚后，又在哥哥的帮助下找了一份工作，就更坚定了退田的决心。

第一年春节时回家，我想，这一次无论如何也要把田退了。到了家，见母亲躺在床上，床头放着拐杖。原来，母亲挑河时，腿摔成骨折了。

母亲的腿摔伤了，我觉得是个劝她退田的好契机。我说："妈，你想想，我们都不在家，妹妹也嫁到了外地，这么多田你种得了吗？"母亲不说话。我说："妈，你算算账，父亲去世了，小妹出嫁的田集体都没收去，加上两个哥哥又不种田，每人头是一亩三分田，等于我多种了五亩多田。这一亩贴一百块钱，等于我每年要贴进去六百多块，再加上按人口集资的各种费用，我受得了吗？"母亲说："我担心你们工作不稳定，回来嘛，起码还有田种，有口粮吃。"我说："就是没工作，也饿不死，城里人下岗了，也没田种，那还不照样过日子？你放心，你要去城里，就去城里，你不去，我们给钱你买粮。"母亲说："我喜欢吃自己种的粮。"我又急了，我说："妈，反正这次田要退了。"

我到了村主任家，问田可不可以退。村主任说："田退了，集体收了又给谁种呀，你自己想法子。"村主任说："你去村里找有拖拉机的人家，他们收种都省力，不过，要给他们一些补贴，没补贴，估计没人种。"我先找到自认为比较好说话的金声叔。金声叔说："我孩子都外出打工了，我揽着那么多田吃不消啊，要不你去问问别人，给人家一些补贴。"我问大概每亩田要补多少。金声叔说，村里有几户包给人家的，每亩补贴一百二十块。我笑起来，我说过去佃户租地主田，都是向地主交租，现在反过来了。金声叔也笑了，说，这事我也糊涂。最后，我把田转给了胡大发，两人签了协议：他种我七亩八分田，我每年给他九百块钱，税收及集体费用由他支出。胡大发说，他是因为有拖拉机，平时在县城运运货，农闲回来，要不也不想种我的田，种我的田他每亩能赚一百斤水稻就不错了。另外，还看在我和他处得不错的分上。

丢掉了田，我去了一块心病。母亲却似病了一样，好多天不说什么话。

到了麦收季节，媳妇打电话给我说："胡大发收了麦子，要在我们家田里取土。"我说，随他去吧，田已经包给人家了，就不要问那么多了。媳妇说，她也不想问，是母亲让她打电话问我的。我说："你叫她别烦那么多。"

过了几天，胡大发又给我打电话，说田他不种了。我问怎么回事，胡大发说，他要在田里取土垫宅基，我母亲坐在他拖拉机前，不让他走。我劝胡大发，能不能暂时不拖土，等我回去再商量。胡大发说："不行，不让取土，我就不种你的田了。"

为这事，我只好请假回去。我对母亲说："田已给了人家，人家怎么弄，随他，你就别管了。"母亲说："田是给了他，可他怎么能乱动土？没了土，挖个深坑，以后还怎么种？"我说："我是彻底不想种田了，挖成鱼塘我也不管。"母亲说："我原以为你是包给他种着，没想你彻底不要了。那是我们一家的田啊，你爸的、我的、你的、大哥的、二哥的、你小妹的田啊。"母亲说完，哭出声来。

我一时没了主意。媳妇说："这样吧，你把田从胡大发那儿拿过来，转给别人，再签协议就加一条，不准取土。"

胡大发说："你要拿走就拿走，但今年的税收费用我不出了，是你毁约的。"我只好让胡大发讨便宜：他白种我一年田，各种费用还得我支付。

我来回村里跑了几趟，才算找到了新的承包人，但补贴费又一亩加了十元。签了协议，我只想哭，这几亩田要缠我一辈子啊。

上班前，我对母亲说："这下你放心了，没人再取土了。"母亲说："再有人取土，我就跟他拼命。"我只是苦笑。

老家的村庄就在眼前了，我的思绪从一根线一条路接上了炊烟。脚下的路实在起来。或喜或悲，或忧或愁，都将在村庄面前化成笑容。一个回到老家的人，笑容是对母亲最好的慰藉。

我一路笑着，和村人打招呼，给人发香烟。我也享受着村人羡慕的、妒忌的，甚至讨好的眼神。一个把土地扔了的人，而且活得有滋有味，这对他们来说是不可小瞧的。我似乎听见自己在那些目光中渐渐膨胀。

一年才回来一次，孩子自然亲切得不得了，依偎着，像只受伤的小狗一样乖。愧疚一下子涌出来，似有一只蚂蚁叮咬着心壁，那先前的膨胀猛地收缩了。妻子看似平常的样子，目光里却一片柔和。我问妻子："妈呢？"妻子说："在小菜园里呢，是挖地去了吧。"

我当即去了小菜园。孩子拉着我的手，吃着香蕉，一蹦一跳。

母亲是在挖地，在那只有几张桌子大的小菜园里。那是我们家唯一的土地了。那土上有一层细雪。我想不到，这一两年，不种田了，母亲反而衰老了。母亲的头发全白了，不是那种养尊处优的银发，是枯发，灰白，像枯草间夹着萎缩的叶子。

我说："妈，我回来了。"母亲停下来。母亲笑笑："回来啦？"母亲的脸色是灰黄的，干涩的。以前，不是这样的，母亲一顿能吃两碗米饭，脸色红润，如枫叶。我说："妈，不挖了，回去吧。"母亲说："挖一下，把土翻过来，冻酥了，春天虫子就少了，到时种些梅豆，种点青菜，就这点地啦。"母亲的目光投向那些大片的农田。我接过铁锹说："妈，我来挖。"母亲说："算了吧，回去，这点地留着，我明天挖。"孩子就抢过我的铁锹，说他要挖。孩子说："爸，我要挖恐龙的化石，电视上的恐龙化石都是挖出来的。"我和母亲都笑起来。母亲看着孙子的眼神比看我显得更柔和。母亲说："你听没听说，现在种田不用缴农业税了。"我说："听说了，报纸天天看呢。"母亲说："开始我不信，后来听人说了，就去看电视，真有这事，我几夜都没睡好。"我知道母亲又要说种田的事了，就避开她的目光，没敢接话。

大年初一上午，无风，太阳又艳。我和村里几个小伙子坐在屋檐下闲聊，听他们讲打工的趣闻。母亲和妻子在灶屋做饭。

快吃午饭了，来了一个讨饭的老妇。老妇往门前一站，放下米袋，笑呵呵地说："小兄弟们帮帮忙。"听口音是本地人。现在来我们这儿讨饭的，不像以前开门见山要米，要么先要个猴子，说几句吉庆话；要么是一夫一妻，一人拉二胡，一人唱小调；要么拿一张门神，往门上一贴。这个老妇看来要饭也落后了。我说："老奶奶，你儿女呢？"老妇说："一个儿子，头脑不好，女儿出嫁了。"我问："老头子呢？"老妇又呵呵笑起来："老头子早死啦。"我说："对不起，奶奶。"我对孩子说，拿一碗米给奶奶，用大碗。孩子跑去厨房了，出来时却只抓了一把米。那小手能抓多少米。我对孩子说："叫你用碗，大碗。"孩子把米放到老妇米袋里，又跑向厨房，出来时，对我说："爸，妈说不让给了。"我皱了皱眉，心想，媳妇一向是个大方人呀。我有些生气了。我掏出十块钱给了老妇。我说："奶奶，一点心意。"老妇双手接过钱，不停地说："好人啦，好人，多谢了。"

吃了饭，没人的时候，我半开玩笑地对媳妇说："现在家里你掌权了，一点不顾我的权威了。"媳妇说："你怎么啦？"我说："那讨饭奶奶可怜的，我叫你给一碗米……"媳妇说："你不知道，米缸里的米都是妈秋天拾回来的，当时我在锅上炒菜，她在烧火，我怕她心疼啊。一缸米，要拾多少稻穗啊……"我跑到厨房，打开米缸，抓了一把米，那米有圆圆的珍珠米，有长长的鼠牙米，有青白相间的"一品香"，有尖尖的糯米……是的，是拾的稻穗碾出的米。我的手颤抖了，泪水一点点浮上来。

我看见秋天的田野，看见秋天的母亲。

她弯着腰，从一块田跨到另一块田。

她走到了自家的稻田。她弯下腰，又站起来。她的目光抚摸着每一棵稻根。她怎么也不相信，她盼了大半辈子，等来了分田到户，等到了自己的田，她像服侍爱人一样服侍它，它却归了别人。一群麻雀，呼啦啦，像一排密集的子弹落到了田里，在田的另一头不停地啄食。她终于哭了，她手中握着的不是自己亲手种植的稻谷。她弯下腰，边拾边哭，她要土地回应她：这是你自己的土地。

她的腰把秋天的天空拉弯……

看你往哪里逃

　　爬上长长的土坡，支好自行车，万家财直喘粗气，一口一口地吐出团团棉絮。万家财抹了一把胡子上的水珠，解开大棉袄，捏着衬衣抖抖，衬衣被汗水粘在了身上，又刺又痒。潮湿的冷气赶忙贴进了万家财的胸口，万家财不禁一抖，这一抖就小腹发胀。他赶忙背过身去，解开裤扣，侧脸看着自行车上的狗笼子，狠心地尿着。这一尿，万家财轻松多了，感觉卸掉了几十斤东西。万家财的四周一片大雾茫茫，远处隐隐的鸡鸣狗叫在大雾里一声一声乱撞着。

　　估计有十点钟了，十点钟了，雾还没散。"春雾冷夏雾热秋雾凉风冬雾雪。"这么大的雾，非下雪不可。下雪好，下雪了，狗肉才贵哩。外面大雪飘，屋内炉子旺，炖狗肉，喝老酒，贼日的吃死不要棺材哩。万家财心里骂着，嘴里就生了口水，感觉胃被什么东西一捣，空得慌。看来早上的两碗山芋干粥被那泡尿赶走了。五脏六腑这会儿搅成一团，像狼爪子在掏。冷气往身体内扎着，万家财快要悬起来了，赶忙扣起大棉袄，上上下下跺跺脚。笼子里的狗呜呜哼起来。万家财笑笑："贼日的，你在庄上汪汪汪的，这下可怜相出来了，又呜呜了，呜什么，到清江城我看你再呜，一捆菠菜，一把粉条子，陪你下锅。"笼子里的几条狗蜷成一团，眯着眼，不敢看万家财，呜了几声，就停下了，将嘴搭在对方的脖子上。

万家财跨上自行车，潮湿的水汽一个劲剥着脸皮。南来北往的大小机动车带起的风，割着脚脖子。天上乌青乌青的，沉沉的就要塌下来。万家财贩狗是从十月份开始的。

万家财以前从没做过生意。

万家财的第一桩生意就是贩狗。

万家财贩狗，是为还债，是为女儿银碗读书。

万家财没有想到银碗能考上师范学校。万家财没想到女儿银碗反让他有指望。

万家财的女人头胎生的是儿子。女人没生之前，万家财就到小谷庄请谷瞎子算过命，谷瞎子断定万家财女人头胎是儿子。万家财就先给儿子取好名字，叫万金龙。有了个儿子，万家财还不知足，还想再生个儿子。就带着女人去了徐州的一个砖瓦厂打工，没想这回生了个女儿。砖瓦厂的工棚里，万家财的女人躺在硬硬的木板床上，揽着吸奶的女儿："家财，孩子三天了，你给取个名字吧。"万家财坐在砖头摞成的凳子上，腿上抱着三岁的儿子万金龙。"取名字，女孩子取什么名字？"万金龙边逗着儿子边说。

"总得有个名字吧？"女人说，"家财，你看儿子叫金龙，女儿叫银凤咋样？"

"银凤？什么银凤？凤凰长大要飞哩。女子在家刷刷锅，洗洗碗，就行了，长大了，就在附近找个人家，有个头疼脑热的，能过来烧个饭端个水就行了。叫什么凤，叫银碗吧。"万家财看了床上的女人一眼说，"就叫银碗。"万家财又去逗儿子笑，逗了半天儿子勉勉强强笑了一下，可是没笑出声。儿子已经三岁了，还不会笑出声，也不会说话。万家财隐隐有些难过，有些担心。

儿子七岁时，万家财送他上学了。一个学期下来，二十六个拼音字母万金龙认不全。这还不算，万金龙时常在课堂上把屎尿拉在裤裆里。老师把这些告诉万家财时，万家财苦笑着："老师，你多费心，他还小。"又过了一年，万金龙还是老样子。有一天，万家财见几个孩子围在万金龙后面叫"万小痴"，万家财一下子惊呆了。他骂走了几个孩子，盯着儿子看了半天，儿子的眼珠像个白玻璃球，好半天才转一下。万家财突然就蹲下哭了。也就是从那一天，万家财才发觉村人看他的样子有几分嘲弄几分可怜。万家财哭了一阵，买了一瓶酒，咕咕咚咚倒下肚半瓶，又哭了起来，边哭边唱，先唱："王清明遭不幸祸从天降——"这是淮剧《王清明招亲》中的唱词，万家财唱着唱着，就改了词，万家财唱："万家财遭不幸祸从天降，养儿子没有人家强，弄得我对不起祖先和爹娘，弄得我下辈子活着没指望……"

一天天，一年年，万家财昏昏沉沉混日子。女儿银碗到九岁了，万家财还不让她上学。女人看银碗人倒机灵，就和万家财商议让银碗读书。万家财开始不同意，女人说，还是让银碗多少识几个字吧，就是以后招个女婿，她一字不识怕也招不到有用的人呢。万家财想想也是，总算点了头。

银碗是个聪明的孩子，到中考时，银碗第一志愿填了师范学校。银碗想，这么些年，自己在大人的眼里像片树叶，想让你到哪儿就把你扫到哪儿，让自己念到初中就不容易了。要是考上高中，还得念三年，到时上不上大学难说，就是上大学，也是自费，这往后七八年，家里拿什么钱花？看着大一天到晚醉醺醺的，银碗心都碎了。银碗想，要是考上师范，读两三年就出来教书了，自己能养自己不说，还能帮家里一把。当然，银碗对自己的水平是有把握的。银碗最终如愿以偿考上了清江师范学校。

银碗接到录取通知书时，先是一喜，后是一惊：要交一万二千六百块钱。银碗妈急得直掉眼泪，看着从十二点睡午觉到四点还躺在床上的万家财，母女俩又悲又恨。

万家财还是从邻居那儿知道银碗考上师范学校的。万家财心头一喜：师范学校出来就教书了，就拿钱了，就两三年时间啊。前庄的马友仁的丫头考上师范学校后，出来教书，教了两年，让乡党委书记的儿子相中了，马友仁床头的好烟好酒不断呢。万家财直往家奔，叫银碗把录取通知书给他看，银碗往他手里一塞，就低头走了。万家财看了后，又工工整整叠好，对女人说："这么个大喜事，你也不给我说？"女人说："说给你有什么用？"万家财说："你别怕，我砸锅卖铁也要让银碗去念师范。现在你去你所有亲戚家，叫他们帮忙，你对他们说请他们放心，我万家财变牛变马也要还他们钱。我呢，去我万家，就是磕头烧香，也请他们支持我。人心都是肉长的。我这些年没学好，穷，全怪养了个痴儿子让我没心思过日子。以前，我在砖瓦厂做工，挣了钱也没少帮衬人。现在，银碗遇到这么大事，我不信就没人问了。我万家财决不会赖人一分钱。"

银碗的学费就这样东挪西借凑够了。除了家里卖的东西有千把块，万家财欠债一万一千多元。万家财对银碗说："银碗，你要好好念书，家里一切你不要操心，债我也会一分一分还的。"

银碗上学后，万家财就想门路挣钱了。银碗的舅在清江城开个小饭店，消息灵通些，他告诉万家财，说清江城里的狗都是沭阳人到乡下收来的，听说一条狗最少能赚一二十块，你看看能不能做这生意？万家财说："只要能赚钱，我什么都做。"

万家财把家里那辆锈迹斑斑的自行车拖出来，忙了半天，修好了，又到收购站买了一捆旧钢筋，焊了两个铁笼子，再到铁匠铺打了一把大铁钳，就把贩狗的工具办齐了。

中午时分，雾散去了。雾散后，就起风了。一阵紧一阵地刮，刮着刮着，就把小雨刮下来了，雨里夹着冰粒子，一颗一颗，劈劈啪啪地乱跳着。万家财眯着眼，狠命蹬着自行车。六条狗啊，能挣二百多块啊。那五条狗一共卖了二百一十元钱，最后那条黄狗卖了一百〇五块，再加上身上的五块，一共是三百二十块，这是万家财所有的钱了。要是再加上这趟卖狗挣的钱，差不多就够银碗下学期的学费了。已经交了万把块，每学期还要收五六百。不过，万家财这下不焦心了，凭贩狗，银碗读三年师范不成问题，还债也不成问题，从九月份到现在，近四个月，万家财就挣了两千四百多块，照这样下去，两三年就能把债还了，那时银碗也毕业了，毕业了就能教书拿钱了。儿子头脑不行怎么啦，有闺女呢！不过，这些天万家财手头实在紧，挣几个钱，就有人来要债，年终岁尾的谁不要钱花？当初人家大头大脸地把钱借给自己了，现在人家要钱，还能不尽力还？这一来，弄得手里本钱老是不宽余。

清江城就在眼前了。小雨停了，冰粒子停了，紧跟着的是大片的雪花。下雪好，下雪狗肉值钱。万家财忘了饥饿，忘了劳累，眼前片片雪花像块块银圆。

城中菜市场大门两侧就是狗肉铺子。铁架上吊着一条条剥了皮的狗，胆小的看也不敢看一眼。铺里铺外满地血水。狗笼子里的狗一身泥水、血水，瑟瑟抖着，听天由命。

万家财的车子还未停稳，几个杀狗的就围了上来。

万家财拍拍身上的雪花，跺跺脚。几个杀狗的已经帮万家财把狗笼子抬了下来。

"狗咋卖，狗咋卖？"杀狗的七嘴八舌。

"大黄狗三块二，中等狗两块六，母狗两块二，小狗两块。"万家财一一报价。

"狗是哪个的？"一个税务员钻进人圈，一脚蹬在狗笼子上问。

"是我的。"万家财边说边掏烟。

税务员不接烟，挥挥手说："交税吧，一共六条狗是吧，大小一扯，三十块。"

万家财忙点头说："交，交，能不能少点？"

"三十块就是少啦，不要讨价还价，交。"税务员说着就撕下几张票。

万家财说："三十块多了，我交，能不能等会儿，我身上就剩下五块哩。"

税务员说："那你先借钱，我没空等。"

万家财说："等等吧，等等，我把狗卖了，还能少你钱？"

税务员说："就你嘴会说，再不交我把狗笼子拉走了！"

万家财朝几个杀狗的看看。以往他的狗常卖给徐二，两人很熟了。万家财就对徐二说："徐二你先借二十五块钱给我吧。"

徐二说："行。那你那条大黄狗卖给我吧。两块五一斤。"

万家财一愣，说："麻烦你先借我二十五块钱。大黄狗……你给三块吧。"

徐二说："三块你卖给旁人算了，我也没钱借你。"

"这……"万家财脸上热辣辣的。

徐二这话一说，几个杀狗的就回到铺位跟前去了。

徐二是市场一霸哩，万家财听出了徐二的话里话，他要压价哩。

万家财又朝向税务员说："你们等等。"

"等什么！"税务员凶了万家财一句，朝另一个税务员一招手，两人就搭上了笼子边。

万家财一把拽住笼子说："交呢交呢，三十块钱我交。"

税务员抬着笼子不说话。

万家财朝徐二说："徐二，你我共事多少天了，你还不晓得我这人吗？狗价涨得厉害，我吃辛受苦弄来，你让我挣个脚力钱吧。也不照你们两块五，也不照我们三块，两块八吧，你不能让我亏本。"

徐二笑笑说："两块六，多一分没有，卖，就卖，不卖，你就……"

万家财心里骂了一声"贼日的"，说："行。"徐二掏出二十五块钱，给了万家财。税务员这才放下笼子。

税务员走后，万家财朝地上狠狠地吐口痰，说："什么东西，像我这六条狗，要是旁人最多收二十块钱。"

徐二说："这你没办法，你这流动摊贩，收多收少又没个标准。"

万家财说："两块六太少了，像我这狗，得三块哩。"

徐二说："哎，我先告诉你噢，我要不借钱给你，你一笼子狗就让人抬走了，说了话又反口的事，不要跟我来。"

万家财没办法，想到这条大黄狗就按这个价，也有赚头，一口气也就咽下去了。万家财拿了铁钳子，打开笼子。徐二帮着用脚踩住笼子顶。

万家财夹着狗脖子往外拖，大黄狗往后赖着不出来。万家财脚下一滑，坐了下去，铁钳脱手了。大黄狗猛一甩头，铁钳掉下了。

万家财爬起来，大黄狗已蹿出了笼门。

万家财张开铁钳，大黄狗一转身，一收腿一弓腰跳过了铁笼，蹿进了市场的人群中。

万家财赶忙跟了上去。

大黄狗在人群中钻来钻去，不时回头看一下万家财。万家财快，它也快；万家财慢，它也慢。它知道，如果乱窜一气，撞伤了人，激起众怒，就狗命难保了。万家财也不敢快追，真的跑起来，他是无论如何也跑不过大黄狗的，他只有伺机贴近它，再想办法捉住它。

三拐两拐，大黄狗又从市场出来，钻进了一条巷子。

万家财紧紧盯着大黄狗，急得一身是汗。

一辆摩托车从万家财身边蹿了过去。大黄狗见摩托车朝它飞去，撒腿狂奔。万家财也拼命追赶。

大黄狗消失在巷口拐弯处。

万家财追到巷口，不见了大黄狗。

一天大雪很乱。

万家财呆呆站在巷口。

风抽打着万家财的脸。

万家财转身，拖着腿，一步步挨向市场。

到了市场，万家财没见装狗的笼子，家财问徐二："徐二，我的狗笼子呢？"

徐二拎着剥狗的尖刀，眼珠斜了一下：

"不晓得。"

万家财心一沉，在狗铺子间东张西望，来来回回探看。

"这位兄弟，你见我的狗了吗？"万家财问砍狗肉的中年人，声音抖着。

"没见。"中年人眯着眼摇头。

"这位大姐，你见我的狗了吗？"万家财问洗狗杂碎的女人，眼泪跌了下来。

"没见。"女人擦着围裙晃着身子。

"这位老爹，你见我的狗了吗？"万家财问剥狗皮的老头，哭出声来。

"没见。"老头只顾划着刀子。

有心软的人，不忍看，说："你再找找，再找找。"

万家财走到肉铺后面找起来。

在徐二的肉案下，躺着一只狗，脖子上刀口处正淌着血，身子还一抽一抽的，那只狗是黑毛，一只耳朵秃了一半。

万家财记得自己收了一只秃耳狗，也是黑毛的，个头和这狗一样大。

万家财拽住狗腿，往外拖。

徐二翻过柜台，一把揪住万家财的衣领："这狗是你的？你看清楚了，小心我钻了你的眼珠！"

万家财躲过徐二的白眼球，把那狗往外拽："是我的，就是我的，秃耳狗，我记得！"

"就你有狗！"徐二照着万家财的脸砸下了拳头。

路灯亮了，投下懒懒的光。雪还在下，在灯光里碰碰撞撞。万家财推着空空的自行车，分不清是在路的左边还是右边。公交车拖着轮子向前移动。行人竖起衣领顶着雪。

一群大大小小的学生笑嘻嘻追逐着，有的拿着糖葫芦，有的拿着烤山芋。

万家财停下来，一手扶车把，一手捂着肿胀的眼。雪花一层层裹着他。

下个星期，银碗就要预交学费了，但他现在已经分文没有了，连狗笼子都没有了。

又走了一段路，万家财看到了一群群学生进进出出。

这不是清江师范学校吗？万家财给银碗送钱送物，来过几次。

万家财站在学校门前，看着说说笑笑的学生进进出出。

银碗会不会出来买些东西吃呢？学校的伙食单调该到外面买些东西补补啊。

突然，万家财眼睛一亮：银碗出了校门，银碗和一个女同学拉着手，不晓得说到了什么高兴事，两人哈哈大笑。

银碗！万家财心里蹦出闺女的名字，到了喉咙那儿又收住了，嘴张了一下，就合上了。

贼日的，这些螨贼日的，把我的狗偷去，把我银碗的学费偷去了！万家财心里骂着，泪水重重地淌下来。

万家财的手越来越麻木，他死命跺着脚，抖着身上的雪。棉袄上一片泥水、一片血水，冻在一起，下摆硬了，往下坠。

万家财偏了几次腿，才跨上车子，一轻一重的。

王家营大桥到了。大桥右拐，就是清安路。

清安路通着家。

自行车东倒西歪，万家财下了车，紧紧裤带，他这才想起一天没吃东西了。他有些站不稳了。

层层叠叠的雪花扑下来，万家财看不清前面的路，他不知道怎么回家。

万家财推着车子，一摇一晃地挪着步子。

公路下面一座雪山映入万家财眼里，他记得那是一片垃圾堆。

万家财昏花的眼里一亮，垃圾堆上有一条狗。

万家财丢下自行车，悄悄走到路边，试探着一深一浅的雪，往坡下走。脚下一滑，万家财滚下了坡。万家财慢慢爬起，抬头揉揉眼，没错，是一条狗，一条大黄狗，正在刨着雪。

大黄狗刨到了什么东西，拖开去，前爪按着，啃一下，甩一下头，又啃。

万家财两手扒着雪，慢慢向垃圾堆爬去。

万家财看清了，那是他跑了的大黄狗。

万家财身上又热起来了，他听见自己的心隔着雪，隔着潮湿的棉袄，死命地跳着。

万家财爬上了垃圾堆，头埋下一会儿，又抬起，他要一步步逼近，抓住大黄狗的后腿。

大黄狗一扭屁股，头对着万家财。万家财又埋下头。万家财再抬起头时，大黄狗已跑下了垃圾堆。

大黄狗在垃圾堆下站着，和万家财隔着乱纷纷的雪对望着。

万家财的眼里挤出了仇恨，下巴抖着。

万家财摸索着解开大棉袄的纽扣，脱下来，罩住了头。雪花网着他。万家财很快就回到了铺着厚稻草的床上。万家财的手摸到了柔软的狗脖子，宽厚的脊背，毛茸茸的尾巴。狗跳上床，钻进了被窝，躺到了他的胳膊弯里，他使命嗅着狗的气味。猛然间，狗又跑了，领来了一群的狗，一个个肥头大耳，毛皮金黄。领头的狗叫起来，其他的狗也跟着叫起来。万家财说："你们叫什么？你们替我想想，你们都跑了，我家银碗的学费谁来交！都给我老实一点，趴下！"大大小小的狗个个趴下了，万家财的眼前一片金黄的皮毛。万家财笑了，笑声也金黄金黄的哩。

蒙眬中，万家财的腿被什么扯了一下。蒙眬中，万家财的胸口被谁抓了一把。万家财的两只手把棉袄往下轻轻地扯了扯。

万家财微微睁开了眼，立即又闭上了。它到底来了，到底来了！万家财的身子活起来。

万家财的手从棉袄下伸了出来。

大黄狗围着万家财转圈子。

万家财嗅到了大黄狗嘴里喷出的腥臊。万家财猛地一拢手。

万家财卡住了狗脖子。

万家财翻个身，把狗压在了身下。大黄狗的前爪一挥，万家财的脸就破开了。

"贼日的，我看你往哪里逃！"万家财死死卡着大黄狗的脖子。黄狗的后爪猛蹬着万家财的肚子。黄狗一用力，万家财翻到一边。身下的垃圾一软，万家财一陷，黄狗挣脱了。

万家财爬起来。

黄狗跑下垃圾堆，上了公路。

万家财跑下垃圾堆，上了公路。

风雪一阵阵压过来。

万家财飞了起来。

"贼日的，我看你往哪里逃！"

风雪追着万家财。

万家财追着闪忽的影子。

找眼泪

一场重感冒，弄得德百满头脑的心思。

开始感到不舒服时，德百蒙头大睡，心想出一身汗就好了。哪晓得越睡越冷，腿蜷到胸口了，还是不停抖，被子也跟着抖。女人钱英说，肯定是重感冒，快去挂水。德百不听，抖着下巴说，没事，能扛过去。女人说，不听就算，死了拉倒！

要是平时，女人这么说，德百也不生气，可这次真把德百气得不轻。要知道，德百刚出过两头丧礼：一个是西洼村的村主任万朋，刚下葬没几天；一个是柳树坪村的村会计柳大拐。两个人岁数都不大，六十刚出头。一个多月前，去乡里开会，这两人身体还好好的，说死就死了，德百心里酸酸的。记得那天吃了丧饭回来，跟在他后面的一个人说，我们村主任死了，下一个不晓得是哪个村主任死哩。德百回过头去，后面跟着的几个人哈哈笑起来……德百想，要是我村里的人，一巴掌掴死他。德百想骂他们几句，又怕丢了村主任身份，就冷冷看了他们一眼，挺挺腰杆走了。后面的人又怪声怪调唱起来："今天是个好日子，心想的事儿都能成……"到了村里，德百又碰上二豁子。二豁子问："秦主任，去哪儿了？"德百说："西洼的万朋死了，我去出礼的。"二豁子笑笑说："哦，是那个村主任吧，村主任嘛，死就死了。"德百说："二豁子，你什么意思？"二豁子说："我说错话了吗？本来就死了，谁还能让他活过来？"说完，抠出一根烟，朝嘴角上斜斜一叼，眯起了眼。德百在心里骂道："二豁子，你这两年育蘑菇弄了几个钱，狂上天了，妈的，前几年没取消农业税时，大年三十，你哭哭啼啼跟着我要救济款，那个可怜相你忘了！"从万朋丧礼上带出的酸楚化成了一肚子火。德百气呼呼回了家，谁打招呼都不理。

德百这几天肚里的火一直没消，哪晓得躺床上了，自己的女人也说他死了拉倒。德百想抓过钱英，狠揍她一顿，可是头脑涨得昏，眼睛也睁不开，手脚关节都在痛，动不了，一点动不了。要是出一身大汗就好了，可是出不来，只是抖个不停。真要死了吗？德百心里怕了。

钱英不知从哪里转了一圈回来了，见他还是老样子，又催他：不要硬撑了，还是去挂水吧，再撑就撑死了。

德百挣扎着爬起来，穿鞋子时，差点跌趴在地上。女人一口一个"死"字，叫他堵得慌，可是不去挂水还真不行。

钱英说："我陪你去？"

德百说："不要你陪，我自己去，我死不了，你放心。"

钱英说："看你逞能啊。"说完，又走了。

德百摇摇晃晃往村里的卫生室走。

这时候正是傍晚，夕阳黄亮亮的，德百感觉是一把手电筒对他照，拿他开心。

到了卫生室，德百就见有几个人在那儿玩牌，他们理也不理他。德百也没心思看他们，德百和村医说了病情，村医小胡就把体温计在眼前甩甩，叫他夹到胳肢窝里。这时，牌桌上有人跟他说话了。

面朝他坐着的大标子说："哟，秦主任嘛，病得不轻啦？"

德百说："没什么，感冒。"

大标子的下家五葵"啪"地甩出一张牌，说："感冒也不可小瞧哦，主任，感冒也能引起大病呢，好好治。"

德白扭过头去，装着没听见。

五葵的下家刘庄弹着烟灰说："五葵说得对，不及时治的话，有危险，听说西洼村的主任万朋就是得了感冒后，检查出大病的，主任，我建议你挂了水，再去县医院检查一下。"

德百实在是太生气了，嘴里猛地喊出一声高音："你们放心好了，我死不了。"

几个人一下子不作声了，可是也没给吓住，眉梢嘴角都吊着得意，牌桌的几条腿全在晃悠。

小胡说："主任，消消气，把体温计拿出来。"德百把体温计猛地一抽，递给了小胡。

小胡说："主任，叫你消消气呢，你看，三十九度半，烧得不轻，快到里面躺下。"

挂上水了，小胡关上门，帮德百掖掖被角说："主任，怎么病成这样？是不是和哪个小媳妇在棒头（玉米）田里做工作的？上面用劲出大汗，下面湿气一攻，不感冒才怪。"

德百笑着骂："小狗日的，你也笑话我。"

小胡咯咯地笑起来。

德百说："小胡啊，现在村里和以前不一样了，哪块地种什么没人管了，农民自主，土地也要走市场经济路子，农业税也取消了，打工的又来去自由，不少人还发了财，我们这些村干部没威信了。你看外面那几个人，一个个麻木得很，真想收拾收拾。"

小胡说："连他们媳妇一块收拾。"

德百一动，想伸手打小胡。小胡假装害怕，往后一退，说："别动哦，当心针头掉下来。"

两瓶水挂完了，已是晚饭后了。德百精神好多了。小胡说："回去吃点清淡的东西，明天再挂两瓶就差不多了。"

德百说："我看也没事，狗日的，想我死，没那么容易。"

到了家里，钱英已经睡了。德百生气，想想钱英说过的话更生气，德百就冲着床上说："我活着回来了。"钱英头也不抬说："是我催你去挂水，你才活着回来的，少废话，饭在锅里。"

德百"哼"了一声，去了厨房。揭开锅，冷菜冷饭，想叫钱英起来做清淡的汤，又不想看她的脸色，就自己坐到灶后，抓了草点着了。

饭不香，菜没味，德百胡乱吃了几口，就上了床，没几分钟睡着了。睡到半夜，德百又醒了。醒了，就再也睡不着了。

一头脑的心思。

德百又想起了几天前的两场丧礼。

先是万朋死了。那天，德百一到万朋家门前，就感觉哪里不对劲。万朋盖着白纸，直挺挺躺在堂屋的芦席上，头前和脚前各有一盏长寿灯，细小的光柱若有若无。灵前没有人，几个穿孝衣的人坐在门前闲聊。说不出的可怜，说不出的冷清。没有人哭。

这里的风俗，吊孝的人一上门，守灵的人要以哭相迎的。德百献上花圈，又交给管账的一百块礼钱，就去堂屋向万朋鞠躬。这会儿，几个穿孝服的男女才慢腾腾进去，装腔作势哭起来，吹鼓手也吹响了鼓乐。德百转身出了门槛，哭的人也赶忙停了，拍拍膝盖，跟着出来了。做饭的连说带笑，几个小孩子跑来跑去，要吃要喝。万朋的死，好像和谁都没有关系。

到吃饭时，呼呼啦啦来了不少人。饭桌上，酒都开了，说说笑笑的，你敬我一杯，我敬你一杯。很快，就有几个人喝醉了，对骂起来。这边刚劝开，那边又有人撸袖子要打架。还有的喝醉了，绊倒了凳子，钻到了桌子底下，打起了呼噜。德百自言自语说，不像话，太不像话了。有个村干部说："我们走吧，不吃了。"德百这一桌就都离席了，桌上的菜没动几筷子。

万朋死了之后没过几天，柳树坪子的村会计柳大拐子又死了。那天，德百刚进柳树坪子，就听到哭声远远地传来。除了哭声，村子里什么声音都没有，连路旁的狗都不叫一声，安安静静地站着或趴着。到了刘大拐子家门前，就见男女老少一个个脸上都沉重重的，眼圈红红的。堂屋里，刘大拐子身边围了一圈人。德百好不容易才挤进去。就见一个头发全白的老太太拉着刘大拐子的手哭着说："大拐子，你醒醒啊，你让我替你死啊，不是你照顾，我早死了啊。"还有一个妇女两手拍着地，不停磕头："大拐子，你怎么就走了啊，你风里来雨里去，为我跑贷款，你这一走，我日子好起来你也看不到了啊……"越哭人越多，越哭声音越大，德百怕自己也跟着哭起来，忍着泪，退了出来。

柳大拐子下葬时，送葬的队伍排了有半里路长。坟头都堆好了，还有几个人跪在那儿哭，怎么拉也不起来。

德百想到这里，忍不住蹬一下女人钱英的屁股。钱英翻个身，咕哝道："你还不睡，挂了水来精神了？"德百索性把灯拉亮了，又蹬了她一脚："钱英，我有话和你说。"钱英用手罩住灯光："你发神经了，什么话快说。"德百爬到钱英那头，钱英赶忙裹紧被子："是不是要我送你去挂水？烧得过头了？"德百说："唉，钱英，我是真有话，我问你，要是我死了，有没有人哭？你会不会哭？"钱英愣了一下，侧脸看看他，坐了起来。德百又问她："如果我死了，有没有人哭，你会不会哭？你说！"钱英也坐了起来，拢拢头发："德百啊，叫我怎么说你呢，当初当村主任时，我就说这不是个好差使，你非不听，这十几年，村里人都让你得罪了。"德百说："你不晓得，有些事我身不由己。"钱英说："那你弄人家女人也是身不由己？"德百就扭过头去了。钱英越说越来气："别以为我不晓得，到现在还和发三媳妇勾勾搭搭的，人家要一万块承包村里鱼塘，你凭什么四千就给了发三？你说啊！"德百还是侧着脸："不要老提这事，现在哪里还有……""我不说，你还以为我是傻子呢！"钱英带着哭腔说："秦德百，我告诉你，你再这样下去，死了哭的人都没有！"

"你除了咒我死，别的本事没有！"德百一气就回到床那头去了，"啪"一下关了灯。

灯灭了，德百的眼还睁着。德百的眼前飘着纸钱，走着长长的送葬队伍，刘大拐子笑呵呵地向他挥着手。一眨眼，刘大拐子不见了，德百的眼前又出现了一座坟，坟上几棵小草，瑟瑟地抖动着，坟里就躺着自己，孤孤单单的。

天刚亮，德百又到了小胡家。德百不想让村里人看到自己生病。小胡刚开门，有些吃惊，揉揉两眼，问他："秦主任，这么早？"

德百说："早些挂上水早些好嘛。"

小胡问："昨天那两瓶水挂了是不是好多了？"德百说："好多了，好多了，小胡，你的针管用哩。"小胡说："我的针没你的管用，你在棒头田里给小媳妇打的针才好哩。"

德百苦笑着，骂他："狗日的，一大早你就拿我开心。"

挂上水，德百舒服多了，不知不觉睡着了。醒来时，水已挂完，小胡说："多注意休息，酒不要喝，烟少抽，过两天就完全恢复了，又可以收拾小媳妇了"德百说："收拾个鬼呀，我这一头脑的心思呢。"

小胡问："还有什么心思？"

德百说："你不晓得，你不晓得。"

德百的感冒是完全好了，可是还是没有精神。钱英问他："你到底怎么了，要不，再去医院查一下？"德百说："我没病，不用查，我就是心里堵得慌，我不晓得我死了有没有人哭？"钱英一听这话，又生气了："你想死啊，想死你就死，死了就知道有没有人哭了。"德百说："死了我怎么能知道？"钱英说："你有病不治，又不想死，你叫我怎么办？神经病。"

那天午后，钱英说："天色变了，怕要下雨，房子上几块瓦坏了，该换了。"德百说："你和点水泥，我去拿梯子。"

德百上了房顶，用绳子把水泥和瓦拎了上去，就去换瓦。水泥用完了，钱英又去和，等钱英再拎着水泥回来时，就见梯子倒在地上，德百也倒在梯子旁边。

钱英喊道："德百、德百！"

德百不动。

钱英就边跑边叫起来："来人啦、来人啦！"

过了几分钟，来了几个人。钱英在前头跑，后面的人都不紧不慢的。钱英喊着："快、快、快！"几个人还是不紧不慢的。

钱英说："你们快把他抬到拖拉机上！"

二豁子撅着烟说："怕是没用哩。"

钱英说："求你们了，有用没用先送医院去啊。"

几个人这才动手，将德百抬了起来。

杨辉说："送医院再说，死马当活马医。"

国恩说："秦主任身体真重啊，尽挑好吃好喝的，养这么肥！"

德百被抬上了拖拉机，钱英和其他几个人也跟着上去了。

这时候，德百家门前又聚了一些人。有个叫黄花菜的妇女说："你们还看什么呀，走，打麻将去。"

开拖拉机的龙兵拿出摇把说："都坐好了，准备出发了。"

突然，德百翻了个身，站了起来，吓得几个人跳下了拖拉机，龙兵手中的摇把也掉在地上。德百从拖拉机上下来了。德百说："我没事的，谢谢你们了，都回去吧。"几个人都"哗"地笑起来，都说："秦主任，你装死的呀。"开拖拉机的龙兵说："我刚才还想，要是救不过来，就顺便拖火葬场去。"钱英一手抓住德百，一手拼命捶着他："你装什么死啊？你以为你死了天就塌了，要死你干脆些啊，死吧死吧，你去死吧。"德百挣脱钱英，回屋里去了。

几个人嘻嘻哈哈走了。

钱英气呼呼盯着德百。德百说："刚才我死了，他们没哭，你也没哭，是不是？"

钱英说："不跟你说了，你发疯了。"

"他们没哭，你也没哭，没一个人哭。"德百说着自己要哭了。

钱英说："有本事，你找人来哭去，丢人！"

德百说："我就去找。"说完，拔脚就走。

钱英问："你上哪儿去？"

德百说："我去乡里。"

钱英说："你又发什么疯？"

德百说："我死了没人哭，我不服。"

钱英说："乡里有人哭你？你还没死呢，你去做什么？"

德百说："我去诉苦。"

钱英说："你去吧，看谁能为你滴一点眼泪！"

德百出了村，上了含沙河大堤，就奔乡里去了。大堤两旁是茂盛的树林，浓浓的树荫笼罩着德百。德百走着走着就累了，钻到大堤南边的树林里，在一个坟脚上坐下了。歇下来，德百才想到了自己的可笑，乡里谁会听他诉苦？德百泄气了。

这片树林里是村里人的墓地，大大小小的坟一个挨一个。就是不看墓碑，德百也知道哪座坟里埋的是哪个人。德百眼前是沈大爷的坟。沈大爷人称沈大善人，做了一辈子生意，挣的钱全花在乡亲们身上了，架桥铺路，扶危济困，名声响得很。沈大善人死的时候，送葬的人站满了大堤，无人不哭。当时，德百才七八岁，也跟着大人一声接一声地哭。德百站起来，又看到了记忆中的几个死者的坟。谁死的时候不是哭声一片呢。从小，德百就知道，一个人死了，连哭的人都没有，那这一生就太凄惨了，好人坏人，全凭眼泪多少评价。不管你有多大本事，到死的那天，没有人哭，这一生都算失败。德百又往前走去，他看到树上刻着几个字：老苍之墓。

德百想起来了，这树根旁埋着一只狗，叫老苍。德昌家的狗老苍看门护院尽职尽力不说，还救过落水的两个孩子呢。这树上的字准是德昌家的孩子刻上的。德百记得，老苍死掉时，还有几个人哭过呢。这棵树是老苍的碑，也是老苍的坟。不错不错，德百抚摸着那几个字，自言自语。

德百又往前走了一段，在两座坟间，德百看到一大堆枯树枝。然后，枯树枝旁边闪出一个小丫头，七八九岁的样子。德百问她："丫头，在这里做什么？"小丫头说拾树枝的。

德百又问："你是哪家的？"

小丫头说是江大明家的。

德百说："哦，江大明我晓得，六组的，你叫什么名字？"

小丫头说："我叫小娥。"

德百说："哦，小娥，小娥你怎么不上学？"

小娥说："爸爸妈妈在昆山，奶奶眼睛看不见，让我帮奶奶做事。他们就让我弟弟上学，不让我上。"

德百问："小娥，你想不想上学？"

小娥说："想。"

德百说："想上，爷爷就让你上，爷爷是村主任，有办法。我们先回家，到你家再说。"

小娥说："我的树枝要拿回家。"

德百笑笑："你拾这么一大堆树枝，怎么背得动？"

小娥说："我分两三趟背的。"

德百说："不用分两三趟，爷爷帮你背回去。绳子呢？"

小娥拿出的绳子很短，德百就去找藤条，没找着。德百想了想，说："这么的吧。"德百脱下裤子，接到绳子上，把那一大堆树枝捆好了。

德百蹲下去，两手反向后，一托，树枝上了背。

德百就这样，穿着裤衩，伸长脖子，弓着背，一步步走向小娥家去了。

放下树枝，小娥已经从屋里端来一碗茶。德百一仰脸，咕噜咕噜喝光了。小娥又要去倒茶，德百说："不喝了，小娥，你家有电话吧？爸爸有没有留下号码？"小娥说："有电话，也有爸爸号码。"

德百就打通了江大明的电话。

德百说："大明，我是秦德百啊。"

江大明说："哟，村主任啦，找我这老百姓有什么事儿？"

德百说："现在孩子读书都免费的，你咋不让小娥上学呢？"

江大明说："不是要照顾我妈吗！"

德百说："那要是你妈有人照顾，你让不让她上学？"

江大明说："谁照顾？我们两口子都在外地。"

德百说："我叫钱英照顾她。"

江大明说："钱英？主任夫人怕使不动哩。"

德百说："这你不用担心，她不照顾，就由我。"

江大明愣了一会儿，说："主任，你不是说笑话吧？"德百说："还要我对你发誓？你就信我这回，你妈有人照顾，只要你答应让小娥上学。"

江大明说："那这样，不管谁照顾，年底我回去给一笔钱。"

德百说："我晓得你们俩在那儿混得不错，不过，先不谈钱，你答应让小娥上学。"

江大明说："好、好，主任，家里的事由你定了。"

德百挂了电话，就对小娥说："小娥，明天爷爷给你送学校去，你奶奶有人照顾了。"

小娥说："真的？爷爷，我明天真的上学了？"

德百说："爷爷不骗你。"

小娥的泪水一下子流出了。

德百蹲下去，抹着小娥的泪："小娥，别哭，上学了要高兴呢。"

德百说完，起身走了。

走了两步，又转过身去看小娥。

小娥的泪水还在流。

奔走的少年

　　我这会儿在监狱服刑。我将侮辱我的老板打得不轻，构成了重伤罪。记得当时将那个狗日的打倒在地后，我跑到了工厂附近的一座山上，一口气跑上了山顶。在呼啸的山风中，我的眼前出现了家乡的田野，紧接着是一个少年的身影。那个少年在大片的玉米田中左冲右突，我们几个人大呼小叫地围堵着，好像猎人追着野兔。少年被一棵折断的玉米绊倒了，我们扑向他，死死地压住他……接下来，我的思维就有些混乱了，我呆呆地站了一会儿，感到渴得难受，向着不远处的树林走去，希望能找到一个水塘，但我的头脑里多次出现了那个少年的影子，无法摆脱。

那是十五年前的事了。

那时候我在宋桥镇派出所当治安员。虽然治安员是编外人员，工资极低，但是穿上那身草黄色治安服还是让我这个高考落榜生信心大增。要知道，在乡下，一点点和"公家"沾上边的身份都会让人敬畏。我说一个小故事：我的同学庄大顺在上海做保安，春节回家后还穿着保安服，乡亲们以为他做了警察，夸他有出息，他自己既不否定又不肯定，装着谦虚的样子说"在上海做点事"，赢得了很多姑娘的好奇和敬佩。本来，庄大顺家在村里最穷，但是靠着那身保安服，将村会计家的漂亮女儿小双带去了上海。小双本以为去了上海能有个好工作，哪知庄大顺给她介绍到菜市场看厕所。小双一怒又跑回来了，弄得小双父亲很丢面子，匆忙给她嫁了别人。

宋桥镇不大，也不乱，派出所却招了七八个治安员。进去以后，我才知道招我们主要是为了创收。那时候派出所比较穷，创收的门路也不多，主要是抓赌、抓小偷和查车照。抓赌虽说能罚到很多款，但是也只限春节前后一两个月，打工的都回家了，赌博的多，其他时间聚众赌博的很少了。抓小偷是很难的，晚上去各村巡逻，十天半月也未必逮住一个，就是逮着了，有的也无钱可罚，偷鸡摸狗的小蟊贼哪有多少钱。因此，我们的常规工作是查车照。

那时候乡镇上摩托车不多，主要是查自行车照。我们通常在涟河的桥头前设点，因为涟河是两个乡镇的分界线，两岸都有集市，往来人多，而且涟河上只有一座桥，是赶街上集的必经之路。往往是那些有车照的见了我们就主动停下，亮照过关，那些没车照的却不停车，非得你大声叫了才停。有些没车照的，又没有什么大事要办的，远远地看见我们就转身走了。还有一些没车照的，在远处停下，等聚多了人，强行冲过来，抱着逮住了谁算谁倒霉，逮不住谁走运的心理，让我们手忙脚乱。

夏天的一个早上，我们刚到桥头，就有一个少年骑着自行车从桥那边过来了。自行车很破，车篮里放着一个鼓鼓的包袱。包袱倒是很新很艳，白底红花的新布里包扎着什么。他好像没看见我们似的，从桥上直冲过来。我们向他摆手，他愣了一下，也没有停车，直到治安员庞树才站到路当中，他才抬起一脚抵在前轮上当刹车，放慢了速度。

带队的治安队长赵城朝他一招手："停下停下！"

少年再次用脚抵在前轮上，车子停下了。他的上衣已经湿了，脸上全是汗水。看来，他已经骑了不短的路程。他腾出一只手把头发向上捋捋，又在脸上抹了一把。他十五六岁的样子，喉结刚刚凸起，唇上一圈淡淡的茸毛。个头倒是不低，瘦瘦的，像一场大雨后蹿高的嫩毛竹。

庞树才上前抓住了车把："有照吗？"

少年两脚支在地上，摇摇头，细长的眼睛闪烁着清澈和单纯。

庞树才从包里拿出执照说："六块钱，你办个照。"少年又摇摇头："我没带钱。"

治安员卢旺上前抓住车后座，猛地一扳，车子歪到一边。

卢旺骂道："妈的，小东西，没有照还骑在车上，下来！"

少年差点跌倒，用力稳了一下车把，才勉强站稳，然后下了车，不服气地看了卢旺一眼，将车子推到路边，贴着一棵水杉放好。原来，车子没有落地撑。

队长赵城说："小伙子，骑自行车怎么能不办照呢，啊？"

少年指着车子说："你看我这车子破的，没有刹车也没有落地撑，家里就一直没办，要是新车肯定会办的。"

赵城吐了一个烟圈，说："没有刹车上路是违反规定的，撞了人怎么办？没有刹车是要罚款的，今天呢，我们就不罚你款了，你把照办了吧。"

少年说："我真的没带钱。"边说边把上衣口袋和裤兜都翻出底来，"你们看，我真的一分钱没带。""你出门怎么能不带钱呢？"赵城点上了一支烟。"没照，还不带钱出门……没带钱？回去拿！"庞树才说完倚到了贴着自行车的水杉上。

少年赶忙去把着自行车，眼睛直盯着车篮里的包袱。

卢旺抬起脚跷在自行车后座上："怎么，你还想走？我告诉你不回去拿钱别想骑车走。"少年朝着赵诚求情说："叔叔，我就是回去也拿不来钱，我家一分钱也没有。"

赵城问："你家哪里的？到哪里去？"少年说："我家是焦集的，我到淮阴去。"

赵城笑起来："焦集到淮阴六十里路，来回车费才六块钱，你不乘车去？"少年说："家里没有钱，我才骑车去的。"

庞树才抢过话说："赵队，你别管他哪里的，叫他回去拿钱就是了。这明显是说谎嘛的嘛，骗谁啊？"

少年看看庞树才，目光里明显是压抑着憎恨。他解开车篮里的包袱，包袱里是一只扁圆的黑色瓷罐。他对赵城说："叔叔，你来看。"

赵城走上前去，少年揭开罐子盖，里面是一只不大的母鸡，冒着一丝热气。少年说："叔叔，我姐在淮阴精神病院，我给她送点补品。"

卢旺凑近罐子一看，对赵城说："赵队，你别信他瞎编，有钱买补品，六块钱拿不出来？"少年显然急了，高声说："鸡子不是买的，家里养的，农村哪家不养鸡啊！"

卢旺也大声说："你喊什么喊，不办照你还有理了？焦集到淮阴六十里路，你骑车去，谁相信？鬼才信！"

庞树才接过话说："回去拿钱，不拿钱，你就步行去淮阴吧。"

少年抬头看看已经升到树梢的太阳，咬着牙，想着什么。他的额头冒出了汗水，很快就成串地滴下来。

赵城的脚慢慢碾着自己的烟头，也在想着什么。

我看到赵城的脸松弛下来，我想他可能要放少年走了。可是，这时候意外出现了，因为庞树才的一句话。

庞树才说："你姐怎么会疯了？是不是谈恋爱疯了？被人甩了？"庞树才说完，很响地咂了一下嘴，朝我们猥亵地笑着。

少年瞪了庞树才一眼说："这关你什么事，你个……"少年没有说出口的是骂人的粗话，这从他的口型上完全可以看出来。庞树才上前就要打他，骂道："你小狗日的，还敢骂人！"

赵城拦住了庞树才，对少年说："想办法拿钱办照。"

少年再次抬头看着太阳。阳光已经很热了。我看到他的眼里汪着泪水，但是始终没有落下一滴。

他不再说什么，将车篮里的包袱提起来，朝着淮阴的方向大步走了。那个白底红花的包袱晃得人刺眼。

下午四点钟时，我们正准备回家，少年又回到了桥头，手中提着的包袱显得轻了。他的身上全是泥灰，脸上也是污迹斑斑。太阳还是很热，他湿湿的头发结成绺子黏在脑门上。他看了一下还贴着树干的自行车，对赵城说："叔叔，把自行车给我吧。"

赵城问："看过你姐了？"

少年说："看过了，鸡汤给她喝了。"

庞树才说："我说你小子骗谁呢？你一分钱没带，吃什么喝什么？饿着肚子你能跑那么快，来回一百多里，你这就回来了？"

少年不看庞树才，对着赵城说："我姐让我喝了几口汤，还让我吃了一个鸡腿，回来时我坐了人家的拖拉机。"

少年说完拉拉衣角，低下头，吸了一下鼻子，要哭的样子。庞树才笑道："你不是说你姐是疯子吗，疯子还知道心疼人？"少年抬起来头，大声说："这不关你的事！"

庞树才说："你他妈又朝我喊，喊什么！好，不关我的事，回去拿钱办照吧，不办照别想拿车子！"少年说："我家没有钱。"说完，就将包袱放进了车篮，要推车走人。

卢旺一把抓住车后座，对赵城说："赵队，我们把车子带到所里，叫他拿钱赎车。"赵城点点头，对少年说："这么的吧，你明天拿钱到所里办照，办了照车子就给你。"少年说："我家没钱，我说过了。"

赵城说："没钱把车子留下。"

少年说："我家就这一辆车子，我妈明天还要骑车去卖鸡蛋。"庞树才说："这我们不管，有一辆车子就上一个照，你赶紧走。"少年松开车子，从车篮里提出包袱。

庞树才对赵城说："赵队，我们下班吧？"

突然间，意想不到的事情发生了。少年举起包袱，狠狠地砸在庞树才脸上。瓷罐的破碎声中，庞树才捂着脸痛叫起来。我们还没有反应过来，他就转身跑了。跑了几步，又将赵城停在路边的摩托车踹到了水沟里，接着就上了涟河桥，狂奔起来。

赵城对着我们一挥手："追！"

少年跑得飞快，我们追得气喘吁吁。但是，每个人都很兴奋，把赵城的指挥当着光荣的任务，好像冲锋陷阵的士兵。

经过一片玉米田时，眼看就要追上了，他跳下马路，扑进了水沟，又从水沟里爬起，钻进了玉米田。

在以后的岁月里，我的眼前多次出现过这个少年的影子，常常出现一些古怪的幻觉：我们几个追赶的治安员跟着他扑进了水沟，我们再也没有爬起，成了水中的腐尸，或者我们在玉米田中明明将他扑倒了，压在我们身下的竟然是一只小羊羔。但我幻想得最多的是，少年跑出了玉米地，我们怎么追也追不上，他突然回转身，看着我们的狼狈，得意地笑着……

然而，事实不是这样。

那天，我们追到玉米田，少年左冲右突，神出鬼没，让我们吃尽了苦头。闷热的玉米田里仿佛蒸笼，汗水流入眼睛如同盐腌。忽然间，卢旺叫了起来："快来、快来！"我们循声过去，发现骑在少年身上的卢旺被他甩在一边，在他的身边有几棵折断的玉米。少年刚要起身，我们几个同事们扑向他，死死地将他压住了，一阵狂风暴雨般的拳脚打得他动弹不得。刚刚赶过来的庞树才又发疯般地踢了他几脚。庞树才一手捂着被砸伤的眼，一手扯住少年的手腕，叫我们将他拖出玉米地。庞树才对赵城说："赵队，拖到派出所去。"赵城刚点头，又摆摆手，指着野草上的血迹说："算了，死在路上或者派出所就麻烦了。"我们看到少年满头满脸的血还在往下流着，也吓得松了手。

赵城让我们回到桥头，将少年的自行车扔进了涟河，叫我们统一口径，如果出事了谁也不能说出去。

我跟着别人点头。但是看着恢复了平静的河面，我一阵恐惧。别人都走下了桥，去捞水沟里的摩托车了，我还站在桥上，呆呆地看着远处的玉米田。

我在派出所做了一年就离开了，原因是村里好多人出去打工，收入都比我做治安员强。十几年来，我做过很多行当，都没有发大财，倒是受了不少欺负。受人欺负时，我总是一忍再忍。然而一到晚上我孤零零一人躺在床上时，总会想起那个少年，想起那个夏天的下午。

三个月前的一个下午，安装公司的老板无故地扣了我三百多块钱，还嘲笑我的女友跟别人跑了，我实在忍无可忍了，抄起铁棍扫向了他。他付出了几根肋骨的代价，我付出了三年牢的代价。事情刚发生后，我跑到了山上。当我在树林中找到一个小水塘，喝了几口水后，陷入了绝望，我想我这一生完了。我流了一阵泪水后，突然发现了小水塘中多了一个倒影，那个少年再次出现在我眼前，多年前的那个夏天那片玉米田向我汹涌来，好像一场山洪要将我淹没……

进了监狱后，我对一切都失去了兴趣。三年的刑期并不算长，但是我这样的人出去还能做什么呢？我不相信有什么奇迹会在我身上发生，我也不相信谁还能挽救我，我就是一只摔破的瓷罐。我跟牢友说起当年的那个少年，牢友笑着说："如果当年你们打死了他，你小子早就坐牢啦，恐怕不止三年呢，混到这会儿才进来，算你走运。"我说："进来了我也不想出去了，过一天算一天吧。"牢友问我："那个少年后来怎么样了？"我说："能怎么样？我后来还见过那个少年一次。一次我去外婆家，发现他竟然是我外婆那个村的，人们叫他杜建飞。此后，我再没去过我外婆家。"我对牢友说，他无非和大多数农村孩子一样，读到初中或者高中，然后出去打工，娶妻生子，再打工，在四处转辗中一天天活下去。

可是，昨天，我又碰见他了。

监狱的图书室来了一批新书，管教让我们去挑自己爱看的。说实话，我对看书没有兴趣，生活早将我对书本的感觉磨尽了。为了给管教一个好印象，我也装模作样地跟着其他犯人去了图书室，装模作样地在那儿翻着。后来，我竟然看到了当年的那个少年写的一本书，封面勒口上有他的照片。作者简介中这样说：杜建飞，青年作家、记者，一九七八年生于涟河焦集镇杜庄村。

　　杜庄村正是我外婆的村庄。再细看他的照片，虽然气质已经完全是一个有学问的人，但是仍蜕不去少年的轮廓，特别是那双眼睛，仍然是细长的，是清澈单纯的。

　　我当即就把这本书带回了监舍。这么多年，我以为那个乡村少年也像我一样，被生活折磨得面目全非了，我想起他时眼前只有那片玉米田。我很奇怪，他混得这么好，我很奇怪，他为什么能够相信这个世界。

沉睡于湖

1

我预感到这是我最后一次出征了。

我是一只鸦。这是苏北千莲湖一带人对鱼鹰的称呼。每只鸦都是有名字的。放鸦人根据鸦的特征和性格给鸦起上一个名字，指挥起来就方便了。比如，姜大号子给我取了一个很响亮的名字，叫湖狼，那只不爱捕鱼只爱吃鱼的鸦叫二流子，那只处处看不惯我、被姜大号子赏识的鸦叫大土匪。

现在，是上午九点多钟，姜大号子准备带我们去千莲湖了。他先把捕桶和鱼篓子系在竹篙一头，托了竹篙中间，又叫了一声口号子："啊啰喂——"十几只鸦就迫不及待地跳上了竹篙另一头。要知道，从昨天傍晚我们吃了鱼，到现在十多个小时了还没进食。主人这样做，是为了激发我们捕鱼的欲望。

我是最后一个跳上竹篙的。真的，我老了，动作迟缓了。在我没跳上竹篙之前，我发现了一个异样的情况。大土匪着看了我一眼，飞到了紧挨主人肩膀的位置。那里从来都是我的位置啊，我是这群鸦的首领，只有首领才有资格站在紧挨主人肩膀的位置。我迟疑着，盘算着要不要冲上去将它赶走，姜大号子说话了："湖狼，你还不上来，不想去的话，就留在家里。"这样的话，让我感到委屈，也有些愤怒，看来，姜大号子已经决定以"大土匪"取代我的首领地位了。

最终，我还是跳上了竹篙，挨着二流子站着。大土匪勾过头，挑衅地看了我一眼，露出了不屑的神色，然后高傲地仰起了头。我没有反抗大土匪的侵犯，等于接受了它接替首领的事实，其他的鸦纷纷朝大土匪叫着，表示对他的祝贺，二流子还将嘴插到它的翅膀下，讨好地给它挠着痒痒。

属于我的光辉岁月就要过去了。

还有什么留念的吗？我问自己。

可是我答不上来，我感到头脑昏沉，理不出任何头绪。

快要到千莲湖了，我看到了浩渺的水波，鲤鱼岛上的芦苇在我眼中摇晃。突然间，我来了精神。这一刻，我不再苍老，我满怀激情，我明白了自己为什么带着委屈和愤怒出征了。

2

我三岁那年，就当了鸦群的首领。

那一天，我捕到了一条将近九斤重的野鲢，是我体重的三倍，连我自己都难以相信。

当时，我们的首领黑雕刚刚病死，姜大号子还没有决定新的首领，我的这个战功来得及时。姜大号子将鸦群召集到河滩上，松开我脖子上的草环，将一条半斤重的青鱼赏给了我。我吞下青鱼后，姜大号子拍拍自己的肩，对我叫道："湖狼，上来。"我飞上了他的肩。我知道，这个仪式表示了新首领的产生，激动得心跳加速。姜大号子对其他的鸦说："你们都听好了，以后湖狼就是你们的头目。"姜大号子又对我说："湖狼，你可要给我争气。"我欢叫着回应，让他知道我一定对得起他的信任。

也就是在那一年，我当新首领不久，遇到了我今生的死对头铜鳞，一条桀骜不驯的鲤鱼。

那一天，我带领着鸦群巡游在千莲湖中的鲤鱼岛附近，一次又一次的潜浮都没有收获，姜大号子急得用竹篙拍着水面，高喊着鸦号子，叫着我的名字，说："湖狼呀，我的好伙计，你给我加把劲。"

就在鸦群累得快撑不住时，我看见了前方一片闪烁的光，带着鸦群成扇形包抄上去。

这是一群鲤鱼。它们见了鸦群四散逃窜。然而，其中最大的那条向前蹿了几米就停了下来，对着其他的鲤鱼叫道："鸦群一来，你们就逃，什么时候能改变被捉的命运！"但是没有一条鲤鱼停下，继续逃命。那条最大的鲤鱼不服气地盯着我。我还从没有碰到和我们鸦群对峙的鱼，我感到奇怪，又感到可笑。我想它真是不自量力。我问它："你是谁，不要命了？"它说："我叫铜鳞。"说着，还晃了一下身子，展示着古铜色的闪闪的鳞片。这样的挑衅，激怒了我，我向它发起了攻击。就在我快扑到它的头部时，它猛地向下方一沉，瞬间不见了。

我在心里笑了，这个虚张声势的家伙！

鸦群继续追着逃散的鱼群，每只鸦都捉到一条或大或小的鲤鱼。我想，铜鳞呀，你这次虽然侥幸跑了，你同伙的命运就是你的下场，我不会放过你的。

几天之后，我就再一次和铜鳞相遇了。它的身边只有几个同伙了。像上次一样，那些家伙见了我们就逃之夭夭，只有铜鳞摆好了格斗的架势。我指挥着鸦群去追赶它们，留下自己和铜鳞一分胜负。铜鳞十分狡猾，我扑向它，它就躲闪，我停下来时，它又向我扑来。突然，我感觉一阵疼痛，我的翅膀上被它咬了一口。我顾不得疼痛，扭头寻找铜鳞，它却跑得无影无踪了。

由于长期的进化，我们的翅膀已不擅飞翔，但是具有了划水的功能，它和双脚配合着，如同船的双桨，保证了快捷了速度。翅膀受伤，对我这个新任首领是个沉重的打击。

我上岸后，装得很轻松的样子，尽量不让姜大号子和其他的鸦看出来。我在心中发誓：铜鳞，我一定要捉住你。

然而，再次遇到铜鳞，却是十年以后了。我们鸦在动物当中算是长寿的，我们可以捕鱼到二十八岁，最长的生命可达四十岁。

此时，对于我来说，正是一只鸦生命力最充沛、经验最丰富的黄金年龄。

我带领着鸦群穿过一片水韭，没有发现任何动静，大家纷纷出水换气。当我打算带领鸦群向别处去时，我感觉到了水底的异样。我赶忙潜入水下，我的目光中出现了一道古铜色的影子，我一阵兴奋，紧紧跟了上去。

它游到了水韭丛中，寻觅着可食之物。我看清了，它是铜鳞！

久违了，老对手！

我冷静下来，悄悄地逼近它。为了不让它感觉到水流，我潜在比它低的位置。当它的注意力被水韭上的一只螺蛳吸引时，我猛地冲了上去，啄住了它的腮部。我上喙的尖钩准确无误地插入了它的腮中，与下喙完好地卡在了一起。它拼命地挣扎着。这家伙的力气果然了得，拖着我翻滚。我丝毫不松口。当我感觉需要换气时，它已经没有了力气。我拖着它，浮出水面。

姜大号子看见了，撑着捕桶快速地向我奔来。借着水的浮力，我把它拖到了船边。

姜大号子弯下腰，双手卡住了它的身子，我松开了嘴。

可是我万万没有想到，就在一刹那，这个好像已经死了的家伙，猛地甩了一下尾巴，从主人手中挣脱了。主人失望地骂了一声。等到我回过神来，潜入水中，这个家伙已经销声匿迹！

我浮出水面，嘎嘎叫着，发泄着不满，我责怪自己的得意忘形，责怪主人的粗心大意。

已经成年的大土匪，也发出嘎嘎的叫声，我听得出来它的叫声不是惋惜，是幸灾乐祸。它朝主人拍着翅膀，好像对主人说，要是我，就不会出现如此严重的失误。

我懒得理它，我只是想这次机会失去了，不知道何时还能将它捉住。

3

我没有想到再一次与铜鳞相遇，整整等了又一个十年，等到我老得不成样子，等到我被主人从首领的位置上赶下来。

此时，千莲湖就在眼前，湖中的鲤鱼岛上一片青翠葱绿。我对着鲤鱼岛的方向默默地祈祷：但愿铜鳞还在那一带活动，让我捉住它。

鸦群到了鲤鱼岛。

我潜下水，寻找着猎物。我要好好表现一下，我要生擒铜鳞。

当我浮到水面换气时，发现大土匪带着鸦群远远地避着我。

我苦笑着，我想，没什么，这样更好，我要享受一下独自战斗并且大获全胜的英雄豪气。

二十年过去了，铜鳞会长成什么样子？

想到这里，我突然紧张起来，有一种生死未卜的感觉。

我能打得过它吗？

很快，我又在心里骂自己：没出息的东西，还没到战场意志就垮了。你还算一只鸦吗？你还是曾经的首领吗？

不，你要树立信心，不要惧怕，记住，你是湖狼，你是首领。我在心里鼓励自己。

我沿着鲤鱼岛的边沿巡游着，细心地感受着湖底的水流。

我不知游了多远，也没发现铜鳞的影子。我想，这个家伙也许早就被别的放鸦人捉走了，或者因为老病而死了。

想到这里我有些泄气，那种失去对手的遗憾让我一阵迷茫。

4

我到底还是发现了铜鳞。

这家伙也老了，老得不像一条鲤鱼了，像个怪物，它的身上有几处伤痕，最丑的是头部，两根胡须只有一根了，这唯一的胡须像一根烧焦的木棍，又粗又硬。

我没想到这老家伙竟然自投罗网，主动上前挑衅。

它也看不起我了，不把我放在眼里了，这是对我最大的羞辱。我懒得和它啰唆，对着它的头部就扑了过去。

我扑了一个空，老家伙一晃身子就躲开了。

我知道，只要我啄住它的腮，它就无力回天了。我再一次向它头部扑去，它竟然跳出水面，重重地砸在我身上，我的背部一阵疼痛。我掉转身，又向它扑去，老家伙倾斜着往湖底游去，我紧紧追了上去。

铜鳞游得相当快，我追着追着就感到胸腔发闷，不得不浮上水面换气。

谁知，我还没完全浮到水面，腿上就被它咬了一口，连皮带肉地撕去了一块。愤怒让我忘记了疼痛，我换了一口气，急忙向它追去。

铜鳞疾速地下沉，钻到了芦苇丛中。

我也钻进了芦苇丛。

我想，虽然你在芦苇丛中比我有优势，但是一旦你失误了，撞上了芦根，或者被芦苇根夹住，你就死定了。

然而，我没有想到，这是一个陷阱。我被芦苇丛中的水草给缠住了腿，用力挣扎了几下才挣脱。刚刚挣脱，我就感觉气息不够用了，只得又浮出水面换气。

到了水面上，我听见姜大号子再叫我："湖狼，上岸喽，回家喽。"姜大号子边叫边朝我这边赶来。

我没有任何反应，只是感觉很累。我被撕伤的胸口一阵阵疼痛。

我的眼前又出现了铜鳞的身影，它又跟了上来。

这次，它没有攻击我。

它静静地看着我，问："湖狼，累了吧，歇会儿，我们再战。"

"我不累。"我不服气地说。

"你不说实话，你累得都快喘不过气了。"它说。

"你不是也累了吗？"我说，"你未必比我轻松。"

"我是累了，"它说，"我老了，经不起折腾了，不过，我在等你，你不想放过我，我也不想放过你。"

该死的家伙又来挑衅我！

我深深呼吸了一口气，向它扑去。它迅疾地躲开了。当我凝神观察它的去向时，它却从我的身子下方发起了攻击，狠狠地撞向了我，几乎将我撞得飞起来。我调整身体，向它的腮部冲去，它故技重施，又倾斜着冲向了湖底。我也不依不饶，紧紧追上。

我们在水底又展开了搏斗。我总想啄住它的腮，却一次一次落空，只啄下了身上几块鳞片。它总想咬断我的脖子，也是一次次落空，撕下了我几根羽毛。

我们都累了，都已精疲力竭。

"上去换口气吧。"它说。

我想，这家伙在讥笑我。可我不得不换气。到了水面上，我看到姜大号子离我越来越近了。他大叫着："湖狼，上岸了，回家了！"

我没有理他，再次潜回湖底。

5

铜鳞还在原来的地方。

然而，我还是感到累，觉得体力不支，要想再一次进攻它非常困难。

它静静地看着我，也没有进攻的迹象。

"我很佩服你。"它说。

我怀疑自己听错了。难道这是我的死对头、我一生都想置它于死地的家伙说的？

"你是水中的明星，你是真正的湖狼。"它又说。

说实话，听它这么说，我很高兴，不，简直是感动。可是我很快就提醒自己：不要被它的好话蒙骗了，防止它要什么花招。

于是我说："少说奉承话，我还要和你格斗的，我不会放过你。"

它想了一下说："那好吧，不过，你还是上去换口气，我在这等你。"

它这么一说，我真的感到气息不够用了，我必须上去换气。我说："好的，我很快就来，你可别充孬，趁机溜了。"

它摇摇头："不会的，我一定在这等你。"

我回到水面，痛快地换着气。可是刚呼吸了几，我就后悔了，老家伙一定趁机溜了，我上当了！我急忙潜下水去。

让我惊讶的是，铜鳞还在那里。

这时，我感觉到了水流急剧地涌动。凭经验我知道，是大土匪带着鸦群来了。

铜鳞一定也感觉到了，但是它一动不动地看着我。

我有些奇怪。我说："你刚才是可以逃走的。"

它笑笑："我答应过你的，怎么能逃走，我知道你需要我这样的对手。"

它的话，让我一阵酸痛。想到这么多年，它表现出的勇敢和机智，我突然间发觉它非常了不起。

我发自内心地说："你是湖中的勇士，是鱼中的明星。"

它笑笑。笑声中也充满了感动和自豪。它说："谢谢你的夸奖。"说着，游到了岛边上一个洞口前。

与此同时，大土匪带着鸦群向铜鳞扑了过来，黑色的影子像箭一样飞驰。

铜鳞赶忙钻进了洞内。

我也猛地蹿到了洞口，用身子堵住了它。

鸦群围住了我。大土匪死死地盯着我，冷漠而傲慢地威胁着我。它身边的二流子蹿到我跟前，想往洞内挤去。

"都给我滚！"我大叫一声。

二流子吓得闪开了。其他的鸦看着大土匪，等待它发号施令。

我感觉胸闷，头晕，两眼无力。我想，我快要死了。

大土匪看着我，嘴角露出一丝冷笑。它扭过身子，仰起脖子，倾斜着向上游去。其他的鸦跟着它游向了水面。

我依然堵在铜鳞藏身的洞口。

我在心里说，铜鳞，我不会上岸了，不会回到鸦群了，不会和主人回家了，我就在千莲湖里永远沉睡下去，我，将和你在一起……

自由之神

1

傍晚时，雨牛去楼顶收衣服，走到楼梯的拐角处，看见了一只小灰鸽。小灰鸽并不怕他，咕咕地叫着。

吃晚饭时，雨牛又听到它的叫声，这回雨牛听出了一丝怅惘和急躁。他放下了碗，找了几块木板，一张塑料布，上了楼顶，给鸽子搭了一个棚子。然后，从床底拖出一个纸箱，铺上了一层棉絮。

"你有一个家了。"雨牛对小灰鸽说。

夜里，小灰鸽不时地咕咕，那叫声听起来温暖了许多，让雨牛睡得极为踏实。

2

第二天夜里，雨牛从梦中醒来，就见陈旧的窗帘随风飘动，月辉碎在床前。

鸽子不会冷吧？雨牛正想着，小灰鸽穿过窗帘，飞进了房间，落在了他的床头，眼睛里像闪着星辰。它扑闪了一下翅膀，雨牛嗅到了一股浓浓的紫云英的花香。

"你要干什么？"雨牛问它。

小灰鸽发出了唱歌一样的声音。

雨牛笑起来："唱的什么歌哦，咕咕咕，咕咕咕。"

小灰鸽一点也不害羞，却好像受了夸奖，更加起劲地"咕咕咕、咕咕咕、咕咕、咕咕、咕咕、咕——"

雨牛听着听着，神情恍惚起来。

雨牛看见了家乡的学校，学校前绿云朵一样的白杨树冠，看见了妈妈，妈妈围裙上的麦穗，看见了同学女赵加映，赵加映额头上可爱的小雀斑……

雨牛的鼻子酸了一下，眼圈红了。他捧来一把米，对小灰鸽说："歇会儿，吃点东西再唱吧。"

小灰鸽啄了几粒米，飞出窗外，很快又飞回来了，嘴里衔着一朵紫云英。它把紫云英放在雨牛手心，扑棱一下翅膀飞到窗台上咕咕唱歌。

雨牛很是奇怪，开门出去。月光越发明亮了，雨牛感觉周围的一切都浮在月光中，自己也随着漫天漫地的月光漂流。

雨牛看到了一片浩浩荡荡的紫云英花田。一道田埂上一头大黄牛低头吃草，另一道田埂上有个女孩在挖野菜。

"黄胖子！"雨牛大声叫着。"黄胖子"是雨牛给自家的大黄牛取的名。

黄胖子抬头，"哞哞"而应。

"柳柳！"雨牛大声叫着。

挖野菜的女孩丢下篮子向他飞奔。

3

天空倾着大雨，雨牛蜷缩屋檐，抽泣不止。

几十分钟前，雨牛给赌客上茶时，不小心把茶水撒在了一个赌客身上。那人输了钱，正欲找个发泄的机会和对象。雨牛撞上了他的枪口。污言秽语，拳脚相加。赶过来的老板，又对他一阵臭骂："饭桶，给我滚！"然后，弯腰给赌客赔上了笑脸……

从昏睡中醒来，已是第二天。雨牛蹲在行李旁，双手抱头。难道自己劳动半年都白干了？

雨牛再次出现在赌场里。老板坐在背光的角落，烟雾四散，整个屋子只差一点火星就被点着。

"给我钱！"

"哼哼！"

雨牛的手伸向裤兜的一个铁器。

老板站起来，一努嘴，旁边蹿出两个大汉。

4

雨牛感觉自己要死了。赌场旁边的小黑屋子成了他的囚笼。

只有到下午三四点钟，才有一丝阳光透进西山墙上的小窗。

可是这一丝阳光和自己有什么关系？

雨牛解下鞋带，他要将脚上的物件移到脖子上，再将生命移出人间。

就在那一刻，窗外响起了鸟儿扑翅的声音。

接着，它飞进了窗内。

啊，我的小灰鸽！雨牛丢下鞋带，捧起了它，将它贴在胸口，贴在脸上。

阳光很快移走了，小黑屋更黑了，夜一样黑。

可是，雨牛却安静下来，前所未有地安静。

那个紫云英之夜再次出现在他眼前：月光、花田、吃草的黄胖子、飞跑的柳柳、灶台边的妈妈、上学路上的赵加映……

那是小灰鸽为他创造的仙境！

那是紫云英之约！家乡之约！

雨牛激动了。他仿佛听到黑屋坍塌的声音，而坍塌的墙体又被蔓延开来的紫云英覆盖了，并且一直向家乡蔓延。

5

雨牛重新将鞋带穿好，系紧。

送饭的人打开了门。

雨牛接过饭碗砸向了他们的脸。

雨牛冲上了街头。

这样，城市上空就有了两只鸟。

这样，夜色就成了紫云英的花海。

碎　雪

　　均田知道自己病了。你看，米饭咽不下了，卷子要泡开了带水咽。老就老了，病就病了，你别让我受罪。以前不是这样，大米饭开水泡泡，能吃两大碗，卷子就着咸菜能吃大半斤。

　　均田知道自己病重了。你看，好好的铁锹柄，挖了两下土就断了。一大早躺床上，听见母鸡学公鸡打鸣。刚踩上木桥，一块木板就裂了。几只狐狸从草垛里钻出来，就围过来咬自己的裤脚。

　　均田知道自己得的是绝症。村里村外的人，得了这种病的，都有这些兆头。

　　均田不想告诉人。一是孙子上学要学费，还要零花钱；

二是夏儿这几年打工不顺，家里没什么积余。

均田想挺到哪天是哪天。

均田不怕死。均田六十岁了，死也不算过早。均田算过，和他同岁的，一个村里已死了六十三人了，有几个七八岁就死了。均田看不起怕死的人。均田去看河对岸的老唐，老唐的床头坐了几个听他安排后事的人。老唐说："就不懂，老天既然要人最终一死，却又为何降人于世。"老唐是教书先生，说话爱用文言。看他的人跟着哀叹，均田直想笑。均田想，老天把你生下来，到世上走一遭，你还这样问。你也不死，他也不死，想把地球压扁啦？均田想，亏你还是教书先生，识文断字呢。均田就掏出二十块钱，往老唐的被角里一塞。均田说："唐先生，一点小心意，想吃什么买点什么。"均田起身先出去了，望望西天的夕阳，均田想，太阳落山了就落山了，还问它什么。

均田估计自己过年前死不了。均田查过日历，还有四十五天过年。

均田有些急。均田怕过年后倒下去爬不起来，耽误夏儿外出打工。均田想，最好是过年前死。夏儿过年前肯定回家，把丧事办了，也就一身轻松了。另外，办丧事的剩酒剩菜留着过年用，也好省下一笔钱。

均田一着急，就恨自己。他想不吃饭，可是胸口空得慌。他想不喝水，可是喉咙像要裂开。吃又吃不多，喝又喝不多，均田又怕晓芽看出来，送他去医院。均田就端了饭碗，串门子。趁人不注意，均田把半碗饭倒进猪食槽。

一天两天死不了，均田的心病比喉咙里的肿块还沉重。

大清早，均田起床了。均田要到村头看看天，能不能早几天死，过年前入土，老天你给个脸色。

开了门，一地的雪花。仰头看，雪花悠悠飘，毛茸茸，细碎碎。均田往村外走，路上没一人。两只狗，撒着小碎步，东嗅嗅西嗅嗅。均田过了小木桥，眼前一片开阔。麦苗顶着小雪花，一眼望不到边。

均田往麦田边走。过了十几道田埂，到了自家麦田。均田看那麦苗匀称，麦棵壮实，心头舒口气。均田拔了根枯草秆，拔去麦上雪，麦棵里没有草，麦根也潮湿。均田又把雪盖上。均田想，我是不等吃新麦了。身体好时，一年也要吃二百多斤麦，二百斤麦够孙子学费了。

均田刚要往回走，河那边响起一阵唢呐声。均田知道老唐死了。均田一跺脚，想死的死不。

均田又看天，还是老样子，一片雾蒙蒙。

均田往回走，上了小木桥。上回自己一踩就裂的那块木板，让人用铁丝缠上了。均田轻踩脚，木桥不摇也不晃。均田想，骨头是空了，没了分量了。均田想，木桥要是能裂个缝，"咔嚓"一声响，年前自己就能倒下。

均田站在木桥上。瘦瘦的芦苇不声不响站着，梢头的芦花发灰了，狼尾巴一样垂下来。

起了一阵风，风不大，尖嘴猴腮往身上钻。均田紧紧腰绳。均田还站着。均田的眼有些花。均田好像看见一个人。均田揉揉眼，看到的还是细碎碎的雪花。

晓芽说："爸，夏儿他妈耍赖皮。"

均田说："什么夏儿他妈，不是你妈？"

晓芽说："我不一直叫她妈吗？爸，你说她讲不讲理？我和夏儿结婚时，她说把屋前的三棵白杨给我们。分了家，白杨长大了，又不给了。昨天，夏儿打电话回来，说要把那三棵白杨卖了，添上他打工的两千块钱，买几万块砖，留着春天修房子。她怎么说，你知道？她说：'白杨是分给你们的，可是在老六屋前长大的，屋子是老六的，树就该是老六的。分给你们，你们当时怎么不刨走？'我就跟他们吵，公公装着缩头龟，婆婆就耍赖皮。"

均田说："你吵什么，夏儿回来再说。"

晓芽说："夏儿回来也没用，他听父母的多。"晓芽的眼泪流到了下巴，晓芽说："欺负我是改嫁的人。"

均田的喉咙一阵疼，那个肿块像块石头卡得紧。均田的嘴边有着些微的白气。均田说："晓芽，哭什么，我去跟夏儿妈说说看。"

均田知道说也没有用。夏儿妈生了六个儿子。老二结婚前，粮囤里满满的，喜得老二媳妇连跑带蹦进了洞房。当天夜里，粮食就少了一半。老三结婚前，夏儿妈给媳妇二百块钱定亲礼。婚后没几天，有人找老三要债。夏儿妈给的二百块钱，是她借的，却让老三打的欠条。老四结婚前，答应婚后三天买台电视机。电视机买回来，给老四分家时，却让老五搬走了。夏儿妈有心计，先把媳妇哄上门，答应你的东西，老二的给了老三，老三的给了老四，老四的给了老五。这是拆堤打堤。老六还没成家。老大，就是夏儿，最后成的家，看来那三棵白杨要转给老六了。

均田知道说也是白说。夏儿妈一张嘴，自己就没了话。

均田还得去，均田担心夏儿妈生气。

夏儿妈住的是土墙瓦顶的那座房子，小是小，但结实，几十年没坏，冬暖夏凉。

房子的后檐，是一片竹林。粗的一年比一年粗，细的一年比一年多，厚厚的竹叶铺了一地，鸡子成天钻里头刨呀刨。

房子的后檐对着夏儿的门，二三百步远。

均田到了竹林。竹叶沙沙，乱雪纷纷，冷气扑着均田的胸。

均田却站下，看竹。竹子不老，竹子四季绿，竹子的日子没有边。

晓芽没出嫁时，也要在家后栽竹子的。均田说，不要栽，不要栽，免得让人偷去做竹竿鱼竿。

栽竹子有什么不好呢？均田现在想想，也有些想不通，当初怎么不想栽竹子。

均田进屋时，夏儿妈还倚在床头。床边的凳子上摆着瓜子、花生。

均田说："绍文呢？"

夏儿妈说："老唐先生夜里死了，帮忙去记礼金了。你吃花生。"

均田说："吃、吃。你吃早饭了？"

夏儿妈摇摇头。五十多岁的人了，夏儿妈的头发还是那么黑，那么柔，那么滑。鱼尾纹也浅浅的，像小蝌蚪划出的细浪。夏儿妈是讲究的人，胸罩还用戴钢丝撑的，把白羊毛衫顶得高高的。肤色也好，是天生的白，细瓷碗一样光滑。

均田拿了花生，捏了壳，吹了皮，放到夏儿妈手里。

夏儿妈的手心还摊着。夏儿妈说什么也不想吃。均田的眉头皱了一下，喉咙抽紧。

均田说："什么话？"

夏儿妈说："吃什么都没胃口。"

均田揉着喉咙，用力地干咳。均田说："晓芽惹你生气了？"

夏儿妈把那花生捏成两瓣，放一瓣到嘴里。夏儿妈摇摇头："我生什么气呀，我要气，五六个儿媳还不把我气死呀！夏儿做老大的，不学好，坐了十几年牢出来，家里他一分力没出。不是你把晓芽给他，他连个焐脚的人也没有。这老六也有媒人给他提亲了，能不用钱？你当老大的能不出力？不出力也没什么钱，我把分他的三株白杨给老六，不算过分吧？"

均田说："这也是个办法。"

夏儿妈说："均田，把水递给我。"均田摸了一下杯子，说凉了。均田换上了热水，端给夏儿妈，看着夏儿妈喝了一口，才坐下。夏儿妈说："我不生晓芽的气，我的媳妇，我生什么气？她呢，生气也没用，说定了，白杨归老六。"

均田说："对呀，先把老六媳妇弄上门。夏儿妈，那你起来吃饭呀。"

夏儿妈摇摇头："老六叫过我了，我没胃口。"

均田坐到了床头上："你想吃什么？"

夏儿妈说："饭还是想吃的，米饭，卷子都行，就是小菜没味，小菜里没虾米。"

均田说："哦，这好办。也怪我，这些天不知道怎么的，变懒了，没去捉虾米。"

夏儿妈说："天这么冷，捉什么。我看你的精神这段时间也不好。"

均田站起来，跺跺脚，两手拍拍腿。均田说："我没事，我这身体，你看捉虾米简单，一只盆，一把锹，一个细篾箩就够了。"均田上路时，雪花还在飘。

过了小桥，顺着麦田走到头，田头的水渠里有虾米。

春夏时间，洪泽湖的水一路奔来，带来了各种各样的鱼虾。秋天，水退了，捞鱼摸虾，就成了下游一景。大的被逮尽了，还有小的。现在，到了冬天，鱼少了，有人用电捕鱼，子子孙孙，一网打尽。虾子不同，虾子在杂草里藏着，捕鱼器不好探，怕被杂草缠住了。虾米就更容易漏网了。虾米说是小虾，其实比米粒大多了，有火柴棒那么长呢。洪泽湖下来的都是青虾，小虾米味道挺鲜，烧咸菜，不放味精，也鲜得人咂舌头。

均田一到农闲，就去田头水渠里捉虾米。

过小桥时，均田想起，早上来这儿，怎的就想死呢？这会儿，这步子，有力气嘛。

均田还想起晓芽老问他的话："爸，你怎么老说是夏儿妈救了我？"

均田就对她说："是夏儿妈救了你，就在那小桥上，你掉下去了，夏儿妈把你拉上来的。"晓芽问："那时我几岁啊？"均田说三岁。

其实，那时，晓芽已经六岁了。其实，晓芽也没有掉下河去。

那天的事，均田一辈子记得。是晓芽六岁那年。是夏天。那个下午，会计绍文正记账，圆珠笔芯的蜡用光了。绍文就叫正在铡牛草的均田给他回家拿圆珠笔芯。

社场正对着绍文家，就是夏儿的房子现在的位置。从社场到绍文家也就二三百步远，但绍文每次都绕着从庄头出来。绍文家从前顺着东西两面墙打着围墙，只留一个院门。均田为了省路，直打直跑向绍文家。

均田想从围墙东侧翻过，又怕个头矮，翻不上去。均田从后檐绕过去，要从西侧翻，均田记得西侧有个小缺口。均田走近后檐的竹林时，听见了一声响动。均田看见了掩在竹林中的那个小窗子。均田就稍微踮了脚，向里看去。

均田看到绍文的女人刘美凤光洁的脊背。

刘美凤在生产队里名声不好。自从嫁给绍文，刘美凤一年生一个孩子，生一个孩子就在家一年。肚子凸起时，就说反应厉害做不了事，生了孩子，满了月，又说生病了。别人刚打听她病好没好，肚子又凸起了。刘美凤除了懒，还好吃。床头水果、瓜子不断。生产队的妇女到一起就说，下辈子能有刘美凤这福就好了。可这辈子的苦你是吃定了，熬到下辈子你男人也未必是绍文。绍文当着会计，不但自己的女人肚子不落空，别人的女人他还抽空照顾，生产队里说得有鼻子有眼的，跟他睡过的女人有三四个。

均田一听到妇女们谈刘美凤，均田就脸红，觉得自己见不得人。自己女人就是嫌自己穷，跟集上一个搞走私粮票的常州人跑了，留下他和五岁的女儿晓芽。均田想，自己要是绍文，女人也不会跑。

均田看见刘美凤的脊背，心都要跳出来了。刘美凤坐在木盆里，不紧不慢往身上撩水。均田感到踮着脚太吃力了，便找了两块断砖垫在脚底。均田看到刘美凤背过手往后背上打香皂。均田就几乎吸进墙里了。均田的两眼里泛出了火光。均田的喉咙咕咕响着。均田看到刘美凤站起来。均田看到刘美凤从头到脚的光滑，细细的水滴，给刘美凤挂上了一串串珍珠。均田觉得那窗子扩大了，比整个墙还大。均田看到刘美凤好像退步向他靠近。均田看到刘美凤的两只手臂变成了一对翅膀，要飞起来，要起一阵风。均田自己就在一阵旋风里。均田看到刘美凤走向梳妆台。那阵旋风越来越大了。均田看到刘美凤拿起一个东西，微微侧身，拿毛巾的右手抬了起。均田看到那是一面镜子。一声尖叫，接着是破裂的清脆声音。

均田跌倒在墙根。均田好久才起来。均田跑出竹林后，又站住了。均田的衣服已全部湿透。

最后，均田像豹子一样，跑向代销点，买了一支笔芯。

均田把笔芯交给绍文时，绍文问美凤在家干什么呢。均田说，在家……洗、洗衣裳呢。均田随后去铡草了。均田的一只手指头被铡掉了一截。

那天晚上，均田在家里直打转。均田知道自己被那面镜子捉住了。均田想去跪绍文，请他饶自己一回。均田想去跪着刘美凤，请她不要告诉给绍文，如果不告诉，均田随她怎么办。均田看到绍文拿着刀来找他。均田看到公安牵着狼狗拿着铐子来找他了。均田知道自己彻底完了，坐了牢，晓芽也没人问了。均田一辈子也抬不起头来了。均田找来一根绳子，一头打了活扣，一头拴到了门前的树上。

均田看到月亮像一把手铐挂在天上。均田的头伸进了活扣。均田要踢开脚下的凳子时，听见了女儿晓芽的哭声。

均田又回到屋里，晓芽又不哭了。均田抚着晓芽的脸，泪水滴在晓芽的脸上。均田听见屋外急促的脚步声。均田抱起晓芽，出了村。均田来到村口的小木桥上。

均田的脸贴着晓芽的脸。均田说："晓芽，爸对不起你。爸和你在那边见吧。你先走啊，爸一会儿就去。"均田又说："谁叫你摊上我这么个畜生爹呢，晓芽。"

均田慢慢把晓芽举起。月光下晓芽的睫毛长长的，黑黑的。

均田真的听见脚步声了。

听见脚步声时，刘美凤已经和绍文到了桥头。

刘美凤说："均田，这么晚了，抱着晓芽，站这儿？"

绍文说："均田，你是不是手指头被铡了，疼了？快去诊所啊。"

刘美凤抚摸着晓芽的脸，刘美凤说："你是想去诊所吧，孩子没人带，来，孩子我给你抱着。"

均田的身体在颤抖，均田的声音也颤抖："我手指……疼，还是我抱她去诊所吧……"

均田后来才知道，那晚，刘美凤和绍文是吃了夜饭回来的。

均田到了水渠边，挥起铁锹把水坑上的冰打碎。均田打了坝子，放下篾箩，把水往篾箩里刮。细雪还在下着，均田的眉梢胡须上是一串串的水珠。水很快见底了，小鱼小虾乱窜起来。均田舀了几下，就对抄着手暖暖。看看小鱼小虾乱跳，均田等不到手暖透了。这一个坑里，约有半斤小虾米。均田又换了一个坑。

均田想，有了小虾米，炒了咸菜，美凤就好下饭了。

这会儿起风了，越刮越大了，天色好像暗起来。

均田想，老天不要下大。雪花不听他的，一片片大起来，密起来。大片雪花往均田领口里扑。均田说："没什么顺心事，我想死呢，死不了，想活呢，老天你又作对。"

均田隐隐约约听见老唐家的唢呐声。均田说："老唐，难怪你怕死，我也想活过年呢。我要用上几十斤虾米，够美凤吃上一个春天的。"

均田知道美凤一辈子爱吃虾米。

均田还记得第一次给美凤送虾米的情景。

那年秋，均田在一个干得见底的大水塘里，捉了整整一水桶虾米。均田就把虾米从庄子西头一直分到东头，每家舀一两碗。到了美凤门前，均田赶快溜了过去。刚走过就听美凤问邻居哪儿来的虾米。均田心里一阵慌。到了家，想想，就把虾米上了锅炕着，边烧边挑去里面的小鱼、杂草、蚂蟥、小螺蛳。炕好了，有一大碗，红艳艳的。均田叫晓芽给美凤送去。

晓芽去送给美凤的时候，均田一直在屋里打转。

自从他偷看了美凤洗澡，均田一直怕美凤的眼睛。美凤没有把那件事告诉绍文，美凤救了他和女儿的命。可是美凤心里一定是恨自己的。均田还是想找个机会，向美凤认错，向美凤表示感激。均田不知道美凤会怎样对付自己。均田让晓芽送虾米，想看看她的态度。

好长时间，晓芽回来了。晓芽说："爸，婶子让你去她家。"

均田问："虾米收了吗？"

晓芽说："已经上锅煮了，婶子说，我还以为你爸送虾米就漏了我一家呢，没想到收拾得这么干净。"

均田问："她叫我过去干什么？"

晓芽说不知道。

均田让女儿先走。

均田关上门，跪下来。均田说："美凤、绍文，我不是人，我对不起你们……"均田说："看在晓芽这孩子没娘的份儿上，你们打就打，你们别把我送公安。"

均田又猛抽自己的耳光。均田要把自己打麻木了，打糊涂了，再送给美凤和绍文，随他们怎么打。

到了美凤家门口。晓芽在那儿，手里正拿着一块玉米饼啃着，晓芽对着屋里说："婶子，我爸来了。"

均田就缩作了一团。

美凤出来了，朝均田招手："快进屋，快进屋。"

均田低着头进了屋。桌子上放着一盘虾米煮咸菜，还有一盘黄亮亮的玉米面饼。

美凤叫均田坐下。美凤说："你送的虾米，我就煮了，又贴了几块饼，我和绍文说，让你和晓芽都过来吃。"

均田说："吃……吃……"均田的额头上冒出了汗，均田不敢看绍文和美凤。

玉米饼就虾米香啊！

绍文说："美凤最爱吃虾米，开始我还以为她是怀孕挑嘴呢，没想到，她一年到头都爱吃。"

均田说："爱吃，以后我就用了送来。"

绍文说："不要、不要，你送来，我还要多贴几块饼呢。"

临走时，均田和绍文闲聊着到了猪圈边。均田说："会计，我帮你把猪圈的粪起出来。"绍文说不要了，均田没听，拿了锹就跳进了猪圈。

到了家，均田问晓芽："婶子好不好？"

晓芽说："好！"

均田说："婶子救过你的命。"

均田的铁锹头上挑着篾箩，沉沉地扛着往家走。脚下嘎吱嘎吱响，一踩一个雪窝。均田揉揉喉咙，肿块还是那么大。均田干咳了几声，就对着无边的雪景唱起了"杨柳青"小调：

叫一声哥哥哟！

——哎，小妹妹说什么？

——风也大，雪也缠，我要跟你上江南，再苦
也心甘。

叫一声妹妹哟！

——哥哥说什么？

不怕风，不怕雪，跟你在一起心似蜜。

心似蜜心似蜜，心似蜜心似蜜……

到了家，晓芽就抱怨："这么冷的天，你去捉什么虾米？"
均田不说话，只管上锅炕虾米。

炕虾米，要小火。还不能用铲子翻，一翻把虾米弄碎了
不好。均田把稻草理成一小把一小把地接连不断往锅膛里添。

晓芽又问那三棵白杨了。晓芽说："究竟给不给我们？"

均田说："老六要说媳妇，每个兄弟都要出钱，你们有
钱吗？"

晓芽说："当初我说不回苏北了，你非让我回来，回来就
分两间小瓦房，别的什么也没有。夏儿还指望你身上有什么
钱呢，我也想，你能帮我们一把。"

均田说："那就怪爸没本事。"

晓芽说："爸，我问你，你不要生气，人家说你这么多年
的钱都贴给夏儿妈了，你和她究竟有没有那回事？"均田说：
"谁说的？"均田看着锅膛，又把话岔开："那三棵树，你们
就算了，一家人吵得惊天动地不好。"自从美凤接了均田的虾
米，请均田吃了一顿饼，均田给她家起了一回猪粪，均田就

成了她家的人。闲下来，均田就去她家做事。年终有些积余，均田就分给了几个孩子算压岁钱。分田到户后，均田的空闲多了，没事就编芦席，一张席子能赚五六块。分了田，乡里领导也换了，绍文的会计被拿掉了。拿掉了会计，绍文的官样不改，上哪儿去还夹个小黑包。跑了一段时间，官复原职没指望，绍文就爱上了打麻将。一场麻将下来，绍文就从包里拿出算盘，算输赢。输了钱，绍文就向均田借。均田从没拂他的面子。刘美凤劝过绍文不要打麻将，绍文不听，说："只要你有钱花，你管我什么。"绍文对刘美凤一直好，从不缺刘美凤的钱花，刘美凤爱吃爱打扮，身上不能缺了钱。刘美凤对绍文说："均田的钱也不是容易来的。"原来，刘美凤知道绍文的钱的来路。有一次，绍文和村里几个包工头看大麻将，输了二百块，带的钱不够，向均田借。均田没凑够。绍文就说："算了吧，我面子小。"走了两步，又回头说："你以后少去我家，我怕有人说三道四的。"均田的脸气红了，均田真想扇绍文一个耳光。均田可从没敢和美凤有什么事呀。你家美凤也不会看上我均田，你自己的女人还不知道？均田也从没给过美凤一分钱。美凤也从没伸手向均田要过一分钱。均田知道，自己给美凤钱不好，让人看见了以为自己想什么花头不说，还把美凤的清白坏了。均田从没想对美凤怎么样。唯一的一次，美凤给孩子喂完奶，叫均田把她怀里的孩子接过去，均田接孩子时，碰到了美凤的奶子，顿时心里一咯噔，眼也馋起来。美凤却迅速拉好衣服，对均田一笑。那一笑，均田不知道什么意思，也琢磨过一阵，可是最终没有琢磨出什么。只是更爱看美凤笑了。美凤一笑，均田的心里就安静些，就多编些席子。

绍文说了那话，均田就更仔细了。绍文还是常来借钱，均田照给，明知是白给，也要给，也愿意给。但均田少去他家了。

直到夏儿去坐牢，均田才和他们恢复了原来的亲近。

夏儿比晓芽小两岁。当初，均田是要晓芽嫁给夏儿的。但夏儿不同意。夏儿自认为长得标致，又跟他妈一样爱打扮，戴个蛤蟆镜，穿个喇叭裤，登着皮鞋，晃着手表，比村里的年轻人都洋气。晓芽也喜欢夏儿，夏儿不同意，晓芽很失望，就嫁到常州去了。常州是个好地方，到处有工厂。晓芽出嫁没几年，夏儿就和人打群架，打死了一个人，被判十五年。幸亏不是主犯，要不脑袋也要搬家。夏儿在牢里，刘美凤哭过几回。刘美凤说十五年呢，回来都有四十了，连个女人也找不到了。均田说："你不要哭，你一哭人人心里难受。"晓芽的孩子十五岁那年，丈夫遇车祸死了。均田去了后，劝晓芽回老家。晓芽不肯，说已经习惯了常州，还叫均田也到常州来。均田说："你回去吧，成全夏儿。"晓芽说："他和我有什么关系？"均田就说："夏儿妈救过你一命。"晓芽说："我再想想，反正他还没出狱。"均田说："快了、快了。你答应我，回去啊。"

均田从常州回来后，就和绍文、刘美凤去狱中看望夏儿。均田说："夏儿，你好好地改造，三两年出来了，媳妇我给你找。"

晓芽回苏北时，孩子不同意跟她来，说要和爷爷奶奶在一起。晓芽就什么东西也没拿走。和夏儿结婚时，绍文和美凤给了他们两间小瓦房和三棵白杨。

均田对绍文说："你就不要再打麻将了，我以后的担子重了。"绍文说："不要紧，小玩玩，小玩玩。"

均田到了美凤的后檐。竹叶上挂着长长的雪冰凌。那墙上的窗子不知堵没堵上，反正均田再没敢看过一眼。均田喜欢这些竹子。以前不，以前均田看到竹子都会害怕。晓芽小时候，要在家后栽竹子，均田就死活没同意。均田现在想，开春了，让晓芽也来这儿刨几棵竹根，在自家的屋后栽上。

均田端着虾米进屋时，夏儿妈还躺在床上。夏儿妈看到虾米，就来了精神，捏了一个吃了。夏儿妈说："你去捉的？天这么冷。"均田笑笑："你快起来，我先给你煮去。"

均田知道这回真要走了。

均田看见渠沟里的草里钻出几只狐狸。均田看见狐狸朝他围过来。一只狐狸咬住了他的裤脚。

均田抓抓头。均田对着狐狸笑了："好了，好了，知道你们要把我拖到阎王那儿。老唐在那边怎么样啊，不冷吧？我也说去就去。"

均田扬起铁锹，狐狸"嗖"地一下四散了。

均田说："也够意思了，让我过了个年，本来我想年前死的呢。"

均田说："美凤啊，我给你捉的虾米有一大袋子了，够吃一春的。"

均田说："美凤，你的小嘴咋就那么馋呢？"

小雪花一直在飘。今年的冬天一直阴着啊。均田挖土打坝。

这条渠有些陡。均田没个站脚的地方。均田脱了鞋，冷气扎进了脚板。均田挽起裤脚，汗毛直竖起来。均田拨开水晴子，自己也成了裂碎的冰。

"美凤，你爱吃虾米。""美凤你小嘴馋。"均田这样说着话，就有了力气，均田站到了水里。均田拿起盆，把水刮到簸箩里。

哗、哗、哗，水花闪着亮光，和雪花交在了一起。

簸箩里的小虾蹦起来，一条、两条、一百条、一千条。

均田看过电视上的大海。大海里大概就是这样，到处是虾米。

均田的眼前，是铺天盖地的虾米。

过年前，夏儿回来，向均田诉苦："我妈不讲理，分给我的白杨要给老六。"

均田说："什么是你的？你的命还是你妈给的呢！"

晓芽说："爸，你老顺着她说话。"

均田说："你的命也是她的。"

夏儿说："怪我命不好！"

晓芽说："我命也不好！"

均田说："不好，你们怎么能成一对？打工种粮，够吃够穿，还图什么？房子的事，慢慢来。"

均田醒来时，已经在床上了。

均田不知道，自己倒在水渠里。均田不知道，自己在医院里睡着的，怎么又回家来了。

均田看见夏儿妈坐在他床边。

夏儿妈说："你不知道自己得了那病？"

均田说："虾米，他们给你送去了吗？"

夏儿妈说："送去了，一大袋，你天天去捉呀？"

均田说："能爬起来的活，还要去捉。"

夏儿妈侧过脸，抹着眼睛。

均田说："美凤。"

夏儿妈心里咯噔一下。均田一直叫她"你"，从不像村里人叫她"夏儿妈"。她的大名"刘美凤"还没人叫过。

均田说："美凤。"

夏儿妈就拉住他的手。

均田轻轻地抽出了。

均田轻轻摇摇头。

夏儿妈就转过身去。

夏儿妈轻轻抽泣。

夏儿妈觉得脊背上有了些重量。均田的手在她脊背上停了好久。

均田的手慢慢向上移动。均田的手移到她肩头。均田的手向下移，移到了她裤带那儿。均田的手向上移，移到脊背中间。

夏儿妈感到那手轻，轻得像一片树叶。

夏儿妈又感到那手重，重得像一块铁。

夏儿妈说："均田，这辈子，我欠你的。"

均田的手垂了下去。

均田的眼睛闭上了。

均田说："那天，我去逮鱼，几只狐狸围住我，有一只咬我的裤脚。我一拿铁锨，它们吓跑了，不跑，我也不会打的。敢逗人玩的，是成精的狐狸。"

均田又说："美凤。"

夏儿妈转过身去，均田的手已放到了被窝里。

夏儿妈出来时，碰上了绍文。绍文说："你来看均田了。"

夏儿妈说："怕没几天活了。"

绍文伸手，去捏夏儿妈的口袋。

夏儿妈一伸胳膊，把他挡开了。

绍文笑着："嘿嘿，我再去看看。"

夏儿妈的眼前，是她屋后的竹林。

细碎的雪花，悠悠地往竹林里飘着。

乡　风

　　杏子赶集时，总要经过志达家门前。志达家在通向集市的大路旁。每次经过杏子都使劲蹬着自行车。她怕见到志达。志达的眼里有一股火，她怕自己被志达烧着了。

　　没嫁前，她和志达好过。可是，那时家里人嫌志达家穷，硬是不同意。杏子后来嫁给了五福。其实，五福家也好不到哪里去，不过是比志达家多三间瓦房。人的眼皮子就是这么薄，没办法。嫁了人，杏子就死了心，再也不去想和志达的事。谁想到，有一次，她去赶集经过志达家时，突然天降大雨，志达叫住她，说快来家避雨。她犹豫了一下，停下车，但是没敢进屋，在志达家屋檐下站着。志达说："你站那儿反而不好，不如进来大大方方坐着。"杏子想想也是。哪晓得杏子一进去，志达就赶忙去关门。杏子一看不好，就去拉住志达。志达顺势抱住她，门也顾不得关了。杏子又打又叫，叫志达下不了手。志达折腾出一身汗，最后求着杏子，说："那你让我摸一下奶子。"杏子就不作声了。志达摸了一会儿，杏子说："行了吧，我要走了。让人知道就丑了。"说完，赶忙到了屋外。雨还在下，杏子正好用雨水把头发抹顺了。杏子说："志达，你有女人了，我有男人了，这样不好。"志达说："我也晓得这样不好，可我心里就是总念着你。"

路上，杏子一直流着泪，她恨自己当年听了父母话，没和志达结成亲，也恨自己胆子小，没敢让志达好好快活一回。

五福回来了。

杏子是割猪草回来时碰见五福的。杏子刚到村口，就见五福在村路上大步走着，杏子的心里一阵欢喜。一个女人在家不是滋味啊……

五福走到了晓叶家门前，站住了，把装行礼的编织袋放在了脚边。很快，晓叶走到五福身边，两人在说着什么。

回来就回来呗，不进家门，和人家女人说什么？杏子加快步子。

杏子听说过五福没和她谈对象时，想打晓叶的主意，晓叶没眼看他。不过，晓叶为什么没看上五福，杏子就不晓得了，也没问过这事。平时，也没看出五福和杏子有什么不对劲的地方，可是这会儿杏子还是有些生气。

杏子要到晓叶家门前时，五福提起编织袋就要走。这时，

乡风

111

晓叶看见了杏子。晓叶喊住五福："五福五福，你家杏子！"

五福停下脚，朝杏子笑，看不出有什么不自然的地方。

杏子也笑。

晓叶呢，大声笑。晓叶说："乖乖，牛郎织女相会了，看两口子乐的！"

晓叶也看不出一点不对劲的地方。看来，他们刚才不过是碰上了，随便说几句话。一个庄上的，不管是谁，大老远回来还能不打个招呼？杏子责怪自己小心眼。这样一来，心里那点气就消了。听晓叶逗他们两口子，脸上就有了一些羞涩。一时间，不晓得怎么回应晓叶。

晓叶又说："男的是摇钱树，女的是聚宝盆，一个出外挣大钱，一个在家创家业，今晚真要乐死了。"

晓叶说了又捂着嘴呵呵笑。

杏子听出了她话里的意思，晓叶就笑着骂她："你个死婊子，晓得你是自己痒痒了，一想就朝那方面想。"

晓叶还是笑，不过这下笑得有些勉强。杏子听出了她笑里的苦味。是啊，杏子的男人出去也有几个月了。杏子就不打算和她说笑了，问晓叶："你家里的说没说什么时候回来？"

晓叶说："没说。管他呢，只要他挣到钱，我不管他什么时候回来。"然后，看看五福，看看杏子，说："哎，天真的要晚了，要做饭了，要是平时，我就留你们吃饭，这五福才回来，我就不留你们了。"

五福这才插话，五福说："晓叶，那我们就回家了。"

杏子又笑起来："你看，五福急的！"

两口子都笑，说不出回应她的话。

两口子刚动身，又听晓叶在后面说："五福，别急呀，急火烙不出好烧饼！"

两口子都装着没听见。

杏子悄声对五福说："她自己急，还说人家急。"

五福只是嘿嘿一笑。

杏子看着五福一身旧衣，还穿着工地上的解放鞋，心里想：这会儿不是农忙，回来肯定又没挣到钱。杏子就说："你看你，一点也不讲究。"

五福说："回来还是做粗活，有什么讲究的？"

到了家，杏子也没问五福到底挣了多少钱，做了热汤热饭给他吃了，又给他打洗脚水，又去铺床单，一心一意侍候。男人侍候好了，心里的话就会自动倒出来了。

果然，一上床，五福就掏出一千多块钱，对杏子说："今年雨水多，工地老是停工，没挣多少钱，要不是我晚上争取加班，还挣不到这么多呢。"杏子心里就一软，头搁到五福胸前。杏子说："管他呢，多挣就多花，少挣就少花，晚上该歇就歇，非要吃那苦做什么。"五福说："歇什么，睡不着呢，加班正好，累了，倒了就睡，也不七想八想的了。"杏子说："想什么？有什么可想的？"五福笑起来："想什么你不知道啊……"这就把杏子搂着，放平了。杏子兴致也好，揪了五福一下，逗他："没出息的，回来就为了这事？"五福说："你不想啊？"杏子老老实实地点头："想。"杏子又说："就怕你回来不是为了我。"五福说:"还能为谁?"杏子说:"你和晓叶站在那儿说什么?"五福说:"还能说什么,一个庄上的人,见了面能不打声招呼?真是的!"杏子说:"我估计也不会说什么,当时人家就没看上你。"五福说:"说什么呢,哪年头的事了,小心眼,你。"五福的话让杏子开心,杏子就噘起嘴撒娇了:"就小心眼,就要你想我一个人。"杏子的样子让五福来劲了,拿出开天辟地的样子。

五福完全舒坦了,脸上红润润的,像喝了酒。杏子想到他已经出去三个月了,才挣到这么点钱,又忍不住问他:"那工程结束了吗?"五福说:"结束了。"杏子又问:"那旁的人都去哪儿了?"五福说:"有的回来了,有的又去找事做了。"杏子说:"你这会儿回来,麦子还没黄,有什么事呢?"五福背过身去,闷头想了一会儿才说:"我想回来安安心心养猪,到秋天了再说。"杏子说:"也就一头母猪,我忙得过来的。"五福听了这话,身子一挺,坐了起来:"看来我过几天还得出去,回来时忘了打电话给你,你要是不同意我也就不回来了。"杏子见五福发了脾气,知道刚才的话说得重了,就把被头拉上去,盖在五福胸上,又轻轻扯着五福的耳朵,笑眯眯地说:"我也是说着玩的,本来就养了一头母猪嘛,本来就是我在家养着的嘛,就这也生气,刚才还在我身上大风大浪的呢。"五福笑了一下,又苦着脸。过了一会儿,才摸着杏子的头发,细细地捩着:"杏子,你不晓得男人的苦啊。"杏子赶紧说:"晓得的、晓得的。"一边说着,一边又把头移到五福胸上。五福说:"人在外头,心在家里,那滋味……"杏子不作声了。杏子想起那回在志达家躲雨的事，心里也不是滋味。杏子就伸手拉了电灯，说："五福，别瞎想了，睡吧。"五福说："嗯。"鼻子里发出的声音酸酸的。

五福这次回来比以前在家勤快多了，又买了一头小母猪，天一亮就去割猪草。田里的事，五福也没少操心，锄草，打药，样样赶在村人前头。

麦子黄了时，先买的那头母猪生小猪了，一窝就生了九头。五福更忙了，忙收忙种忙着照应大猪小猪。五福的眼睛都熬红了。杏子也忙。杏子忙归忙，不忘照顾男人。好吃好喝的尽往五福碗里堆。五福说："杏子，你别老想着我，我硬棒着呢。"杏子说："我不想你还想谁，真是的，等小猪卖了，还要买些好东西给你补补。"五福就坏笑着说："不补我也有劲。"杏子也不服软，说："晓得你是大骚猪呢，只要不去外头瞎捣乱，你有多大劲使多大劲。"五福说："我是那人吗？瞎说。"

麦子收了，秧插了，公粮交了，小猪能出栏了。

卖小猪那天，五福提出把去年剩下的两袋花生也顺便带去卖了，让杏子把花生先背去粮油行。杏子说："卖花生做什么，留着让你不忙时炒了下酒多好。"五福说："花生什么稀罕物呀，两袋花生也值百把块钱呢，卖了拼上小猪的钱我们买楼板去，盖房子是大事。"杏子想想也是，说："那我先去了，我卖花生了去牲口行找你。"

杏子骑着自行车，背了花生，经过志达家门前，志达又叫她了："杏子，又赶集呀，下来坐坐嘛。"杏子看他一下，就别过头直向前看。杏子说："没空呀，赶集卖东西呢。"志达还是不死心，叫着："回来时来坐坐啊。"杏子当作没听见，使劲蹬着脚踏板。

杏子很快卖了花生，就去牲畜行等五福。

五福赶着母猪和一群小猪来了。

杏子告诉五福说小猪又涨价了，我们这九头小猪少说能卖八百块。杏子说了喜滋滋地看着老母猪身后的一群小猪，用手指点着。这一点，杏子慌了：小猪少了一头，原来是九头，现在只有八头了。杏子问五福："哎，怎么少了一头呢，那个脑门上有白杠的小花猪呢？"五福说："唉，小花猪路上跑了，钻进玉米地，没办法追了。我追了一头汗哩。"五福说着，就去脑门上抹了一把，好像汗还没干。杏子说："噢，那头小猪平时看上去老实呢，这下倒跑了。"五福说："后悔死我了。"五福又跺脚又摇头叹气。杏子就安慰五福："已经跑了，不要多想了。"

八头小猪真的卖了八百多块，杏子说："五福，要是加上那头小花猪差不多一千块了。"五福又跺脚说："是啊是啊，我后悔死了。"杏子说："好了、好了，别老说这话，我给你买些补品去。"五福说："不、不，不要为我乱花钱，我们去给你买件衣裳吧？"杏子摇摇头："我要什么好，不买，不是说要凑钱买楼板的吗？"五福不作声了。

再怎么说，小猪卖了好价钱，也要花一些才开心。两人商量了好一阵，买了一条鱼、两斤肉、五斤苹果。杏子说："这多好，这样一家老小都开心了。"说罢，用衣角擦了一个苹果递给了五福。

五福赶着老母猪，杏子推着自行车，两人啃着大苹果，一路说笑着回来了。

第二天，杏子从田里锄草回来，经过晓叶家的门前，晓叶正在喂猪，其中一头小猪见了杏子就奔了过来。杏子细看，可不正是自家跑了的那头小花猪！杏子一惊，头脑里一震。杏子往前走了两步，小猪就跟着她走了。奇怪的是，晓叶也没追赶，看了一下，就转回去，呵斥抢食的小猪。

杏子什么都明白了。杏子淌下了眼泪。杏子在心里骂，操他妈，真会装啊，一个笑眯眯地说我们两口子晚上要乐死了，原来人家早就乐过了，一个在床上说"那是哪年头的事了"，原来还暗地里好着，藕断丝连呢，全把老娘当瞎子！杏子感觉自己胸口一阵阵地痛，一遍遍擦着泪。杏子不知去哪儿诉苦，就对着小花猪说话，杏子说："小花，你没跑，你怎么会跑呢，你是上当了，被人家中途丢下了。"小花猪哼哼两声，去啃路边的青草。杏子就蹲下去，抚摸着它，杏子说："小花，我们回家，我们不买楼板了，不盖房子了。"

小花猪一直跟着杏子到了家。五福见了杏子旁边的小猪，先是一愣，接着笑起来："呀，小猪又回来了……"杏子说："小猪在哪儿的你晓得吗？"五福看到了杏子的泪痕，眼光飘向一边，低声说："不知道。在哪儿看见的？"杏子说："在野花丛里。"五福说："野花丛里？"杏子说："是啊，你要是去找的话，说不定昨天就找回了。"五福又一愣，然后拿起镰刀说："我去割草了。"那步子比小猪跑得还快。

杏子坐在门槛上发了一会儿呆，把昨天买的苹果找出来，五斤苹果还剩一两斤，杏子把它全倒在猪圈里。"扑通扑通"一阵响，小花猪先是吓了一跳，马上嗅到了好味道，两蹄并用，抱着一个就啃起来。杏子说："小花，好吃吧，全给它吃了。"

当晚，上了床，五福来缠杏子，杏子把他一推，给了他一个后背，杏子说："我说我在家种田养猪，叫你去打工，你跑出去又不安心。回来做什么？你还是出去打工好了。"五福没说话，也没敢再动。

过了几天，杏子去集市买化肥，经过志达家门口时，停下来了。

志达正在喂一群小猪，嘴里不停地叫着。

杏子打了一下车铃铛，志达一抬头，一惊，一喜，眼里又是火辣辣的。

杏子低下头，又抬起来，说："口渴了，想喝杯茶。"

志达不相信似的"啊"了一声。杏子说："啊什么，一杯茶也不给喝吗？"志达赶忙让她进屋，倒茶。水瓶直是抖，水流了一桌。杏子问："嫂子呢？"志达说："去苏州卖水果了。"杏子刚喝了一口水，志达已将杏子的自行车拖进屋，马上又关了门。杏子说："看你急的，男人真不是好东西。"志达"嘿嘿"一笑，抱住杏子："我想你七八年了！"杏子说："这我晓得的，这下全给你，还你一片情。"杏子这么一说，忍不住流下泪来。志达一边乱亲乱摸，一边说："杏子，不要这样，我知道你心里也惦着我的，以后，我们就常来常往。"

志达一阵大风大雨后，不停喘粗气。杏子一边帮志达擦汗，一边问："要不，你离了，我们在一起？"

志达说："我也这样想啊，可是你有男人，我有女人，还都有孩子，麻烦太大，这不好吧。"

杏子就把他往床边上推去。

志达说："杏子，我们偷偷好着吧，不要说什么离不离的。"

杏子就不说话了，默默穿衣。

志达又去杏子的胸上摸了一把，说："杏子，你对我这么好，我得送你一样东西。"

杏子说："什么？"

志达说："我送你一头小猪吧。"

杏子不轻不重地在他脸上拍了一下："死样子，我就值一头小猪吗？"

志达笑起来："我不是这意思。"

杏子说："你就是这意思。我走了。"

志达先把门开了一道小缝，伸头看看，才把门打开了，说："杏子，走吧，你要常来啊。"

杏子说："以后不来了。"

志达在她屁股拍了一下："老是叫我心里没底，把我魂勾去了，还说不来了，来，有空就来啊。"

杏子挡开志达的手，跨上自行车就走。

杏子到了集市，转了几圈，最后进了一家饭店，点了两个菜，痛痛快快吃了一顿。出门后，觉得心里还是空得慌，又去买了一双凉鞋，马上把脚上的那双旧的换了。鞋子换了，心里也一下子亮堂了，这才去买了化肥。

杏子回来时，快要到晓叶家门前时，碰上了晓叶，晓叶想躲，杏子加快车速，把她堵在了一棵老榆树下。

晓叶走也不是，站也不是，红着脸，憋出一句话来："杏子，你精神不错哩。"

杏子说："吃饱喝足了，还有男人，当然好。"

晓叶躲开杏子的眼睛说："我那死鬼不知几时回来，听说在南京收废品时，和安徽的一个女人好上了。"

杏子说："你不怕，男人都是要回来的，最多给女人一点小甜头。"

晓叶的脸更红了，低下头说："回来就好，别的我也管不了那么多。"

杏子说："你管的事还少吗，你……"

晓叶的鼻子里响了一下，要哭的样子："杏子，你不要生气了，有些事我以后不会再做了，我不晓得怎么就鬼使神差的了，以前我不是这样的人……"

晓叶说着说着，真的哭了。

杏子说："你还伤心了，不要这样！"

晓子就忍住了，使劲吸着鼻子。

杏子叫她不哭，自己的眼圈却红了。杏子说："晓叶，我别的不想说，我只想问你一句话，你当年不是看不上五福的吗？"

晓叶低着头，脚底来回搓着一根小木棍。晓叶说："杏子，我真的不晓得怎么对你说，我说过是鬼使神差，鬼使神差，真的是鬼使神差……"

杏子好一阵不说话，只是揉眼睛，怎么揉也没管住眼泪，还是掉下来了。杏子仰头看着老榆树梢说："我晓得了，鬼使神差，有些事就是鬼使神差，我相信了。"

晓叶朝杏子挪了一下步子，挨着她。晓叶说："杏子，我们不要站在这里了。"

杏子的目光从树梢上收回来。杏子说："你说去哪里？"

晓叶又仰头看树梢。晓叶说："真想找个地方，好好说说话。"

杏子说："也像电视上的城里人，找个饭店，边喝酒边说？"

晓叶说："你别说，我还真是这么想的。"

杏子笑笑，抹了一下眼泪。

晓叶说："杏子，我晓得你伤心，我晓得你恨我了，我说声对不起，以后我不会这样了……"

杏子说："我不伤心，我也不恨你，也不要说什么对不起，我晓得有些事是一两句话说不清的。"

晓叶点点头，嘴角咧出一丝笑。然后，又朝周围看看，说："杏子，我们还是找个地方说话吧？"

杏子没作声。

晓叶就轻轻扯了她一下衣角，马上又放下了。

杏子叹了一口气:"唉,说什么,不说这事了,要说要点旁的事。"说着,就扶了自行车,把支架踢开,拿眼神问晓叶去哪里。

晓叶却又没了主意。

杏子就推了自行车,往自家方向走。

晓叶也跟着。

走了几步,晓叶说:"杏子,有时间我真和你去城里逛逛哩。"

杏子笑笑,说:"……也行啊。"

两个女人越说话越多,到了晓叶家门前,晓叶一定要留杏子吃饭。杏子说:"不了,要回去喂猪哩,家里还有两头母猪一头小猪哩。"

晓叶的脸又是一阵红。

杏子说:"晓叶,那我就先回去了。"

晓叶微微抬起头,说:"杏子,那你就先回去吧。"然后又低下头,伸手去抹头发,却抹到眼上去了。

杏子就赶忙跨上了自行车。

柿子在枝头叫喊

1

柿子在本子上涂涂改改。

是盛夏傍晚的时候，柿子趴在方凳上，难得的凉风从村后的芦苇梢上刮来。夕阳被树木和竹子挡住了，枝叶繁茂的槐树下有些晦暗。

柿子在构思。是的，是构思，不是想。自从三年级时，柿子从爱好文学的语文老师那里知道这个词是想文章的过程，柿子就喜欢上了。那时柿子喜欢的词语还有"忧伤""明月""世界""天涯"等等。他常常对一些词语产生特别的情感，迷恋它，写文章时，总是要想办法用上它。

不过，柿子不是写文章，柿子在构思谜语。柿子从《扬子晚报》的"繁星"副刊上看到了猜谜的栏目，把猜出的谜底和下期刊登的结果一对照，猜中了。已经有两三年，每年春节期间乡文化站搞文娱活动，柿子都跑去猜谜语，猜中者有奖，奖品有几个档次，最好的是封塑的日记本。柿子已经得了两个日记本，一个是蓝色封皮，左上角是衔着橄榄枝的小白鸽，一个是绿色封皮的，正中间是扬帆的轮船。柿子用来"构思"谜语的本子就是奖品。看着报纸上制谜者的姓名，柿子也想制谜。之前，柿子已经投了几次稿，都没有被采用。柿子开始羡慕有些人，有时一连几期都是同一个作者制作的谜语。柿子一定争取被采用。

　　柿子在构思。

　　冷不防，有人凑到柿子身边，弯下腰来看。是三哥。柿子赶忙捂上了，很生气。柿子爱写写画画的习惯，总是被人笑话。柿子不想让别人看到。三哥走了，柿子再次构思。可是柿子构思不下去了，头脑乱哄哄的。柿子站起来，在屋前屋后走动着。柿子听见三哥对母亲说，柿子在写作呢。母亲说，写他个魂。母亲总是这样，除了叫柿子干活，其他的事，她都看不惯。柿子钓鱼，她说钓你个魂；柿子看书，她说看你个魂。现在谜语又成了柿子的魂了。柿子偏偏喜欢做那些和"魂"有关的事。对了，那时柿子还喜欢"灵魂"这个词。依母亲的意思，柿子初中毕业了，应该学一门手艺，木匠、瓦匠、漆匠或者铁匠。父亲则说，学理发或者厨师更来钱。柿子那儿的人，尤其是男孩子，不读书了，必须得学一门手艺，有手艺才好挣钱，才能盖房子娶媳妇。可是，柿子知道柿子手笨，柿子拿刀拿筷子都是左手，上学的时候写字也是左手，是硬被老师纠正过来的。为什么要纠正呢？柿子用左手才自然。柿子总是和别人不同。柿子不愿意学什么手艺，可是，柿子又不知道干什么。柿子喜欢钓鱼、看书、构思。

吃了晚饭，柿子又开始构思谜语。小妹过来了。她活泼又调皮。她也不读书了。她只读到了三年级，可是她很聪明，村里的女孩子都请她写情书。她们不说情书，她们说得很直白，叫"求爱信"。她问柿子："哥，你在写求爱信吗？"柿子的脸一下子涨红了，柿子说："你给柿子滚！"小妹笑嘻嘻地说："你写给哪个的，替你保密。"柿子不看她，把涂涂改改的那页撕了下来，揉成了一团，砸在了墙角。小妹弄了个无趣，做个鬼脸走了。柿子妈在床上催柿子："还不睡，熬灯费油的。"

谁都和柿子作对！小小的不愉快就是对柿子的伤害。

终于有一天，柿子收到《扬子晚报》的样报，谜语发表了。过了一段时间，又发表了一则。很快收到了稿费，每则七元。柿子没有对任何人说，当柿子去请他那以刻章为生的二伯刻了一枚章，领了稿费回来，家里人才知道。柿子暗暗的得意里夹着一丝惶恐，他不知道家人会怎么说。但是，父母和兄弟姐妹都没有说什么，没有人在乎这件事。

柿子体会到了孤独。

柿子开始构思他的孤独，想着如何把自己的心思用别致的方式表达出来。柿子写诗写小说，初稿全写在日记本上，标上年月日。

2

柿子站在含沙河边，自行车的后座上挎着两个竹篓。对岸是园艺场，有大片果林，柿子想去贩卖水果。绿油油的桑园尽头就是大片的果园，远望是墨绿的。含沙河的水静静地向东流淌。这条河一直流淌在柿子的文字里。两岸的花草树木，每一样柿子都无比熟悉，每一种虫子每一种鸟，只要听见叫声柿子就能想象出它们身上的斑纹或羽毛的色彩。它的水生植物可食可赏，菱角，鸡头（茨实），荷藕，从春至夏，风情万种。柿子曾经在一首小诗中写道：

> 我们那儿到处都是水
>
> 但贫穷
>
> 我从来不把贫穷归咎为水
>
> 就像市场上的鱼
>
> 落难了
>
> 也从不抱怨水

柿子爱他的河流，它是柿子灵魂中的碧波。柿子知道，一些土地的歌颂者正是以赞歌的方式取得脱离土地的途径，唱给土地的赞歌往往含着虚伪。"那么，你，真的爱它吗？"柿子问自己。"你不是经常批判她的落后、愚昧，回忆你所遭受的心灵之痛吗？"弱于抽象思维，使柿子很难说清这种复杂感情，是童年情结，还是刻意渲染一种文化地理。柿子只是觉得提到故乡提到河流柿子才有话可说，柿子的文字才鲜活。

柿子不想被父母骂吃闲饭的。柿子要挣钱。柿子也需要钱。柿子要买书，要邮票，还想要一辆幸福牌摩托车。

到了果园，柿子眼花缭乱。果园的美在于它的气势，上百亩上千亩的果树开了花，那劲头像是要把春天永远留住。绿叶下一串串的果子，泛着诱人的色泽，像是跟天堂比着幸福和富有。可是柿子，只有三元钱本钱。那时的苹果价格虽然只有两毛多，也只能贩卖十多斤。这么少的货哪有多少利润？一位好心的大婶劝柿子买"落地果"，就是被风雨刮下来的跌伤的果子，只要三四分钱一斤。柿子买了七八十斤落地果。柿子背着它们去了涟水城。落地果的行情是一角左右。到下午三四点钟时，柿子卖完了水果，挣了五块多钱。中午，柿子没有吃饭，舍不得花钱。柿子啃了几个水果。一遍遍数着钱，一种力量像一根柱子撑在柿子心里。柿子又去果园买了落地果，背回家，这样第二天一早就可以去卖了。

这样的小本生意柿子竟然做了有两年。柿子总是等本钱赚起来以后，把剩下的低价卖了。柿子想省时间看书写作。柿子喜欢去书店、报刊亭逛逛。挑选了一本书，柿子就包好，放在竹篓，一路飞奔。出了城，柿子会找一棵树，或者河坡，躺下来，尽情享受着文字之美。

"假如生活欺骗了你 / 不要悲伤 / 不要心急 / 忧郁的日子里须要镇静 / 相信吧，快乐的日子将会来临。"普希金直抒胸臆的诗给了一个少年多少力量啊！

"穿过县界长长的隧道，便是雪国。夜空下一片白茫茫。"《雪国》一开头就抓住了柿子的心，它那含蓄凄美的文字也像一地冷雪映照着少年容易伤感的心。

"很想大大方方地送给世界上每一个人一匹马，当然，是养在心里、梦里、幻想里的那种马。就那么静静地站在门外的夕阳下，让一阵阵熟悉而遥远的倦怠再次淹没了自己。"这是三毛的文字，也是柿子喜欢的。那个为了爱和自由奔走在撒哈拉沙漠上的女子，她的文字就是一个乡村少年的马匹，让柿子对外面的世界充满了好奇和想象。

没有人知道柿子心里想什么，没有人在乎柿子想什么，但柿子有自己的欢乐。

总的说来，柿子做生意没有赚多少钱。几年后，柿子曾经又做过生意，也没赚到钱。生意不是柿子这样的人能做的。比如说卖水果，柿子不忍心短斤少两，还常常把水果送给那些流浪儿或者疯癫者。柿子常常羞于向别人讲这些事，柿子怕别人笑话柿子是傻子。柿子知道这世界上精明的人太多了。

因为能挣一点小钱，柿子可以"熬灯费油"了，柿子不再写谜语了，但是柿子对生活的谜语痴迷。那些乡间司空见惯的事物让柿子费心去猜想，柿子总喜欢写那些花草树木，飞鸟鸣禽。柿子把它们寄到县里或市里的报社，很少有采用的。柿子想是自己写得不好。不过，柿子还是写，不停地写。有几年，柿子没有发表过一个字。多年以后，当柿子知道很多作家年纪轻轻就写出轰动的作品，甚至处女作就成为经典时，柿子明白，自己不是幸运儿，还要走更长的路，要准备和文字死缠烂打。

3

柿子和工友们扛着铁镐，那种"T"形的一头尖一头扁的铁镐，走出石棉瓦搭建的工棚，穿过一片小树林，向着铁路走去。草叶上树叶上还有露水，在火车的轰鸣中飒飒作响，林中小路狭窄而弯曲，被夜露打湿的尘土沾上了鞋帮。一群小伙子还有一两个姑娘，天南海北的打工者组成了一支铁路维修队伍。他们说笑着，林中小鸟鸣叫着飞来飞去。

过了小树林，爬上杂草丛生的土堆，脚下就是铁路了。它穿行在栖霞山的南麓。

铁轨闪亮，铁轨沉重。按照技术员的指导，他们要把陈旧的铁轨换下来。将铁轨下的石子用铁镐扒开，然而拧开铁轨接头处的螺丝，用撬棒把铁轨撬下路基。不一会儿，工程车就会过来，铺设新的铁轨。这里没有一项是轻活儿，什么都沉重。一根螺栓有两三斤重，铁镐、扳手都有一二十斤。有时，柿子们需要把旧的铁轨运到修理站去。在旧的铁轨的两头和中间捆上钢丝索，每个绳索里穿两条扁担，几个人分别站在排水沟的两边，抬着它，沿着狭窄的排水沟移动。柿子们的脸上、手上、身上满是油污和泥灰。休息的时候，坐在安全帽上，看着别人脸上的油污互相取笑。这样的工作虽然沉重，但是利索，不那么缠人，符合年轻人爱卖力气又不喜欢扎实苦干的性格。这样的工作不是天天都有。更多的时候，他们是维修排水沟和护坡。石头、黄沙、水泥堆在铁路外一二百米的地方，他们要一筐筐抬过来，走下护坡，倒在排水沟边沿，用排水沟的积水搅拌砂浆。从早到晚，重复着机械的动作。一段工程结束越早，就意味着工头的利润越大，所以他总是盯着每个人。他们这支队伍所属单位是上海铁路局镇江工务段，他们不是正式工，是合同工，工头称呼他们是民工。工头也是民工。他们不像正式工，穿着佩了肩章的表示级别的制服，他们还是穿着自己的衣服。以后的岁月里，不管做什么，在哪个单位，柿子都是合同工。合同工意味着待遇的低微，意味着随时可以被解聘，当然也意味着柿子来去自由。

吃了晚饭，柿子喜欢再次到小树林里走走，或者走到铁路边，看着火车在夜色中呼啸。工友们问柿子累不累，柿子说不累。独处的时间对柿子是最好的休息。柿子在困苦中寻找着诗意。回到工棚，柿子会把所思所想记下。在漫长的打工生涯中，如果没有文字，柿子将如何度过一个个日日夜夜，柿子会成为一个什么样子的人，真是难以想象。

没有原料或者因为天气无法施工时，工友们会去栖霞镇上玩。栖霞镇上有一座寺庙，叫栖霞寺。工友们喜欢从山上翻过去，走上一两个小时，就到寺庙的后门，后门依山而建，这样就可以省去门票。柿子翻山而游一回，以后就不与他人为伍了，柿子买票从正门进去。一次，柿子遇见一个叫妙云的和尚，老家在江苏如东。柿子向他请教了关于烦恼、命运的一些问题。他们站在望江亭，山下的长江细如白线。脸色清朗的妙云目光沉静，缓缓说道："人的烦恼，别人帮不了，只有靠他自己的内部去转化，去悟，悟透了，活得就自在了。"柿子似懂非懂。柿子想起了写作。柿子想，大概我还没有悟出生活的谜底，还有什么东西没有转化。

柿子在铁路上干了两年。沮丧的时候，柿子看着自己的一身油污，在心里想着这样的句子：我的青春是越穿越破的鞋子。快乐的时候，柿子这样写着：我爱铁路，它是骨头的榜样，它承载着一切，却一言不发。

是的，柿子爱它。它给柿子的故事无比丰富。一个单身汉在铁路边发现了一个自杀的女人，他带她回去，他与她成了恩爱夫妻。一个叫大牛的工友，看上了工头的侄女，工头不同意，柿子出了馊主意，让大牛把工头的侄女先搞大了肚子。一个叫金超的男子对铁路边上开饭店的姑娘单相思，姑娘走了，金超疯了。这些故事最终让柿子以小说的形式记录下来，成为有声有色的记忆。当柿子在另一个环境里书写铁路的时候，那些铁镐、扳手、扁担、石头和沙子都闪烁着奇异的色彩。

4

柿子坐在小饭店的雨棚下。天下着雨，雨点不密，却很大，滴在芭蕉叶苫着的雨棚上，滴答作响。

柿子看着她向自己走来，从潮湿的山坡自上而下，打着白底红花的布伞，斜挎着宽带子的绣有孔雀翎的手工布包。

她走近了，对柿子笑着，把布包放下，对柿子说："我给你带了杧果和香烟。"柿子问她想吃什么，她说："吃腊肠吧，你可能从没吃过。"他们这里把豆腐和猪血加了调料揣进猪肠，然后熏干，切片，用辣子炒，很香很香。他们吃着米线就着腊肠，柿子不时注视她。棕色皮肤，纯黑的沉静的眸子，高鼻梁下的丰润嘴唇，两颗门牙内倾，成浅浅的"V"形，像电影里的印度姑娘。柿子昨天一见到她，就喜欢上了。

柿子是从家里转来的一封信开始与她联系的。她从一张报纸上看到了柿子的文章，便设法与柿子联系上了。她告诉柿子，说她家里不同意，太远了。柿子对她说："我先回去，等过一段时间再说。"她说，家里已经为她找对象了，"如果你走了，也许我们再也不能相见了"。他们决定不辞而别。第三天早上，他们出发了。

柿子们没有回老家，柿子带她去了南京。柿子不去铁路上做事了。他们开始做生意。她太善良，人家说什么她信什么，总是吃亏。而柿子，也缺乏生意人的心计。他们勉强度日。

有一天，她说："离婚吧，我不想再过这样的日子。"柿子说，离吧。他们并没有付诸行动。那天晚上，柿子打牌到深夜才回。柿子永远地记住了那个夜晚：月华千里，照着大平原。四野寂静，村庄如梦。柿子站在路边，看着小河中的水莲花，白色的花朵，花蕊微微泛红。如此美好的夜晚，柿子却感觉浑身无力，胸口冰凉。柿子到了家里，窗子飘出灯光。打开门，进了卧室。柿子看见她侧身躺着，儿子的头枕在她的臂弯里，光着身子，一只手扶在她的乳房上。儿子的睫毛长长，小胸脯轻轻起伏，嘴角挂着一丝口水。他睡得多么香甜啊。妻子的影子贴在蚊帐上，脸上残留着泪痕。那一刻，柿子后悔起自己的破罐子破摔。柿子把被子轻轻盖在妻儿的身上。出了门，打了一盆凉水，把脸埋在里面直到忍不住气，才抬起头。柿子看到月亮在看他。

5

柿子坐在主编面前，紧张，手不知往哪里放。他把柿子的作品剪贴簿合上，用中指关节敲着封面说："作品看了，还不错，当编辑没问题。不过，你暂时先写报告文学吧，你先去广告部，合适就签合同。"

当编辑要和广告部签什么合同？柿子一时糊涂了。

广告部经理对柿子说："先试用一段时间，底薪六百，一篇报告文学收赞助费底价不得少于两千，提成百分之二十五。"柿子木然地点头。柿子又成了合同工。写报告文学并不成问题，可是有两样事让柿子头痛不已，一是喝酒，到哪个单位都得喝，不喝酒很多话不好说，柿子本不善饮，常被人家灌得晕头转向，胃也痛；二是文章发表后去要赞助。坐了大巴，又转公交，有时还要坐吱吱呀呀的三轮车。一笔钱少说也要跑上三五趟，有的"主人公"干脆就躲着不见了。柿子承认是自己的能力问题，有些人靠写报告文学发了财。柿子苦苦地撑着。

两三年后的一天，外省一家杂志老总来了电话，问他愿不愿意去做编辑。此前，柿子的一篇小说获得了他们杂志的征文一等奖，老总亲自给他颁的奖。听到这个消息，柿子兴奋不已，虽然还是聘用制，合同工。妻子在收拾着包裹，声音飘了过来："不要介意我以前和你吵架的事。"柿子的泪水都快落下来了，对她说："柿子只有愧，哪有什么计较？"每天，柿子总是比上班时间提前到达，把杂志社的走廊拖得干干净净。走廊尽头，是个大的废纸箱，有的编辑把成捆的未开启的稿件丢了进去。柿子震惊之下，悄悄拿回到办公室，一一打开挑选。柿子知道每一篇来稿背后都有一双渴盼的眼睛。有一个和柿子同时去的聘任制编辑对柿子说："我们拼命干，工资、福利都比正式工差，你这是何苦呢？"柿子不知怎么回答。

柿子喜欢海子的一首诗《重建家园》："风吹炊烟／果园就在我的身旁静静叫喊……双手劳动，慰藉心灵。"

柿子喜欢通过劳动感知存在。

……

妻子生病了，糖尿病，发现较晚，需要及时治疗。柿子的日子再次紧张起来，两千多块钱的月薪不够花了。也就在那期间，西部一个省的杂志社将下半月刊放在广州办，聘柿子做副主编，柿子动心了。初到广州，两手空空，只好让孩子和妻子他们回老家了。这家杂志仅仅出了六期，就被主办单位收回了，因为异地办刊违反出版规定。柿子又去了一家公司，做内刊，月薪比副主编少了一半。柿子把它当作一个过渡。柿子知道生活要继续，笔不能停下。几个月后，柿子去了一家医药杂志做执行主编。这一干就是三年。编务之余，柿子狂写小说。三年间，柿子每年只在春节回去一次。

一个下午，天气晴朗，柿子和儿子去野外玩。他们去烧野草。他们来到含沙河边。河两岸，桑叶已落，残雪点点。河坡上，枯草成片。儿子打着打火机，对着毛茸茸的草叶烧去。很快，火焰腾起，顺风蔓延，势如破竹。火中时有噼啪声响，草的种子飘出淡淡的香味。儿子又用一根烧着的树枝，拿到别处去点火。柿子站着，看着火焰中飞出的灰烬，感受着火的温暖。突然，柿子心中一酸，柿子的青春也如这野火啊，燃烧，奔跑。柿子看着火，直到它融入夕阳，直到风变冷。

儿子从火的尽头跑到柿子身边，说："爸，我们回去吧。"他是小声说的，他好像看出了柿子沉默的内心。柿子说："好吧。"柿子在心里想，孩子，到家时，你可不要说出柿子沉默的那一刻。

他们笑着跑着回家去。

柿子又要离家了。儿子头一天晚上就说："爸，我用自行车送你去车站。"出发时，柿子和妻子打招呼，她说了一声"嗯"，然后又去干活了。

到了车站，柿子让儿子先回去了。儿子说："爸你到了广州，要给寄一些好看的书回来，我喜欢看书。"柿子说："好的，爸一定会给你寄的。"儿子蹬着自行车回去了。柿子的眼前突然出现了久远的一幕情景：夏日傍晚，槐树之下，一个少年趴在方凳上，在本子上涂涂改改。

柿子最终没能忍住泪水。

灯火微茫

　　我记事的时候，蛮子已经疯了。整天衣不蔽体在村里村外乱跑。跑累了，就往路边一坐，或者往草堆旁一躺。这时候，我们一群小伢子就会走近她，又好奇又害怕地看她。她很老了，头发全白了，乱蓬蓬的，沾着草屑和灰尘；趿着没有后跟的鞋子，脚孤拐像发了芽的马铃薯，又硬又青。有时候，她睁开眼，看见我们，就"嘿嘿"地笑。笑着笑着，就坐起来，朝我们招手，说过来过来，阿妹阿弟。她说话的口音和我们村里不一样，软软的，僵硬的眼神也跟着慢慢地，慢慢地，柔和起来。不过，她叫我们过去，我们反而向后退了。她就欠欠身子，坐正了，说："阿妹阿弟，我唱歌给你听。"她随手拾一根小树枝，或者一根草，或者一块土坷垃，揽在胸前，拍着这些东西，轻轻唱起来："树上的知了你别叫，宝宝睡着了；池塘里的青蛙你别叫，宝宝睡着了；路边的小狗你别叫，宝宝睡着了，宝宝睡着了，宝宝睡着了……"声音渐渐低下去，低下去。

她搂着树枝，或者一根草，或者一块土坷垃，身子一歪，又睡下了。没睡一会儿，她又会突然爬起来，指着一个地方乱骂。她咒骂的时候，拼命地跺脚，身子往前倾着，像要扑向什么东西，声音把树叶子震得沙沙响。不过，你听不出她骂的是哪个人，她只是没名没姓地乱骂。有时，她会指着天空骂："太阳！太阳！你下来！你下来！我要把你眼睛打瞎了！你的眼睛早就该瞎了……"她一骂人，我们就吓跑了。

又过了几年，我十一二岁了吧。蛮子不再有力气乱跑了，嗓子也嘶哑了，不再高声咒骂了，只是整天絮絮叨叨地说些什么，没人听得清。早、中、晚三次到庄上讨饭。吃完饭了就回去，回到她的丁头嘴小屋里。丁头嘴，就是丁字形的小草屋，屋内一步多宽，六七步长。可能是又跑又跳又唱又骂，体力消耗大吧，蛮子饭量很大，要讨好多家饭，才能吃得饱。蛮子常从七队到我们三队。蛮子家在七队，我家在三队。三队和七队隔一条几步宽的小河，河上有座两块水泥板搭的小桥。有一天中午，蛮子讨饭到我家。我们正在吃饭，是干菜粥。蛮子往门口一站，说给点吃的吧……她一说话，我妹妹就吓得哭起来。妹妹才五六岁。蛮子笑了笑，说："阿妹别哭，阿婆就是讨点儿吃的，阿婆不打人的。"我父亲也哄妹妹，说："这奶奶不打人的。"我想，我妹妹是被蛮子枯瘦的脸给吓着了。她的眼眶像薄薄的瓦片一样支撑着，两个眼球大而无神，像磨圆了的小石头。但是，她比以前干净多了，头发梳得顺顺的，绾在黑色的发罩里，衣服上的补丁也整整齐齐的，针脚很细。穿了黑色的布鞋、蓝色的袜子。最显眼的是额头上别着一朵白色的月季花。我母亲看着那朵月季花，笑着说："死蛮子，成老妖精了。"我父亲说："蛮子没疯时，比哪个都要美。"我父亲边说边去盛了一碗粥过来，放到桌上，对蛮子说："进来，坐下吃。"蛮子掂掂碗说："王先生，你把粥倒到我这儿吧，我蹲在门口吃，要饭的哪能到人屋里去，天下没有这个理儿的。"我父亲说："进来吧，进来吧，这年头，都穷，一样的。"蛮子这才进屋，坐下。我父亲起身，去西厢房，拿出一根油条，递给了蛮子。蛮子露出了惊喜，说："王先生，你真是好人。"我父亲又去拿了一根油条，给我妹妹，哄她说："这奶奶不打人的。""不打人，不打人。"蛮子满脸的笑，像晒干的槐树花在开水里泡开一样，"阿婆怎么能打王先生的心肝宝贝哟"。

那时候，那么穷，我们家哪儿来的油条呢？在我们村北边，三四里远，有一块墓地，三四亩地大，叫小鬼滩，历来是赌徒聚集的地方。我们那儿在三县交界处：淮安、涟水和阜宁。每到夜晚，各地的赌徒就朝这儿奔来。小鬼滩四面是庄稼地，公安抓赌时很利于他们逃跑——跑不了多远就出了县界。赌徒们赌到夜里，饿了，要吃东西。这就有了做赌徒生意的人：卖香烟的，卖瓜子的，卖油条的，卖面包的。

我父亲就做这生意。一大早去涟水城批发点儿东西，晚饭后就朝赌场奔去。白天，还照干农活，不误事。我父亲买回东西后，就放在一个柜子里，上面压上粮食，不让我们伢子拿。有一次，父母上工去了，我和邻居的一个伢子，费了好大劲，才把压在柜子盖上的一笆斗玉米搬下来，打开柜盖，爬了进去。哪晓得，我父亲回来了，我们听见他的脚步声，赶忙把柜子盖用手托着，慢慢合上了。我父亲进屋后，嘀咕了一句："搬下来干什么？"就把一笆斗玉米又搬上去了。大概，他以为是我妈或者我大哥搬下来了，到柜子里找其他什么东西，又忘了搬上去吧。父亲走后，我们再想爬出来，怎么也顶不动柜盖子。过了一会儿，两个人吓得哭起来，要不是有人听见了，帮了忙，说不定闷死了……

我父亲卖油条时，蛮子的丈夫少怀刚去世不久。一天早上，蛮子到了我家，说也想去卖油条。我父亲说："你去吧，这有什么难的。"蛮子说："晚上去，夜里回，我害怕呢。你带着我？"我父亲说："好啊，我今天去批东西，给你带一份，晚上我们一起去吧。"那时候，我父亲不到二十岁，还没成家。

到了晚上，我父亲就带着蛮子上路了。庄稼地里发出豺狗的尖叫，相互追逐的小动物不时从路上横冲而过，跳上跳下的响声此起彼伏。天幕上飞过一只只夜行的雀子，影影绰绰。蛮子有些紧张，紧紧地跟着我父亲。我父亲把马灯的光调大了些，说："别怕，别怕。"

到了小鬼滩时，那里已经开赌了，有三四场赌局，但还有赌徒从各路陆续赶来。蛮子一到，就引起了赌徒们的注意。

蛮子虽说三十七八了，可是穿得很整齐，腰很细，胸脯也挺，皮肤又白净。只是因为丈夫刚去世，脸上有些苍白和疲倦。那么多色眯眯的眼睛，让蛮子很不安。她挎着货篮子，站也不是，坐也不是。有个看宝的，鼓着金鱼眼，对着蛮子笑笑，就唱起来："小大姐，长得标，铜锣屁股唢呐腰，一根辫子呀顺风飘……"这儿的赌钱方式是押宝，庄家叫开宝。开宝的将宝盒递给看宝的，就背着下注的人蹲着，竖起衣领，蒙住头，两手还罩着脸，怕人看见表情。心理素质不好的庄家，如果听见下注的押中了，总是会不由自主地露出惊慌，这在押宝中叫"露红"。有些赌鬼还会找"红"，从你的表情中寻找蛛丝马迹。所以，押宝的委托一个给他看宝，这人叫"红堆"。蛮子见"红堆"唱这歌，就背过身去，求助似的看着我父亲。我父亲用目光鼓励她，叫她不要慌。然后，我父亲把马灯往"红堆"旁一丢，说声"上灯了"，就从怀里掏出本《七侠武义》，就着灯光看起来。等庄家"漫堆"或"砸堆"时，才急忙收起书。"漫堆"就是庄家赢了，"砸堆"就是庄家输了。要是庄家"漫堆"了，还会给有马灯的卖货人一些钱，叫"水子"。蛮子这才知道，带马灯有这个好处。不管"漫堆""砸堆"，总有人赢钱，赢了钱的，就买烟，买油条，买花生。好多人围着蛮子买东西，蛮子有些手忙脚乱，我父亲就抽空帮她算账。

那晚，蛮子赚的钱并不比我父亲少。回来的路上，我父亲说："你明天晚上也带马灯，能收些水子呢。"蛮子说："嗯……我没有马灯。"我父亲说："我给你带一个马灯回来。"

蛮子说："你带吧，就是我这两天没钱。"我父亲说："等你有了再说吧。"雾气很重了，夜很深了，他们的声音传得很远。蛮子说："阿弟，你蛮爱看书的。"我父亲说："看个热闹。"蛮子说："又识字，又爱看书，你啊，像个先生。哦，我以后就叫你王先生。"我父亲觉得新鲜，又感到不适合，说："人家教书的和看病的才叫先生，我又不是教书的、看病的，算什么先生啊？"蛮子说："不是你这样说，有学问的都叫先生。我以后就叫你王先生。"我父亲笑笑，说："那我叫你蛮姐。"蛮子说："我本来就是你姐吧，我比你大嘛——你多大了？"我父亲说："十八岁。"蛮子说："我比你大二十岁呢。"

　　说着说着，就到了庄上，到了我家门前，我父亲却不进家门，说："蛮姐，我送你回去。"蛮子说："不用了，过了河，没几步就到家了。"我父亲说："那你把我的马灯提上吧。"蛮子接过马灯，我父亲说："明早我还给你带货。"蛮子说："唉，麻烦你了，等我阿望再大些，我早上就不忙了，去进货。"蛮子走时，说："马灯也给我带一盏，王先生。"

　　很多年以后，一个冬日的晚上，雪落无声，我和母亲坐在火盆边拉呱。墙上，父亲的遗像慈眉善目，宛如一幅木刻版画。父亲无喜无悲，就那么静静地看着我们。我一直为父亲一生的辛劳而哀叹，为"子欲养而亲不在"感到愧疚。可是，那一刻看着父亲的表情，我觉得他很幸福。土地、庄稼、家畜、人、奔波的风雨、劳动的汗水、烦恼的往事……这一切都成了云烟，成了他有滋有味的回忆。或者，他什么都不想，只是痛痛快快地睡觉，一直睡下去，睡到天荒地老。父亲是个安分的人，是个老实人，也许，长久的睡眠才是他真正的福气。我想，他对蛮子的帮助，是出于好心人对弱者的同情，不会是我长大后听村里人说的那样，父亲曾经跟过蛮子。我问母亲："你相信父亲和蛮子好过吗？"母亲想也没想就说："我不相信。蛮子比你父亲大二十多岁呢！"我说："记得小时候，你为这事和父亲吵过。"母亲说："我是不相信，我知道没这事，不可能，不过，人家说闲话，难听，猪尿泡打人，不疼是不疼，可是气人啊……后来，蛮子疯了，也没人说了，我不是就不提这事了吗？那油条是买来的，批发三分钱一根，卖才五分，就挣二分一根啦……"

我母亲听说我父亲和蛮子有染，是在结婚后。我母亲为了证实我父亲究竟有没有和蛮子相好，跟踪过几次，但是没有发现什么迹象。后来，有一天晚上，我父亲睡得好好的，突然爬起来，出了门，好久没回。我母亲就起来。门外下着大雨。我母亲到茅房门口叫了几声，没人回应。我母亲就想：到哪儿去了呢？忽然，我母亲冲进了雨中。

我母亲来到了蛮子家，一头冲进了丁头嘴。只见我父亲正在地上挖坑，房顶的雨直往下滴，滴到地上就汇进了坑里。蛮子正把已经挖好的坑里的水往盆里舀。我母亲的气消了一半，责怪说："来时也不招呼一声。"我父亲说："你来了好，也帮着舀舀水。蛮姐这房子一浸水，墙就泡倒了。"

打那以后，我母亲确信我父亲和蛮子不是什么相好了，但是她劝我父亲晚上去卖货早点走，别等蛮子，一起进进出出的，惹人闲话。

我父亲当面答应了，每天晚上早早走了。蛮子来叫他时，总是扑空。我母亲也暗示蛮子，说："你也去过不少次了，一个人走，怕什么，有些人爱嚼舌头，还以为你们有什么事呢？"蛮子一愣，脸红了，漠然地点点头："妹子，知道了。"但是，蛮子总是在半路上追上我父亲。我父亲慢慢地走，边走边等她。时间长了还不来，我父亲就站着等她。看到我父亲的马灯罩泛着的白光时，蛮子就加快了脚步。走到我父亲身边时，蛮子喘着气，说："王先生，你等我啊？"我父亲就说："歇歇，歇歇，不急。"他们谁也不提我母亲的话，说的都是其他事。蛮子问我父亲："王先生，这两天又看什么书啊？"我父亲说："《窦娥冤》。""有什么冤？""过去，山阳有个女子，叫窦娥，山阳呢，就是我们淮安……"故事讲完了，赌场也到了，蛮子抹抹眼睛，手背上一片湿印。放下货篮，点上马灯，蛮子不知马灯往哪儿搁。我父亲把她的马灯提过，往"红堆"旁一丢，说声"上灯了"，就示意在那个赌局旁守着。

　　那个金鱼眼的看宝人，那天晚上运气好，庄家连开几局都赢了，分给他不少"红堆"钱。金鱼眼出手很大方，买了蛮子一包玫瑰香烟，二角八分，又买一袋花生，一角钱，拿的是五角钱的票子，剩下的一角二分钱说不用找了。蛮子说："哪能呢？"金鱼眼就走开几步，朝她招招手。蛮子过去了。金鱼眼说了句什么，蛮子掉头走了。

　　我父亲和蛮子回家时，没走多远，金鱼眼又追上来了。

　　金鱼眼让我父亲先走，说他要和蛮子说句话。蛮子不让我父亲走，蛮子对金鱼眼说："有什么话，你快说。"金鱼眼捏着鼻翼，使着眼色说："你跟我走。"蛮子一扭头，对我父亲说："王先生，我们走。"金鱼眼在后面骂道："一个婊子，还不识抬举。"

我父亲和蛮子走了段路后，蛮子蹲了下来，哭了。

我父亲劝她："蛮姐，赌场上这种人多了，别理他，别哭了。"蛮子说："他骂我是婊子。"我父亲说："你让他骂，他家女人才是婊子呢。"

蛮子哭得更起劲了，声音不大，但是急促，一阵阵呜咽，像冰冷的水。

那天晚上，我父亲把蛮子送到了家。蛮子说："不是为了我可怜的阿望，我不想活了。"我父亲安慰她："是嘛，为了伢子，你振作点。"

我父亲从蛮子家往回走时，遇上了村里的年轻人。几个年轻人说："王先生，从蛮姐家来啊，天亮再回去嘛。"我父亲没理他们。"王先生"这话只有蛮子叫，我父亲听着才高兴，别人叫，我父亲老想发火，老想揍人。

我父亲常听人说蛮子是做过婊子的。村里人说，蛮子是她丈夫少怀用两百斤山芋干换回来的。解放前，我们村里有几个人会做生意，少怀就是其中一个。他们把山芋干用独轮车推到阜宁县益林镇的通洋河码头，和人家换盐，再把盐推回来卖，从中赚差价。通洋码头很热闹，钱庄、客栈、妓院样样有。少怀不学好，每次到益林镇，都要逛妓院，挣的钱都扔那儿了，没聚下几个。后来，有人劝他收收心，他也听了。那一天，他山芋干没出手，正等货船，就碰上了妓院老鸨。老鸨问他要不要老婆，少怀说去看看吧。少怀见到的人就是蛮子。少怀看蛮子人还不错，只是，正在生病，精神差些。少怀也不想老这样稀里糊涂过日子，就答应了。结果用两百斤山芋干和三块银圆把蛮子赎回来了。那时，蛮子才二十一二岁。

我父亲听说过，但是他从没问过蛮子。直到蛮子的儿子淹死后，我父亲才听蛮子自己说了这件事。蛮子和少怀结婚后，一直不生育。村里人说，蛮子做婊子时，吃了绝育的药。少怀没死前两年，蛮子去集上卖鸡蛋时捡了个被人扔掉的小男伢子，是豁嘴儿。也不知是私生子，还是父母嫌伢子丑，扔了。蛮子当作个宝，抱了回来，取个名字叫阿望。没事，蛮子就抱着阿望，到处给人看，喜得眉开眼笑。听说，阿望和我年龄差不多，我六岁那年夏天的一个中午，阿望掉进河里淹死了。阿望从水里捞上后，被横在水牛脊背上控水。蛮子就跪在牛头前，头贴地，哀求着。最终，阿望没活过来。

蛮子守着儿子的尸体，在丁头嘴小屋里不出来。我父亲陪着她，从下午到晚上，从晚上到夜里。夜里，蛮子说话了。蛮子说："王先生，我五六岁就被人拐到阜宁妓院里，十五六岁开始接客。听说我老家是浙江人，可是我记不得在哪儿了，哪个县哪个村。王先生，我命苦啊。二十一岁，我生病，接不了客，少怀把我赎出来。四十岁不到，少怀他就走了。王先生，我命苦啊。我的阿望，也苦啊。他父母不要他，我抱回来了。我的阿望，他也丢下我了。王先生啊——"蛮子说着，就倒在我父亲身上了。我父亲搂着她，不说话，只是掉泪。蛮子再醒来，就疯了。

蛮子疯了，不再去赌场卖货了。我父亲，一个人，拎着马灯，走在庄稼田中的小路上。常常，他会不由自主地停下来，等他熟悉的脚步声。马灯的光和雾气融合在一起，包围着他，像一个巨大的茧……蛮子疯了，我父亲很少在人面前提起过她。每次讨饭到我家，我母亲就会开玩笑，对我父亲说："你老相好又来了。"我父亲也不笑，也不发怒，也不责怪我母亲，只是老让蛮子坐到桌上吃饭，把卖剩的吃物拿一点给她。

蛮子死后，大约二十年，也就是 1994 年 3 月 15 日，我父亲也去世了。那天上午，我还在六十多里远的淮安城里，为生计奔波。我在路边等公交车，一片树叶从脸颊滑过，飘落在地。看那树叶，绿绿的，而四周没有一丝风。我似乎感到了某种不测。我奔向汽车站，往家赶去。到了家里，我父亲已经不能说话了。我抓住他的手，泪水直流。父亲的眼里却很平静。好久，他的嘴皮才动起来，但是听不清他说什么。我母亲猜测着他的话，给他比画着，比画了很多东西，他都摇头。最后，他终于吐出一个字：灯。我母亲一下子明白了，大声说长寿灯，长寿灯，有的有的……我父亲闭上眼睛，咽气了。我点了两盏煤油灯，一盏放在父亲的脚头，一盏放在我父亲的头顶。长寿灯，给灵魂去天国的路照明。两盏灯，小小的火苗轻轻摇曳着。我坐在父亲身边，默默地祈求：上苍啊，请让我父亲去天国，让他劳碌一生的灵魂得到安逸。

父亲是相信有天国的，相信善有善报。在父亲咽气的那一刻，我想他已经踏上了天国的行程。长寿灯照亮了天国的路。两天两夜的守灵，让我神思恍惚。从人间到天国，仿佛是长长的走廊，走廊里挂满了父亲的马灯。

我记得，有一段时间，我放学时，常看到蛮子在河里挖泥。把表层的淤泥挖掉后，蛮子挖出了软软的油泥。蛮子把这些油泥像揉面似的揉来揉去，然后揪下一小团，在手里捏呀捏，捏成了一个个小人。她把这些小人放在桥面上晒。中午的太阳毒死人，她也不离开，守着小人。一天，蛮子又到我家讨饭。她从一个布袋里一下子掏出七八个小人，说："王先生，你看，我捏的小人。"我父亲一看，笑起来。那些小人捏得跟真的一样。有男伢，有女伢，男伢都露着"小麻雀"，女伢都穿着小裙子。我父亲说："你没事就捏吧。先吃饭，吃好再去捏。"蛮子说："王先生，你知道，我捏这些小泥人做什么用的吗？我过几天就死了，我没儿没女，没人给我守灵，我让他们给我守灵呢，没人给我守灵，小鬼来捉我怎么行？我不想去阎王爷那儿，那是地狱，受罪的，我不去，我要去天国。"我父亲说："你别瞎想，你还有阳寿过呢。"蛮子说："没几天了，你看吧，那天我走路好好的，一片树叶掉到我头上，我拿过来，一看，是绿叶子，哪有绿叶子往下掉的，又没有大风，连小风也没刮。我就知道我要死了。"我父亲说："别怕，你死了要上天国的。"

几天以后的一个夜里，我父亲从赌场回家，和他一起回来的还有一个本村的人，这人是去赌钱的。这人对我父亲说：

"蛮子下午死了，你晓不晓得？"我父亲愣了一下，手里的马灯晃了晃。我父亲说："哦。"这人又说："大队里说，明天下午派人葬了，恐怕没棺材，就用她睡的席子卷起来。"我父亲又说："哦。"

我父亲没有回家，直接去了蛮子的小屋。蛮子躺在地铺上。

我父亲把马灯凑近蛮子的脸，蛮子的眼还半睁着。我父亲把她的眼皮往下抹抹，蛮子的眼睛合上了。我父亲看到蛮子的脚头和头顶没有长寿灯，就把蛮子墙上挂的马灯取下来，擦了灰尘，从自己的马灯里匀了一些油进去，点亮了，放到蛮子的脚头，又把自己的马灯放到蛮子头顶。两盏马灯成了蛮子的天国引路灯。我父亲又去找蛮子捏的泥人，找了好长时间，角角落落都翻遍了，也没有找到。我父亲想，肯定是她中午放到哪儿晒了，还没收回来，人就走了。

我父亲就去屋外的草堆上扯了一把草，铺到蛮子身边，坐了下去。屋外泛白了，响起村人打水做饭的声音了，我父亲还坐在那儿。晨光透过丁字嘴小屋时，马灯的光就显得暗了。我父亲俯到蛮子耳边说："蛮姐，我走了，你去天国吧。"我父亲说完，就站起身，弯下腰，走出了小屋。两盏马灯还在燃烧着……

我父亲给蛮子守灵的事很快传开了。几个找着铁锹准备去给蛮子挖坑的人，碰见我父亲，说："王先生，又陪了你蛮姐一夜啊……"在几个人的笑声中，我父亲丢下一句话："人都是要死的！"

今年夏天，我回老家。到了镇上时，已是晚上九点钟了。小镇往村里没有车可坐了，我步行回家，路过父亲的坟墓时，我站住了。父亲的坟墓紧挨路南侧。路南侧是一片白杨林，几步远的坡下就是含沙河。这八九年间，树林里已增加了一二十座坟。我记得蛮子也是葬在这片树林里的，挨着一棵大白杨，距父亲的坟大概有一二百米远。后来村里刨树卖，嫌碍事，把坟平了。树刨了，蛮子的坟就没再圆上。清风明月中，蝉声悠扬，蛙声阵阵。河面上，飞起成千上万只萤火虫，有的飞到杨林里，在坟墓间舞成一团，好像一盏盏的马灯。

我看见父亲和蛮子在庄稼田中的小路上走着，夜雾在马灯的光里变成了红色的纱绸。我听见有人说话的声音："又让你等我了，王先生。""别急，歇歇，歇歇，蛮姐。"

老六的黑猫

天黑透了，老六才赶着牛回家。老六把牛扣上橛，朝着屋里大声叫："季花、季花，草放哪里？"

这会儿是春天，用不着备牛草的，备牛草要到秋天。春天，草短，老六割到天黑才把篓子揣满了。老六这么做，不是闲得慌，是想叫季花看看，我老六在家里也是不会闲着的。等到三月，草长起来了，用不着赶着牛到处找草了，把牛往河坡上一扣，我还要去宝滩街上做点小买卖，一天还能赚个十块八块的。可是，季花和几个亲戚都劝他和井高去浙江温州的工地上做小工，说现在工资高，一天可以开五十多块呢，说要去的话，就在这几天了。老六不想去。老六长这么大，县城都很少去。有一年，他和村里几个人去淮安种子站买稻种，往回走时，老六停下自行车撒泡尿，出了厕所再追那几个人，追了几十分钟也没追上，一打听，老六转向（苏北方言：迷路）了。人家告诉他向北再向东，他问人家哪儿是北哪儿是东。几十岁的人，东西南北分不清，不是送笑话给城里人吗？还有，城里的楼，老六看着也头晕，那么高。淮安的楼最高也不过十几层，外地的楼还不知有多高呢，看电视上那些楼都戳到云彩里去了。老六从来不敢爬高。老六当然不好意思说自己怕转向找不着家，也不好意思说看着楼高就发晕，老六就说自己不敢爬得太高。工头井高说："老六，不要你上脚手架，你是小工，在底下拌砂浆，推石子，你怕什么？"老六就不好说什么了。其实老六不想跟井高去，还有一个意思：他不想和季花分开。和季花结婚二十多年了，生了一儿一女，两个人几乎没争吵过。季花是个知冷知热的人，老六有一点点不舒服，她就心疼起来，轻的重的都揽到自己身上。

这次季花劝他出去，也是没办法：儿子凯荣订婚花了六千块钱，明年过大礼还要八千，明年底结婚少说要花一万多。女儿还在读书，凯荣在温州的厂里只有一千多块，小年轻又不知道省钱，一年余不了几个钱。凭两头牛和自己农闲做小买卖是肯定不够的。老六自己不是不会算账。就是想到去那么远心里悬悬的。

老六想再和季花说说，要不再买两头小牛，到明年收入就大多了。季花多吃点苦，养好牛，自己还是做小本生意，这不也是个办法吗？

季花听到老六叫，从屋里伸出头，说："这么晚才回来，饭都要凉了。井高刚才来招呼了，明天就走。问你去不去，我说去，我在帮你收拾东西呢。"

　　季花看也没看老六的草篓子。明天就走了？老六心里一惊。季花说："是呀，快吃饭，吃了饭，你再看看还有哪些东西要带。"

　　老六坐到桌子前，季花端上一只大碗，里面是一只老母鸡。季花说："井高一走，我就把鸡杀了。"老六说："唉，出去卖苦力气的，又不是去赶考，杀什么鸡呀？"他一肚子的话都不好说了。这时候再退，首先笑话他的就是自己的女人。别人笑话他，老六可以不在乎，但不能让季花笑话。老六在心里下了决心：去闯一回。

　　这样想着，老六就笑起来，不能让季花看出自己不坚定。老六说："季花，我出去好好挣钱，家里全靠你了。"

　　季花把鸡大腿搛到老六碗里："老六，你出去虽说是受苦的，也不要太省了，想吃什么不要心疼钱，钱是人苦的嘛。"这地方的人把挣钱叫"苦钱"。

　　这时，家里的那只黑猫跳到桌上，季花用筷子去赶："去去，逮老鼠去。"

　　老六赶快拦住季花，搛了一个鸡翅膀给它。老六说："这猫好啊，我出去你好好看着。"季花听出老六舍不得家的意思，叹口气，也搛了一块鸡肉给黑猫。黑猫这才满意地跳下桌去。

　　这地方，夫妻上床都是睡两头的，当然做好事时肯定在一头啦。这晚，季花一上床就躺到老六怀里了。季花好像看出老六是不太愿意去温州的，季花摸着老六的脸说："老六，你就出去一两年，孩子的婚事一办，我就不让你出去了，我们两口子在家等着抱孙子。"

老六说："出去，不出去哪行。"季花说："老六，我真是舍不得你啊。"季花抽了一下鼻子，老六一摸她的脸，有泪。老六轻轻抹着那泪，老六笑笑说："你看你，这有什么呀，出去苦钱又不是我一个人。你放心，我能照顾好自己。"季花就贴紧了老六，手还往老六下面伸。季花说："老六，千好万好还是自家好啊。"老六想，这还用说，别的不说，那些在外做工的男人没个女人疼呀，听说有人不学好，找小姐，把性病都带回家里了。想到明天一早就要走了，老六一下子想到了季花的种种好处。老六把季花搂紧了，搂着搂着就来火了，翻到了季花身上。就在这时，黑猫又跳到季花枕头边，还"呜昂"了一声。季花气得一掌拍了过去。黑猫到了床下，还是没走。季花笑起来："死猫，你是离不开老六了，离不开，你明天跟老六去苦钱去。"老六说："你管它呢。"季花笑笑，两手搂住了老六的腰……

开往温州的大客车是井高联系好了的，七点钟来集镇上。季花用自行车送老六到了宝滩街上，老六叫她回去，季花说："等等，等你上车再说。"季花对井高说："老六头一次出远门，麻烦你多照顾。"井高笑起来，说："你这老两口像小两口了。"其他的人也都笑起来。老六很不好意思，对季花挥着手说："快回去快回去，车就要来了。"正说着，家里那只黑猫跑来了。老六说："季花，你快把它抱到自行车上，别让人家抱走了。"季花把猫抱上了自行车，还站着，伴着老六。

大客车来了。三十多人一一上了车，就在车门关上的那一刻，老六家的黑猫"嗖"的一声蹿上了车。老六去赶它，它就往座位下钻。

老六叫司机打开车门，司机像是没听见，还发动了车子。

哎呀，这个死猫！老六气得直跺脚。季花在窗外朝老六挥手，老六没看见。

车子开了一段路，黑猫又跳到了老六的座位上。老六没打它也没骂它，老六从它的眼里看到了委屈和撒娇。老六说："你跟着我做什么呢？"黑猫趴在老六的胳膊里，老六感到了它身上的暖气。

说来这只黑猫到老六家已经五年了，是老猫了。那年老六在集镇上做小生意，中午回家时，看见路边的垃圾里有一只小猫，瘦得只有一小把，骨头快顶到皮外头了，站也站不稳。老六把它抱到筐里，挑到家里，给它洗了澡，搽了虫药，把小鱼烘干了，研成粉，拌到粥里，一口一口地喂。黑猫一天天长大了，没想到它比一般的猫机灵，捉了家里的老鼠还捉别人家的，老六一家喜欢，村里人也喜欢。有一次，黑猫出去了三天没回，家里人都以为它不再回来了。老六跑到小屋庄请算命的小瞎子算算黑猫还能不能回来。小瞎子让老六报出猫的出走时间，念了一阵老六听不懂的口诀，然后说，猫有九命，此猫遭人打劫，但是心念恩人，必将回还，归期在十日之内。给猫算命，老六是头一个。不过，没有白花那五块算命钱，几天后，黑猫真的回来了。老六又高兴又心疼，要是猫会说话，老六一定问问它被谁捉去了，被带到哪里，又跑了多少里路才跑回家的。

到了工地上，老六才知道儿子凯荣打工的地方就在附近。老六感觉有些踏实。凯荣有手机，老六让工友给他接通了。老六说："凯荣，爸也过来了。"凯荣说："星期天我去工地看你。"老六说："你玩你的，知道我在这里就行了。"

星期天，凯荣真的来工地了，叫老六吃惊的是儿子还带着一个姑娘，两个人亲亲热热的。老六有些不高兴，没说两句话就打发儿子走了。晚上，老六又打了儿子手机，叫儿子出来，还说"就你一个人来"。见面后，老六问："那姑娘是你什么人？哪里的？"儿子说："女朋友，湖南的。"老六说："年前不是给你订婚了，今年就打算过大礼了，你这不是开玩笑吗？"儿子说："订婚又不是结婚，我还有选择的嘛，再说老家那种方式跟买卖一样，订婚多少钱大礼多少钱，真没意思。"老六说："是啊，订婚花了六千块，你说怎么办？按家里的风俗，男方提出和女方分手，花在女方身上的钱是不会退回的。"凯荣说："怎么办？算了呗。"老六说："我那六千块钱是天上掉下来的，说算了就算了？"凯荣说："那也不能为六千块钱就让我和不喜欢的人在一起啊。"老六说不出话了，气得胸口发胀。

老六和工友说了这事，工友们都劝他："老六，你不要用老眼光看事情，年轻人不是我们那一代了，什么事都将就着。"老六还是想不通，定下的亲事怎么说悔就悔了，做人怎

老六的黑猫

155

么能不本分？老六没敢打电话和季花说这事，怕她伤心。之后，儿子来看他，老六还是劝他和家里的姑娘谈，儿子当作耳旁风。一来二去，儿子就不来看他了。

转眼间，老六到工地上已经三个月了。井高真的没让老六爬上爬下的，老六一直在楼下拌砂浆，推石子。晚上，年纪大的打打扑克，年轻人出外闲逛，老六哪儿也不去，只看人家打扑克。看累了，老六就先睡。老六睡觉时，黑猫就趴在老六枕头边。下雨天，还有停工待料时，老六也不出去。有时，工棚里就老六一个人和黑猫。这时候，老六就想起季花，细细地想。从第一次和季花见面，到结婚，到这二十多年的日子。老六一辈子只有季花这一个女人，婚前没谈过对象，婚后也没有别的女人多看他一眼，他也从没想看过别的女人。说实话，平时季花对他是好，但是他心里没什么强烈的感觉，觉得过日子就是这样了。到工地上，老六才觉得季花好得不得了，这辈子没有她不晓得会是什么样子。老六想着季花时，有时还想得脸发烧，想得心跳快。比方说，老六最爱想的就是他们新婚之夜，老六抖着手脱季花裤子的情景，还有季花兴奋时咬他肩膀抠他腰那要死要活的样子。想到这些老六会倒回去再想几遍。有时想给季花打电话说说，有时想回家。想归想，老六没打电话，也不打算早早回家。电话费贵就不说了，在电话里还能说这些事？早早回家，没挣到钱，遭人笑话。老六把什么都埋在心里，只摸着黑猫的背细细地想。别人谈女人，谈得唾沫飞，老六也不插一句。要是有人谈到找小姐，老六就会劝，老六说："吃辛受苦弄几个钱装人家身上不值得，你在外头，一家人都想着呢。要是出了什么事，回家就没脸见人了。"工头井高表扬过老六一回，井高说："老六说得对，出去瞎搞出了事我也有麻烦。去年，安徽人包的一个工地上，一个小子和小姐去出租屋，闹了矛盾，小姐打电话叫来几个人，把小子活活打死了。你们别看老六老实不说话，人家一说就说到点子上了。出外做工就要这样人才好。"一个工友笑着说，老六晚上有黑猫伴着，人家不想女人。大家笑，老六不笑。

这天晚上，下了班，老六没见黑猫。吃了饭，黑猫还是没回来。老六问了好多人，都说没看见。有人说："老六，猫大概是走窝（苏北方言：发情）了，出去找相好的了。"还有的说："老六，你快去找找，有些人专偷猫，偷了卖给烧烤摊，人家杀了用猫肉充羊肉，这是我们在小店前的电视里看到的。"老六说："有这事？我要去找找。"

老六就进了工地旁边的一条巷子。走到巷子尽头，没有看见一只猫。老六转回来，看见从这条巷子伸出去的巷子里有几只猫，老六走过去，几只猫在斗架，没有自家的黑猫。老六再朝前走两步，远远的路灯下有两只猫的影子。老六加快步子朝前走，到了跟前，没黑猫。这盏路灯下，又伸出去一条巷子。老六不敢朝前走了，老六怕转向。这城里的路，像躲蒙蒙（苏北方言：捉迷藏），老六心里嘀咕着，要回头。也就这当儿，巷子里的一间发廊里走出一个姑娘，朝老六看看，就笑着跑过来。姑娘红头发，红嘴唇，睫毛翘着，还闪着银光。姑娘用胳膊弯碰了一下老六："大哥，出来玩啊，我陪陪你？"老六吓得一退，说："不不，我找猫的，我要走了。"姑娘不死心，又碰了老六一下，然后对着老六噘起红红的嘴巴，胸一挺，滚圆的乳房直对着老六，乳沟清清楚楚地露着。老六一时间乱了阵脚。姑娘又说："玩玩嘛，大哥，包你舒服。"老六突然想起工友们说的"小姐"，老六就冒汗了。老六不敢再和她说话，让开她。小姐在老六屁股上拍了一下，老六趁着这一拍往前一冲，逃了。

老六走得很快，头也不敢回。老六想，这些小姐真骚真贱，要是我家孩子，我活活给她敲死。

老六在巷口转弯处，竟然碰上了儿子凯荣。老六一惊，一慌，好像刚才和小姐做了什么似的。

凯荣问父亲："爸，你出来玩呀？"

老六说："没事，我找猫的，咱家那黑猫跑了。"

凯荣说："哦。"

老六这下平静了，问儿子："你去哪儿？"

凯荣说："我去学电脑。"凯荣又说："爸，找不着就算了，你早点回去。"凯荣说完就往巷子里拐。

老六叫住儿子，老六说："学电脑你走这里做什么？"

凯荣说："走这里近啊，到前头路灯下，再拐一条巷子，出去，过马路就到了。"老六还是不放心，怕儿子不学好。老六又问："那，那你，女朋友呢？"

凯荣听父亲第一回称自己女朋友为女朋友，高兴了。凯荣说："她上夜班，不上夜班时和我一起去的。"

老六说："哦，那你早点去了，以后不要走这条巷子，不要图近，巷子里乱。"凯荣笑笑："怕什么，我这里很熟的。"

老六说："你别犟了，城里不是老家。"

凯荣又笑笑，没再说话，走了。

凯荣走了很远，没了影子，老六才动身。老六一动身，就走得很快，老六想，也许黑猫回到工棚里了。

到了工棚里，老六没见到黑猫。老六睡不着，竖着耳朵听动静。

天亮了，黑猫也没回来。

那一天，老六心神不定，大工几次催他要砂浆。工头井高也看出来了，跑过来给他递烟，老六知道自己年龄大了，人家不好意思说，递烟是叫他自觉。老六很过意不去，心里责怪黑猫给他惹麻烦。再找着了，把它扣床腿上，老六下了狠心。

晚上下班，老六第一个跑回工棚，黑猫还是没回来。一吃了晚饭，老六又去找黑猫了。

老六没顺着昨天的巷子走，老六怕走着走着又走到有小姐的那条巷子，老六从工地另一侧的巷子进去了。

老六转了几条巷子，也看见了几只猫，就是没有自家的黑猫。老六正想回头时，看见前面隐隐约约有个黑色的猫影子，好像和自家的猫差不多大。老六赶紧追上去。老六跑猫也跑，猫转弯，老六也转弯。到了一个巷口，猫不见了。老六一看，这巷口还是昨晚遇到小姐的巷口。老六又气又笑。

"大哥，找人开心呀。"——老六刚要走，墙边上站着的一个小姐挡住了他。超短裙，长筒袜，低胸，两眼直放火花，手里夹着白色过滤嘴香烟。

老六再老实，也看得出是个小姐。不过，也不小了，脸上的粉没能遮住丝丝缕缕的皱纹和眼角的鱼尾纹，少说也有三十二三岁。

老六没理她，让开她，要走。

"大哥，好像在找什么东西？"小姐装着很关心的样子问老六。

"我找猫。"老六说了又后悔，跟她说有什么用。

"找猫呀，我们那儿有个小妹妹捉了一只猫，说要带回老家的，不知是不是你的。"老六一听，来了精神，"真的？什么样子的？黑的白的？"

小姐想了一下说："我光听她说了，没见什么样子的，不过，我听见它在床下叫的。"老六还是问："真的？"

小姐就拍了一下老六的肩膀："看你这大哥，不信人话呀？"老六让开她一下，说："信，信呢。"

小姐说："要不去看下？跟我走。"老六什么也不想了，只想看猫。

小姐把老六带到了发廊里。旧沙发上坐着几个小姐，都跷着腿，抽着烟，看一下老六就不看了，很不感兴趣的样子。

老六还是紧张。老六问带他进来的小姐："猫呢？"

小姐笑起来，把老六按在了沙发上。小姐说："大哥，先玩玩嘛。"老六刚要站起来，小姐已经坐到了老六的腿上，勾住了老六的脖子。小姐说："大哥，玩下，一百块。"老六推着小姐，头扭向门口。

老六头扭向门口时，和一个人的目光撞上了。是他的儿了凯荣。凯荣身边还有他的女朋友。

　　老六像被一根粗棍子猛敲了一下，脑子里"嗡"的一声响。凯荣冲到了发廊里，指着老六："爸，你这是做什么呀？"

　　小姐的屁股刚抬起，老六一把推开她。老六的脸涨得发紫了，老六说："我找猫，我找猫，她、她……"

　　凯荣的脸也涨得通红，声音也发抖了："好、好，你找猫。让你在这儿找！找你的魂！"老六说不出话来。

　　凯荣一转身，冲到屋外，拉起女朋友走了。老六到了门口，已经看不见儿子了。

　　"死老头，讨了老娘便宜。"

　　老六听见小姐在嘀咕。老六走出巷子后，没有回工棚。

　　老六顺着大马路走。不知走了多远，老六累了。老六去小店里买了一瓶啤酒，让店主帮开了。店主问要不要花生米，老六摇摇头，一仰脖子，一口气喝了下去。以前，老六是从不喝啤酒的，几块钱一瓶，顶一顿饭钱，哪舍得。再说，老六也没有酒量，和喝酒的人坐一桌，熏就能把他熏醉了。喝了啤酒，老六的心跳得厉害了，脚下也打晃了。老六还是往前走。老六看见自己挑着担子在前面，担子里有茄子有西红柿有黄瓜，锃亮的秤杆躺在筐边上。老六正往小集镇的菜市场赶着，青竹扁担吱吱呀呀地响着。老六走到马路边，一看，那不是自己，是一个拾荒的老大哥。老大哥的两只蛇皮袋里揣得鼓鼓的。

老六又往前走。老六看见了一片草地。那草真绿啊，像刚下过雨一样绿，绿中还有白还有红还有黄，有野菊，有灯笼花，有车轱辘菜的小黄花。草地上还有一头牛，趴着，静静地磨着牙，两只角对弯着，像一个大月亮。老六又看见自己了，他坐在牛身边，手里拿着苍蝇拍子，不时地在牛身上拍一下。老六走向草地，老六没看到水牛，看到的是一块大石头。大石头后面是一男一女，男的坐在报纸上，女的躺在男的怀里，男的脸和女的脸贴在一起。老六走开了。

老六走上了一座桥。桥很长很宽，有几个车道。老六趴在栏杆上朝河里看。河里的水黑黑的，离桥面很高。河边也有栏杆，栏杆上挂着的彩灯一闪一闪的。

老六看见自己的女人季花了。季花端着洗衣盆朝河边走。这时候，那些彩灯好像一下子熄了，只有天上的月亮照着季花。老六说："季花，你给我洗衣裳呀。"季花抬头看着老六，没有说话，腾出一只手掠了一下垂在眼前的头发。季花的眼睛真好看呀，像黑猫的眼睛一样黑，亮。

老六说："季花，儿子自己谈了个女朋友，家里定的那个亲他不要了，季花，你不要难过，孩子大了，他有自己的想法。到时，你要对媳妇好，人家是外地人，外地人受不得委屈。"老六说："季花，儿子冤枉我了，我是去找猫的，他说我是去找魂的，我的魂不在那里，在家，在你身上呀。他不听我说，他就走了。他冤枉我了，他要恨我了，我的名声要坏了。"季花还是不说话，端着洗衣盆站着。老六就继续和季花说话。老六说："季花，黑猫第一次出远门，是自己出去的，出去几天又自己回来了。这次是跟我出来的，我还没看住它，我找呀找呀没找着，我真的像找魂的，季花，你说我的魂会丢了吗？"这时，季花向坡下走去了。紧接着，一个黑影跃过桥栏杆，像飞的一样。老六差点叫起来，黑猫黑猫，它来了。老六朝着黑影的方向也飞了起来。

老六一夜没回，工头井高派人去找了一天，也没有找回来。井高就报了案。凯荣得到这消息也来工地上了。凯荣说能上哪儿去呀，无非还在这城里。凯荣不着急的样子，叫老六的工友很生气，都说这孩子不像话。

第二天中午，公安人员来到工地，说在瑞河塘发现一具男尸，叫工友们或者失踪者亲属去殡仪馆辨认。

工友们都去了，当然也通知了凯荣。

工友们认出了老六，都哭了。凯荣愣愣地站着，没有一滴泪。一个老工友看不下去了，抬手给了凯荣一巴掌："你这孩子，心怎么这么硬，你老子白养你了！"

凯荣捂着脸，不说话，也不哭。

又过了两天，公安人员叫去了凯荣，让他在父亲的死亡证明书上签字。死因是酒后溺水。井高和凯荣商量，说就不叫家人来了，人死不能复生，农村这些事一来人就会闹大了。井高把老六的工资都结给了凯荣，又和建筑公司讲情，从同情的角度出了殡葬费，再给几千块钱算是抚恤。无论井高怎么说，凯荣都不作声，全依着他。

凯荣抱着父亲的骨灰回老家安葬了。

······

老六又回来了。家门口放了一张大桌，桌上放着几束花，老六的骨灰盒放在花中间，遗像放在骨灰盒上。遗像是把身份证放大的，除了和季花结婚照过一张合影还有办身份证，老六就没照过相。遗像前放着水果、猪头、公鸡之类的祭品。

季花跪在最前头，后面是儿女，再后面是亲属和庄邻。不论长幼，在死者面前都要下跪的。所有人都跪在芦席上。

凯荣的舅舅带头说了声"磕头"，大家就边磕头边哭。要磕四个头的。凯荣磕了头，没哭，木头雕的一样，呆呆地看着父亲的遗像。

这时候，有一阵风刮来。一个黑色的影子掠过众人的头顶，直向老六的遗像飞去。

老六家的黑猫回来了。它落在桌上，转了个身子，趴在老六的遗像前，两眼里湿漉漉的，像是带着江南的雨水。

一声大哭响起。哭的人是老六的儿子，凯荣。

青草羔羊

　　整个麦收期间，西城的耳朵里都响着一种奇怪的声音。那声音像尖尖的麦芒，却又触摸不到。直到有一天夜里，母亲哭了，他才清清楚楚地听出了耳朵里响着的是什么。

　　母亲说："小寏，我的心啊，你在哪里？"母亲捂着脸，泪水从指缝里冒出来，成串成串地滴在被子上。

　　西城走到屋外，站在星空下。一声声羊的叫喊从四面八方传过来。他听得清清楚楚，"咩咩咩——"，是羊，羊在叫，此起彼伏地踩着夜色向他走来。原来，这些天，自己耳朵里一直响着的是羊的叫声。

　　妹妹小寏在家时，就是放羊的。

　　小寏已经两年没回家了，也没有任何消息。三年前，西城出去打工时，妹妹小寞还在家放羊，小寞叫哥哥带上她，西城说："打工很苦的，你还小，先在家放两年羊再说。"小寞噘着嘴，轻轻甩着放羊鞭子说："人家女孩子初中一读完就去打工了，就我们家不让我出去，你不带我走，我就自己走。"等西城回来过年时，小寞也从外地回来了，高跟鞋，牛仔裤，白色高领衫，外罩兽纹的长风衣，神乎其神地站在他面前。小寞说她和高坝村的一个女同学去了浙江，在一家制鞋厂上班。第二年春节，小寞没回家，也没请人带什么消息回来。母亲就让西城去高坝村打听妹妹的下落，小寞的同学说，她第二年就上了一个月班，不知为什么就辞职了，走时说去找另一个同学，看看有没有更好的厂，以后小寞就再没和她联系。第三年，小寞又没有回家，也没有任何人带来她的消息。西城就一个村庄一个村庄地打听她所有的同学，一个叫梅媛的女孩子说她在玉城时碰见过小寞，不过也没说上几句话，小寞说她在一家饭店做服务员，说完就走了。

小寞两年不回家，母亲的头发就很快地白了。村里说什么的都有，有的说她和外省人私奔了，有的说她在外面做着见不得人的事，还有一个说法更可怕，说小寞可能遇害了。母亲常常拍着腿抱怨自己：早晓得这样，就让她在家安心放羊好了，死也不让她出去呀。

麦收期间，西城和母亲只顾忙收麦，很少和村里人说话，怕人家问起小寞的事。娘儿俩在忙碌的间歇，总是不时四下张望，好像处处都有小寞的影子。收割机响着，拖拉机响着，村人的说笑声响着，西城全听不见，耳朵里只有羊叫声。

西城走到村外，收割后的麦地一片平整，淡淡的月光照着麦茬上的露珠。"咩咩咩"的羊叫声包围着他，却不见一只羊。西城抬头看天，看月亮，他怀疑是月光在叫。晚风吹过田野，西城的衣衫在动，他在羊叫声里等待着一群羊向他跑来，羊群后跟着手握放羊鞭子的妹妹小寞。

西城原来在苏州做油漆工，现在不想去了，他想去玉城。

西城听说初中的同学伍文在玉城打工，就去找他了。伍文三十岁了，也是光棍，跟西城一样。伍文说："西城，你发疯了，我们在玉城做的是河道护理，又苦又累钱还少，清淤泥，铺石块，你受得了？我还想和你学油漆工呢。"西城说："我去玉城就是想看看能不能碰上我妹妹，她两年没回家了，也没有一个消息，要是找着她了，我以后带你去学油漆工。"伍文就笑着拍他的肩："行，跟我去，玉城其实也很好玩的，到那里你就晓得了。"

汽车从早上七点出发，下午五点到了江南的玉城。

一下车，西城的眼睛就开始左右张望。伍文说："工地离车站不远，步行也就半个钟头，我们就不坐公交了。"西城说这好这好，眼光却落在一个低头发短信的女孩身上。伍文催他："走啊走啊，好看的姑娘多呢，我以后带你去看。"发短信的女孩抬起头，碰上了西城的眼光，眼睛立刻就阴沉了，不高兴地扭过头去。伍文笑起来，做着鬼脸，推搡着发呆的西城："你这家伙，比我还色呢，快走哦，到那里歇一下就吃晚饭了。"西城就红着脸跟着伍文走。

路边的店里传出阵阵音乐，伍文也跟着哼："你是我的情人，像玫瑰花一样的女人，用你那火火的嘴唇，让我在午夜里无尽地销魂……"伍文回过头对着西城卖弄嗓子，发现西城落下他三四步，伍文就跺脚："西城，叫我怎么说你哟，还没到工地呢，你就像掉了魂似的！"西城说："伍文，我满耳朵都是羊叫声。"伍文说："小子，你说我唱得像羊，我非唱：你是我的爱人，像百合花一样的清纯……"

到了工地，做工的人还没下班，夕阳下的河坡上一片闪着汗水的光脊梁。三十几个工人，有的抬着石头往河坡下小心翼翼地走，有的在忙着把石块对接。伍文指着河岸上帆布苫顶的三角形棚子说，有些人农忙回家还没来，都来了人就多了，有七八十个呢。西城问他："我们睡哪儿？"伍文指着眼前的棚子："就这个，你跟我睡一个棚子，我们这个棚子最好了。"西城低头朝棚子里看，里面散落着塑料盆、破报纸，卷着的草席放在边上。西城说："哪里好？"伍文的眼里露出诡秘的笑，东南西北地指点着："你看岸上这条路，南边是围墙，围墙里是一所大学呢，我们这棚子就在后门边上，一到晚上，就有大学生从后门出来，那些女大学生看也看不完。"西城说："就这个好呀。"伍文说："这还不好？"又朝东边指，"这河叫玉石河，这街叫玉石街，从大学后门出来一拐就到街上了，我们这棚子正对着这条街，离街最近，这街上的巷子里有不少鸡窝呢，哈哈，算你小子有福！"

晚饭后，伍文问西城："要不要去街上转转？"西城说："转转呗。"伍文就笑起来："一来就要去转转，你小子啊……走！"

夏日夜晚的玉石街浮动着杂五杂六的气味，像一堆新鲜的水果中间出现了部分的腐烂。街两旁排满了各种廉价的小吃摊和小商品，烟雾里响动着震耳的音乐和南腔北调的叫卖声。拥挤的人流中少有市民，多数是衣着简陋目光好奇的打工妹打工仔。伍文说："玉石街这一带是城中村，别看家家楼上楼下的，由农民转成了市民，但穿着打扮比起老城区的市民还老土呢，你看那些男的，就一大裤衩，摇着芭蕉扇；女的呢，反倒又穿得严严实实的，裙子都拖到小腿上，什么也不给看，妈的，就是运气好，比我们有钱。"西城听了点着头，眼睛却在女人堆里来回扫。伍文说："西城，光看没用呢，过眼瘾没意思，要想女人，到小巷口。"西城说："我不想。"伍文说："不想就怪了，跟我走，包你想。"

说着，就到了一个小巷口。西城看到一个女孩贴墙站着，鸭蛋脸，长长的睫毛闪着银粉似的光，弯弯地翘上去，两眼里却是空洞的幽暗。伍文一伸头，那女孩就迎着她过来了，空洞的眼里立刻荡起了生动的水波。西城害怕似的退后了一步。

"大哥，做生意吗？"女孩眼里的水波转了一下，对着伍文噘起嘴巴，很可爱的样子。伍文捏了一下女孩的腮："我过会来，好吗？先去做嘛。"女孩晃着肩撒娇。伍文快速地伸手拍了两下女孩的屁股："我拿了钱来哦。"

女孩的脸色马上变得冰冷了，打了一下伍文的胳膊："滚，没钱还想讨便宜！"伍文"嘿嘿"笑着跑开了，边跑边叫西城："快点快点！"西城就跟着伍文跑。到了伍文跟前，西城说："伍文，你胆子真大。"

伍文说："我是吓你的，我才不怕呢，我常来逗她们，也玩过几回。"西城问："真的？"伍文得意地笑着："真的，不骗你，有八十块钱一次的，有五十块钱一次的，我他妈一般都玩八十的，年轻漂亮的，等做了半个月工，我俩就预支几百块钱，来玩玩。"西城说："我不玩，我不敢。"伍文说："妈的，到现在我们还是光棍，不玩不值得，我们这么大了凭打工哪天能娶上媳妇……"西城说："我们要是这样混下去，钱都瞎花了，更娶不到媳妇。"伍文说："管他娘的，混一天是一天。"然后，伍文朝刚才那个巷口看去，又说："预支到钱，我就来干这个，看她还敢不老实。"

天一亮，西城就起来了。大学里安安静静的，玉石街上走动着几个上学的孩子，玉石河边的垂柳在微风里飘动着。西城的耳朵里再次想起了羊叫声。他想，妹妹小寞如果真的在玉城，不知起没起床。他爬上石头堆，朝对岸的路上看。他想，也许妹妹突然间就出现在他眼前了。

伍文来叫他吃饭。伍文看到他眼睛潮潮的，也难过起来："西城，以后没事我就陪你去街上转转，说不定会碰上你妹妹的，走，吃饭去。"西城点点头。

西城和伍文一副担子，用绳子织成的网把石头抬到河坡上。伍文个子比西城高些，在后面。伍文把绳子尽量往自己那头挪，西城不让："伍文，我又不是抬不动。"伍文说："后面的人要用手稳着绳子嘛，不然荡来荡去的。"抬了几趟，西城提出要在后面，伍文又不让："哎，我说老同学，我这点苦吃得，你不用管我。"说得西城心里暖暖的。

午休的时候，伍文说："西城，我们再去转转吧？"西城说："好的、好的！"

在玉石街的一个橘子摊旁，他们又看见了昨晚那个女孩，鸭蛋脸，长长的睫毛闪着银粉似的光。那女孩本来笑吟吟地走着，见了他们，目光马上收缩起来。

伍文笑嘻嘻地对她说："开始上班了？"女孩理也不理，装作没听见直往前走。伍文捣了一下西城："你看她装的，妈的，一进她房间脱得比谁都快。"西城推着他走："你老想这些事，走，我们去大街上看看。"

玉石街尽头是一条四车道的大马路，两边的商场、酒楼连成了花花世界的样子。伍文说："你妹妹说不定就在哪个商场哪个饭店呢。"西城说："我也这样想。"西城和伍文踏上了一个商场的台阶，伍文直往商场里去，西城却站住了。伍文进去又出来，问他："你站在这做什么？"西城看着自己的裤子和鞋子说："你看，全是泥。"伍文也看看自己。伍文的身上也全是泥，解放鞋还裂了一个大口子。伍文拍了一下衣服："怕什么，这商场还他妈是咱打工人建的呢，我看谁不让进去，真是的！"西城说："我们下次再来时换干净的衣服。"伍文说："咦，你再讲究，也没人把你当人，进不进去啊？你还找不找你妹妹了？"西城说："我们就在外面看看，门口人来人往的，更容易看见呢。"伍文说："我不管你，我自己进去逛逛。"

伍文进去后不久，西城又见到那个鸭蛋脸女孩了，她上了台阶，笑微微的，到了西城面前，没有像刚才在玉石街上那样，把目光收回去，还是笑吟吟的，而且似乎对着西城点了一下头。西城赶紧低下头，心里涌上了一种奇怪的感觉，自己也说不清是什么。

那女孩进去后一会儿，伍文出来了。伍文跺跺脚说："就我这破解放鞋怎么了，还不是楼上楼下转了一圈，你小子真没劲。"西城看他这样子，估计刚才没有看见那女孩，心里竟然觉得轻松。伍文说："回去吧，快到上班时间了。"西城走下台阶，又回头看看，又想看到那个女孩出来，又怕她出来，莫明其妙地感到一阵不安。

一晃，西城到工地半个月了。晚上，伍文说："西城，我们找老板预支几百块钱去。"西城说："到月底就发了，不急，我身上还有几十块零钱，你要用先拿去。"伍文说："几十块够什么，我找老板去。"西城突然想起，伍文说预支了钱要去嫖的，竟然害怕起来。西城的眼前出现了那个鸭蛋脸的笑吟吟的女孩。

半个钟头后，伍文回来了。伍文一进工棚，就把一只安全帽踢了出去："狗日的，一分钱不肯预支，说非要到月底！狗日的！"说着，重重地倒在草席上。西城说："伍文，不要急，我这不是有零钱嘛，凑合着用嘛。"伍文"哼"了一声："你那几十块钱恐怕只够嫖老母猪……"西城就愣在了那里。

夜里，西城被突然而起的声音惊醒了。出现在她眼前的竟然是那个鸭蛋脸女孩。直到伍文把那个女孩用被子盖上了，说公安抓人的，西城才确信那个鸭蛋脸女孩就在他们的工棚。

西城伸手去关灯，伍文一把拉住了他："不要关灯，你没听见外面有脚步声吗？那是公安，别的工棚都没关灯，你一关，反而引起怀疑了。"西城一听，真的有脚步声，还有"站住站住"的叫喊声。西城紧张地看着伍文，心咚咚跳。伍文说："我们也睡下，把她夹中间，用被子蒙着头，谁叫也不要动。"

西城躺下了，她感觉那个女孩在微微地抖。

过了一会儿，脚步声和"站住站住"的声音消失了。伍文爬起来，伸头朝工棚外看着。"没事了。"伍文说。西城问："真的没事了？"伍文点点头。被子里的女孩还是没敢动弹。伍文对女孩说："不要怕了，你今晚就在这儿，天要亮了再走。"被子动了一下，传出了女孩的声音："谢谢两位大哥。"伍文笑笑，做了一个亲嘴的动作。然后，拍了一下西城的肩，朝棚子外努了一下嘴，示意西城跟他出去。

到了工棚外，伍文说话反而发颤了。伍文抖动着下巴说："西城，我们把她干了吧？"西城吓得往后一退："干她做什么？"伍文贴过脸说："你以为是杀她？不是，搞她一下，过回女人瘾。"西城说："不，我不敢。"伍文说："她不敢反抗的，反抗的话，我们就吓唬她，不听话就扣下你，报告公安。"西城还是摇头。伍文说："那你在外头，我进去。"

伍文一进去，灯就灭了。西城就听到了那女孩哀求的声音："大哥，求求你，现在不行……"西城感到了心中一阵疼。他咳嗽了一声。女孩还在哀求："大哥，你饶了我，求求你！"西城觉得那女孩也在哀求自己，他伸头朝棚里叫："伍文、伍文，你出来吧。"伍文喘着粗气，没有回答他。女孩哭着说："大哥，你救救我呀。"西城进了棚子，拉亮了灯。伍文光着身子，和女孩扭在一起。伍文说："我也求求你，我太想女人了。"西城又叫："伍文、伍文！"伍文扭过身，瞪着西城。那女孩挣脱了，一下子朝西城扑来。西城侧了一下身子，女孩冲出了工棚。伍文扯过被单缠住身子，刚缠上又扯开，指着西城吼着："我日你娘！"西城看到伍文的脸上有一道血口子，西城就侧着脸说："伍文，你骂吧，随你怎么骂。"伍文穿上裤衩，大口大口喘着气，突然间，眼皮一耷拉，往草席上一倒，哭了。西城叫他："伍文、伍文，你听我说。"伍文不理他，越哭声音越大。

西城在床头坐了一夜。

第二天上午，伍文没再和西城抬一副担子，西城只好去叫工头给他找人重新组合。下班后，西城看到伍文提着他的黄色行李包走向了别的工棚。

每天晚上，西城都要去街上走一走，一直走到很累了才回来。他常常碰见伍文和别人出去玩，伍文一见他就冷下脸，扬起头，装作没看见。西城很是难过。

要是逢着下雨天了，工地歇下来，他就换上干净的衣服，一整天在玉城走动。

那天，也是下雨，傍晚时分，西城才打着伞回来。到了玉石街口时，迎面碰上了那个鸭蛋脸女孩。女孩见了他，露出了惊喜，把伞偏到一边去，说："大哥，是你！"西城微笑着点头。女孩问他："大哥，你有没有事，我想请你吃烧烤。"西城迟疑了一下说："在哪里，我请你吧。"女孩说："我请你，我们去香湖街烧烤城，离这里不远。"西城说，好的。

女孩很爱说话，一句句的就像打在伞上的雨点般清脆。女孩说她是 H 省 K 市的，离玉城有两千多里。在这里的姐妹们都叫她叫阿落，做她们这一行的名字都是假的，不过她愿意告诉西城真名。

"那你叫什么名字呢？"西城问。

"我真名叫容亚鹃。"

西城说："你怎么又回来了？我记得你走了有二十多天了。"

女孩笑呵呵地说："想再赚点钱呗。"

西城看她的眼睛里并不显得开心。西城又问："为什么非要赚……这个钱？"

女孩说："等我哥考上大学了，我就不做这个了，他今年就考了。哎，大哥，你读了几年书？"

西城说："我高中毕业。"

女孩说："哟，真不简单，我才读到了四年级。大哥，你老婆和孩子在老家吧？"

西城说："我还是光棍呢。"

女孩说："哦……大哥，你是好人，以后肯定会有女孩喜欢你的。"

西城勉强地笑着。

到了香湖街烧烤城，西城点了烧烤，女孩又要了四瓶啤酒。

西城说："哪能喝这么多，我最多喝一瓶。"

女孩说："不多，我陪大哥喝个够。"

西城说："我最多喝一瓶。"

女孩举起杯子和西城碰了一下："大哥，谢谢！祝你天天开心！"

西城说："我今天真的开心，也祝你开心！"

女孩说："嗯，干了！"

这时，西城看到了女孩胳膊内侧有一个黄豆大的伤口，明显是才结的疤。西城问她："你那里怎么受伤了，疼吗？"

女孩看了一下，笑笑："不疼，一个死老头变态，用烟头烫的，在外面什么人都能碰着的，没关系，你喝酒呀。"西城重重点着头，一仰脖子喝了一杯。女孩又给他斟了满满一杯酒。接下来，两人都没什么话了，只是互相催着吃菜、喝酒。四瓶啤酒很快喝完了，女孩又要了两瓶，点了几串烧烤。

出了烧烤城，雨还没有停。两个人就在雨中不言不语地走着。西城的胸口咚咚地跳，脸也红红的。快到玉石街时，女孩在一棵合欢下站住了。女孩把伞举高了，推开了西城的伞，两个人罩在了一起。

女孩说："大哥，我就送你到这里了，我今天来玉石街是找以前的一个姐妹的，我现在住东风路那边。"

西城说："那你就回去吧。"

女孩低下头想着什么，然后仰起脸说："大哥，要是不嫌弃我的话，亲我一下。"

西城没有亲她，盯着她看了一下，突然把她揽在了怀里。女孩的脸就紧紧地贴在他的胸口。

西城说："容亚鹃，我想把你带走，跟我回家吧，我想有个女人。"

女孩抬起头，眼里流着泪："大哥，谢谢你，我不能嫁给你，做我们这一行的，不会嫁给一开始就认识的人的，有一天我要嫁到谁也不认识我的地方。"

女孩在西城脸上亲了一下："大哥，我要回去了，你多注意身体，大哥，再见了。"说完，女孩就走进了雨中，笑着向西城挥手。西城抬起手，轻轻挥动着。女孩的背影消失了，西城还站在那棵合欢下。

秋天到了，西城要回家收稻谷了。他没有找着妹妹。

临走的前一天晚上，西城去了东风路，走了几个来回也没有看见那个叫容亚鹃的女孩。

到了工地，已经十一点了。河边静悄悄的。眼前的这一段玉石河已经整治好了，两头拦了土坝，把脏水隔在了外面，浅浅的清水里映着玉城上空的月亮。西城看了一会儿河里的月亮，又坐在工棚门口看天上的月亮。羊的叫声又在他的耳朵里响起。

这时候，从玉石街那边走来一个人，到了工棚门口，看了一眼西城，又往前走。

西城叫他："伍文！"

伍文站住了，头却扭向河边。

西城走近他："伍文，明天我就回去了，农忙，你回吗？"

伍文说"我不回，我家有人忙。"

西城说："农忙完了，我还回来，我想我们还住一起，还共抬一副担子……"

伍文慢慢转动脖子，正眼看着西城，又把手放在西城肩上："西城，其实，我也想和你一起回去啊，可是我没有钱了，我的钱……唉！"

西城说："不要难过了，我会尽快回来的，我找着了妹妹，就带你学油漆工。"

伍文说："我保证好好学。你回来后，我和你一起找你妹妹。西城，我等你回来。"

西城说："好的。"

说完，两个人坐到了工棚门口的石头上。

第二天下午五点，西城到了老家宋桥镇。一下车，就碰见了村里一个人。那人说："西城，你妹妹回来了。"

西城问："真的？"

那人说："回来几天了。"

西城就叫了一辆电动三轮车，催着，快快！羊的叫声在呼呼的风里响起来，撞着西城的耳朵。

一进家门，西城就问母亲："妈，妹妹回来了？人呢？"母亲说："回来了，去含沙河边上放羊去了。农闲时，我买了几只羊。"西城说："我看看去。"

西城到了含沙河边，上了大堤，没有看见妹妹小寞，河坡上的树林里也不一只羊。西城又往前跑了一段路，还是没有看见妹妹。西城就对着树林喊："小寞，小寞——"

没有人回答他。

"小寞——小寞——"西城一边跑一边喊。

跑了很长一段路，西城又站住了，喘着粗气喊："小寞，小寞，小寞。"

"哎——"

西城听见答的声音了。西城往声音的方向看去，就见河坡上的树林里有一个小小的土堆，土堆旁的青草里趴着一只雪白的小羊。

西城又喊了一声："小寞。"然后，西城看到那只小羊扬起头，叫着："哎——"

西城又了一声"小寞"，那只小羊又扬起头，回答他："哎——"

西城就走下大堤，走到小羊身边，蹲下去，抱住了它。

雨　燕

雨燕是我捡来的。

那一天，下雨，全家坐在屋里摘花生。先摘了一些，我爸让我妈放到炉子上煮。炉火旺旺的，水响了，冒出了热气，一会儿，又冒出了香气。我们小孩子急着要去揭锅盖，我妈说："不急，熟透了，人人有份。"屋外的雨越下越大，打起一阵阵响雷。三哥说："爸，你讲水浒给我们听吧。"我爸是爱看些书的，有时无聊了就讲给我们听。我爸说："水浒一百〇八将都有外号，我给你们取个外号怎么样？"我们都说好。我爸说："你，老大，叫'不见影'。"我们笑起来，大哥总是在吃饭时才回来，他不读书了，也不愿做农活，我爸我妈都说他，他饭碗一丢就不见了人影。我爸又说老二叫

"吃不够"。老二贪吃，我们都知道。我爸给老三取名叫"坐不住"。三哥学习不好，不爱做作业。我刚要问给我取名叫什么，小妹抢上去了，非要我爸给她取一个外号，我爸说："你就叫'哭包'。"小妹不让，非叫我爸重新取一个，我爸说："谁叫你爱哭！"我说："你本来就叫哭包。"我妹就真的哭了起来。我妈说："你爸真是无聊。"我说："不无聊，爸，我的外号呢？"我爸说："你呀，你叫'黑蛋'。"我一下子愣住了，脸全涨红了。

　　我长得黑，这我知道，我没放在心上。直到上学，我才知道，黑是不好的。上学第一天，就有几个女孩子，指着我笑，她们说："哎呀，于晓坚真黑。"女生发现了，引来了男生，男生们交换着眼神："妈呀，怎么这么黑？"

　　我不想上学了。我妈问为什么。我说，人家都说我黑。我妈说："再有人说你黑，你就骂，骂他们全家黑，连屁股都是黑的。"我还是不想上学，我妈四下看看，想找东西打我，没找到。我妈脱下鞋子，扬了起来："你去还是不去？"

　　整个学校的人都知道了我黑，别的年级的学生也会好奇地来看我。一天，趁我妈不注意，我把她的雪花膏搽在了脸上，对着镜子看，我变白了。我就兴冲冲地上学去了。路上，我跌了一个大跟头，跌得浑身都是泥。到了学校，一个同学看了看我，就大笑起来："你们快来看呀，于晓坚变成了大花脸。"很快，同学们都围了过来，他们对着我又跳又笑。我哭了。泪水混合着雪花膏和尘土往下落。

　　我不明白自己为什么这么黑，也不知道怎么才能变白。

我爸说我黑，是因为我妈黑。那么，我那几个哥哥和妹妹怎么不黑呢？

我爸给我取了外号，我几个哥哥和哭着的妹妹都笑起来，我妹还叫着："黑蛋，黑蛋。"我妈一下子站起来，踢了一下我爸："于国志，你个千刀万剐的，你给孩子取这名字，你不缺德吗？"

我们几个孩子都不再作声了。我爸不怕我妈发火，他"哧"地笑起来："本来就是黑蛋。"我妈说："于国志，我知道你是嫌我黑，嫌我黑你去找白的呀，你没那本事。"是的，我爸给我取名叫黑蛋，也是对我妈的嘲笑。我爸和我妈吵架时，就骂过我妈是黑蛋。其实，我妈并不怎么黑。只是我爸嫌她。我爸认为自己识了几个字，想教书没教成，想当大队会计也没做成，人家给他介绍对象，他一个看不上，一直拖到三十岁，一事无成，没办法了，才娶了我妈。我爸常对我妈说："妈的，不是社会埋没人才我会娶你？"是的，我爸将近一米八的个子，皮肤白，眼睛大，我妈才一米五，皮肤黑，又不识几个字。我几个哥和妹妹都像我爸，高而白。只有我长得像我妈，个子不高，还黑黑的，又瘦。有人叫过我"泥鳅"，有人叫过我"黑喜鹊"，有人叫过我"小猴子"，可是没有比我爸说的"黑蛋"更难听更丑陋的了。我的眼里汪着泪水，胸口一起一伏。我爸起身，弯着腰，一边笑着一边去揭炉子上的锅盖。我妈一脚把钢精锅踢翻了："我叫你吃！我叫你吃！"我爸愣了一下。四下撒开的开水冒出滚滚的雾气，我爸的脸变形了。他朝我甩过来一巴掌。我一转身，跑到了屋外。雨还在下着。我听见我妈扑向我爸的尖叫声。

雨哗啦哗啦，像一块块灰布幕，地上的水呼啦呼啦淌，漫过了我的脚踝。衣服贴在了身上，滴着水，我有些冷。

我看见了花生地里看青的草棚。我快步走向草棚，几次都险些滑倒。一头钻进草棚时，才发现草铺上蹲着一只小狗，黑的，只有几个月大的样子。小黑狗见了我，爬起来，要往外冲。我伸出双手，朝它笑着。小黑狗就慢慢走过来，我捧起了它。它的毛半干半湿，我抱着它坐在草铺上。雨还在下，草棚上滴答滴答地响。我的脸贴着小黑狗的脸。我说："小狗，跟着我吧。"小狗的尾巴摇了起来。我说："小狗，我要给你取个好听的名字。"小狗望着我，两眼黑黑的，湿润又光亮，像浸在水里的小石头。我说："我叫你雨燕吧。"

雨燕两岁多了，它已经完全听懂了我的话。开始的时候，我叫它去抓什么，就用弹弓打，它跑上去，又失望地回来了。后来，我拉起弹弓，就对它说出我打的目标，说了多次，它就明白了。我说鸡，它就去追鸡；我说猫，它就去追猫。再后来，我不用弹弓打，我说鸡，它就去追鸡；我说猫，它就去追猫。我把一个葫芦扔进了河里，它也跳下去衔上来。

这一天晚上，和平常没什么两样。吃了饭，爸、妈睡觉了。我写了一会儿作业，也睡了。雨燕趴在门槛上，不时叫几声。

我妈说："稻子要上肥了，没钱买肥料。"

我爸说什么我没听见。

我妈又说："你个死人呀，你说怎么办？"

我爸说："你问我，我晓得怎么办？"

我妈说："我不管啦，秋天没收成，你把孩子带去讨饭吧。"

黑暗中响起我爸划火柴的声音，他是要抽烟了。过了一会儿，我爸说："要不，等侉子来，把狗卖了。"

我悄悄下了床，轻轻开了门。雨燕站起来，对我摇着尾巴。我抱住雨燕，贴着它的脸。好久，好久，我才放下。

那一天夜里，我怎么也睡不好，我一直在想，怎么才能把雨燕留下，不让它成了侉子的棍下鬼。来我们苏北买狗的，我们叫侉子。第二天，上学时，我叫雨燕跟着我去了。雨燕很瘦，但是很有精神，跑起来像一阵风。

放学后，我带上雨燕去了窑塘。窑塘在我家东边，是一大片芦苇荡。芦苇荡里有各种水鸟。我脱下裤子，走进了芦苇荡，雨燕也跳了下来。水凉凉的，芦苇叶子划着我的脸。我轻轻走着，雨燕也轻轻地走。翠鸟在芦苇梢上跳来跳去，它们不怕我们。我拨开芦苇，左右看着，几只苍鹭在浅水里寻找着小鱼小虾。雨燕跳起来，向前扑去。苍鹭惊飞了。我们再向前走走，就见一群野鸭子。野鸭子飞不高，它们见了动静，就一个猛子扎下去。我们能看到它们在浅水里疾速地游动。我和雨燕追了上去。我知道野鸭子的大本营在深水塘里。深水塘里没有芦苇，只有菱角。我们到了深水塘边，野鸭子聚在水塘中间游来游去。不时扎一个猛子，好像在向我们挑战。我和雨燕以前就捉过几只野鸭子，我们有办法。我让雨燕站着不动，自己绕到雨燕对面。我抠了一把烂泥，向野鸭砸去。野鸭乱了阵脚，沉到了水底。一会儿又浮出头来。雨燕弓着身子，随时准备扑上去，但是野鸭子离它很远。我不停地往水塘里砸泥团，野鸭子一冒出头又沉下去。我知道时间一长，野鸭子就累了。就会没了判断力。果然，有一只野鸭子在离雨燕很近的地方冒出了头，就在一刹那，雨燕扑了下去。一声巨大的水响，雨燕已经从水花里冒出了头，叼着一只野鸭子。野鸭子扭动着身子，发出尖细的嘎嘎声。

雨燕把野鸭子丢在浅水处，又做好了扑杀的动作。

那天中午，我们捉了四只野鸭子。野鸭子比家鸭子贵多了。一只野鸭大的要十多块钱，小的也要七八块。到了岸上，雨燕抖了抖身上的水，就不停地嗅着我手中的野鸭。我说："雨燕，我不会让家里卖了你的。"卖了，就是杀了，我不敢对它说"杀了"。我不知道我告诉雨燕有人要将它杀了它会怎么样。雨燕是见过买狗的侉子的。他们给主人一根绳子，让主人骗狗吃食，然后悄悄套住，就将狗绳子交给侉子。侉子便将绳子一端绕在一个木头上端的滑轮上，然后收紧绳子将狗吊起，使劲地往地上掼，一次又一次地掼，将狗活活掼死。侉子一来，一个庄上的狗都躲得远远的，仰着头，对着天叫。狗的叫声里是卖狗人家小孩的哭声。

我到了家门口，我爸在屋里看见了我，别过头去。他肯定在责怪我为什么这么晚回来，又不是挑猪菜。可是我大模大样地进了屋。我爸一下子就看到了我手中的四只野鸭子。他赶忙接过去，笑了起来。我说："是雨燕抓的。"我爸忙叫我妈过来看一下。我妈过来了，也笑起来。我说："是雨燕抓的。"爸、妈对雨燕不感兴趣，只是轮换着把野鸭子提来提去。我妈说："下午去城里饭店卖了吧。"我爸说："我马上去。"我妈说："化肥钱有了。"我说："爸，以后不要卖雨燕了。"我爸说："暂时不卖了。"我妈让我去吃饭，当着爸妈的面，我给雨燕盛了满满一碗米饭，爸妈没说什么。我爸把自行车拖出来，说："你下午放学就别挑猪菜了，再去窑塘，看能不能再捉到野鸭子。"我说："只要有，雨燕肯定能捉到。"

下午放学，我又和雨燕去了窑塘。我们又捉了两只野鸭子。我说："雨燕，你再也不会被卖了。"雨燕抖着水，夕阳在它的身上闪烁着。

我不爱和其他孩子去挑猪菜，我不想被人"黑蛋、黑蛋"地叫来叫去。我只想和雨燕在一起，我们都是黑的。有时挑满一筐猪菜，天还没晚，我会坐在田埂上玩一会儿，用镰刀在地上画画。晚上做好了作业，我还是画画，爸妈催我关灯，我上床就在头脑里画。我回想着语文课本里的景色、故事，给它们做插图。不过，我也不完全按照课本里的那样画。比如画《卖火柴的小女孩》，书上写的是小女孩捏着最后一根火柴，看见了奶奶，看见了烤鹅……我不会这样画，我画小女孩捏着火柴把那个有烤鹅的饭店烧了，火光冲天……《万卡》里，万卡给爷爷写信，没有地址，就写"乡下爷爷"收，我不这样画，我在那封信上画了一双翅膀，在白云里飞，白云下边是万卡的长胡子爷爷，他仰着头，张着双臂，向那封信呼喊着……

我爸看过我的画，他说我的画是鬼画符。有一次，我画了一只狗，就是雨燕。我给雨燕看，我问它："像不像你？是不是鬼画符？"雨燕乐得跳起来，尾巴一个劲地摇。我就知道它对我的画很满意。

雨燕听得懂我的话，还知道我心里的秘密。

我喜欢玩自己的"小麻雀"。我把裤子褪到膝盖上，低着头，揉着"小麻雀"，捏着"小麻雀"，看着它变长变硬。我的心里像偷了一样东西，又兴奋又害怕。玩"小麻雀"时，我常常是躲到一个草垛后，或者桑树林里，我不想让别人看到。雨燕知道我的想法，我玩"小麻雀"时，它就趴在我的背后，一动不动。我不玩了，穿好裤子，它才会站起来，跑到前头，像什么也不知道的样子。有雨燕在身边，我玩"小麻雀"很轻松，要是有什么人，它肯定会"汪汪"着告诉我。

这一天，吃完午饭，我忽然就想玩"小麻雀"了。我走进屋后的竹林里，脱了裤子，坐了下去。雨燕又在我身后趴下了。我玩着"小麻雀"，全身像小鸟的嘴在啄着，有点痒痒，有点微微的疼，又像雨燕用舌头舔着我，麻麻的，暖暖的。

雨燕的头碰了一下我的腿，我一羞，用手挡了它一下："雨燕，过去。"

雨燕一扭头。这时，我看到一个高高的影子罩住了我。"你在干什么，黑蛋！"是我大哥。我慌忙提着裤子，裤子却缠在膝盖上，提不起来。"等会儿，我要你好看！"我哥丢下一句话，就走了。

我生气地踢了雨燕一脚。雨燕一声不吭，躲在了另一株竹子后，可怜巴巴地看着我。我真后悔，不该在家屋后玩

"小麻雀"。

放学回来，我留意着大哥的表情，大哥只是狠狠瞪了我一眼，我赶忙背起个竹篓去挑菜了。回来后，我又留意着爸、妈的表情，爸、妈没说什么，看来我哥没告诉他们。趁没人的时候，我开始抱怨雨燕，挥起拳头要打它。但是我不会打它的，大哥是家里人，雨燕怎么会对他叫呢？

一连几天，我都害怕家里人知道我玩"麻雀"的事。有时想想，我就要哭，我想，我玩自己的"麻雀"关你们什么事？可是，一看到大哥讥笑的眼神，我就觉得自己犯了大错。我想讨好我大哥。我用拾知了壳卖的二角多钱给我大哥买了一包烟。趁大哥一个人在抽烟时，我把烟掏了出来。

我说："大哥，给你，一包烟。"

大哥说："哪儿来的烟？"

我说："捡知了壳卖了，买的。"

大哥笑了笑说："买烟给我干什么？"

我说："……是看你爱抽烟嘛。"

大哥又笑了笑，把我的烟接了，忽然冷下脸说："以后再到腿裆里乱摸，我扒了你一身黑皮。"

我心里反而轻松了，我说："大哥，我听话。"我走了，带着雨燕飞跑起来。

这一天，大哥把我叫到他房里。大哥的房间很乱，只有床上收拾得干干净净的。大哥还没媳妇，和他一样大的都娶了媳妇了。

到了大哥房间，大哥又把窗子关好，把窗帘也拉下了，那样子很神秘。大哥给了我一块糖，说："吃。"我却不敢接。

大哥加重了语气："拿着！"我就拿着了。

大哥笑笑，说："你上次说要听我话的。"我点点头。

大哥说："那我叫你做一件事，你做不做？"我说："做。"

大哥说："你能不能去许林风家，把许林风家晾衣绳上的奶罩子和花裤头拿来？"

我说："大哥，你要那些东西干什么？"

大哥说："你不用管，我只问你听不听话。"

我迟迟没有点头，我听庄子上几个同学说，他们的姐姐或者妹妹的奶罩子和花裤头老是被人偷走，他们的父母说要是知道谁偷的，就一锄头把他打得脑袋开花。

我大哥见我不说话，就说："行，你不去拿也行，以后，你别怪我不客气。"我害怕起来，我想大哥说不客气，是不是会把我玩麻雀的事说出去？我在想着怎么才能拿到许林风家晾衣绳上的奶罩和花裤头。

我说："大哥，许林风家有围墙，大铁门也关着，怎么进去？"我大哥说："你带着我们家的狗嘛，叫狗跳到院墙内，把它衔出来。"

我大哥又摸出一个黑色的薄膜袋说："衔出来，你就装上。"我大哥又说："偷不偷得到，都不准对人说，说了，我对你不客气。"

我说："我不说。"

我大哥说："快去，带上狗，我在家等你。"

我出了大哥的房间，雨燕就在外面呢。我带上雨燕就走。

庄子上的人都在睡午觉，没什么人在外面。许林风家在村里的西庄，和我们家隔了一条小河，小河上有一座小桥。我和雨燕到了许林风家，大门是关着的，院墙外有一个草垛。我爬上草垛，站起看了看，他家屋子的门也关着，只是没有上锁。我有些害怕了，汗水直滴。我想回去算了，想想我大哥要对我不客气，我更怕了。我朝雨燕招招手，雨燕也跳上了草垛顶。我又爬上墙头。我看到了晾衣绳上的奶罩和花裤头。我翻到了墙头上，对雨燕努了一下嘴，雨燕又跳上了墙头。我指着奶罩和花裤头说："雨燕，把那件衣裳叼过来。"雨燕立刻就跳了下去。我赶忙下了墙头，躲在草堆和院墙的夹缝里，心怦怦直跳，草堆的碎草沾到我的衣服上，刺得直痒。一会儿，雨燕跳上了墙头，落在了草垛上，丢下了花裤衩。我赶忙装进了黑色的薄膜袋。我说："雨燕，还有一件。"雨燕又跳上了墙头，落进了院子里。

很快，雨燕又叼着奶罩跳上了墙头。刚上墙头，我听见许林风的女人说："谁家的狗？"我提着黑色薄膜袋奔跑起来，雨燕紧紧跟着我。刚到家门口，我爸扛着铁锹要出门了。我爸一声大喝叫住了我："满头大汗，跑什么，手里拎着什么？"我说不出话。

我爸一把夺过去，打开了。我以为他会甩来一巴掌，可他没有，我爸放下铁锹，低声说："进屋。"到屋里，我爸把门关了。

我爸低声问："从哪里拿来的？"

我说："许林风家。"

我爸问："你偷这个干什么，以前是不是也偷过？"

我犹豫着说："是大哥……要我拿的。"

我爸的嘴张了一下，愣在那里。

我爸额上的汗也冒出来了。我爸叫醒了我妈。我妈揉着眼，听我爸说："你看看，这个宝家，要出大祸了。"宝家就是大哥。

我妈问我："真是你大哥叫你偷的？"

我说："是的，他还叫我不要乱说。"

我妈说："路上有没人看见？"

我说："没有，雨燕跳上墙头时，他家好像有人看见了。"

我爸瞪大了眼："真的？"

我说："真的。"

我爸说："你听着，你狗日的黑蛋，要是有人说，你就说是你自己叫狗偷着玩的，为了……为了训练狗，千万不要说是你大哥叫的，说了，我就打死你。"

我妈接着说："说了，就打死你。"

我爸对我妈说："你先把这晦气东西拿锅膛里烧了，我把你那宝贝大公子叫来。"

我妈拎着黑薄膜袋刚出门，就听见许林风女人的叫声："刘永萍，你家的狗呢？黑蛋呢？"

这时，我爸也出去了。

我爸很镇静的样子，说："他婶，什么事，这么急？"我爸朝我妈使眼色，我妈刚一动，许林风的女人一把夺过了我妈手中的黑色薄膜袋。

许林风女人"哗"一下把袋子撕开。我爸一把拉住了她的手，把她拖进了屋。我爸对站在门槛上的我说："黑蛋，你进来，跪下。"

我还站着，我爸又要对许林风女人说话，又要对我说话，嘴开合着却没声音。我爸朝许林风女人摆着手，对我说："进来，跪下。"我爸不似平时那样狠，对我使着眼色。平时，我爸对付我不听话的方法都是罚跪。他看我哪里不顺眼了，就两个字"跪下"，声音不高，却有力，像一块铁砸在软泥上，没下声音，但是重重地陷下去。我跪下了，我爸还会叫我"跪好了"。我爸说"跪好了"，就是要我身板挺直，屁股不准垫在脚跟上，大腿要和小腿成直角。

我爸忙乱着，用袖子擦着板凳，又叫着我妈："刘永萍，你还不给他婶倒杯水。"许林风女人还没有坐下。我爸"啪"一声打了我一个耳光："给我跪好了。"其实，我是跪好了的，大腿和小腿已经是直角了。

我爸说："他婶子，狗日的黑蛋，要驯狗，到处乱拖东西，哪想到，把你们家……你来时，我正在骂他呢。"

许林风女人说："你别往孩子身上推，也不是我一家这些东西被人偷了。我听人说，有人怀疑过你家老大。"

我爸说："瞎说。"我爸又踢了我一脚，"是不是你为了驯狗，叫狗乱拖东西的？"

我说："是。"

我爸对我妈吼起来："狗日的刘永萍，你这黑蛋女人还生黑蛋，你看这孩子。"

我爸自己给我取了黑蛋这名字，他倒没叫过几回，我妈不服他，打死也不服，当着我妈面，他是不敢叫的。这回，我妈没敢顶我爸。我妈去拉许林风女人的手。许林风女人把手一甩。

我妈往边上一让，笑着："他婶子，孩子是太调皮呢，你看这样好不好，事情已经发生了，我们给你家重新买。"

我爸紧跟着说："对，他婶子，我们重新买，你消消气。"

许林风女人说："这事传出去丢人啦，这是我家三闺女小华的衣裳。"

我爸说："我们重新买，马上就叫刘永萍陪你去买，什么价钱的都随你挑。"正说着呢，门又被推开了，进来的是许林风。我爸我妈又慌乱起来，又是递烟又是倒茶。

许林风听我妈我爸上气不接下气讲了一阵，说："我早听人说，怀疑是你家老大干的，怎么会是黑蛋？"

我爸说："不会，老大是多老实的人呀。"

许林风说："你们这家人啦，这事传出去可不好听啊。"

我爸只是点头："是不好听，这么小的孩子，驯什么狗，明儿就把狗打死了。"我扭了一下头，我想，不是大哥叫的吗，凭什么要打雨燕？

我爸又踢了我一脚，继续使眼神："跪好了。"

我爸不停地给许林风上烟，这根没吸完又上了一根，还在许林风的耳朵上别了一根。

许林风说："我看这样吧，就算是你家孩子叫狗拖的——"

我爸说："就是他叫狗拖的。"

许林风摆摆手说："你听我说完，孩子呢，不教不成器，叫他到桥头跪下，脱了裤子跪下，丢丢丑，长点记性。这事我们也不对外说了。"

我爸忙说："好呢、好呢。"

我爸抓紧时间，立刻揪住我的耳朵，拖了起来，叫我跪到桥头去。我想，跪就跪，我的耳朵被揪得没有了知觉。

到了桥头，我爸让我脱下裤子。我不脱。我爸一脚把我踹倒了，扯下了我的裤子。我爸大声叫着："看你还驯不驯狗了。"

我哭起来，双后捂着"小麻雀"说："不驯了，不驯了。"

我爸说："妈的，今天不跪在这里，我就打死你。"说着就脱下鞋子抽打起来。我没有叫，我不想让叫声招来人。我只是小声地呜呜地哭。桥头还是来了几个人。

有人叫我爸别打了，有人叫我跪下吧，跪一会儿吧。我就跪下了，实在受不了打。我跪着，腰弯了下去，死死捂着裆部。桥头的人越聚越多，都在问我爸怎么回事。我爸说："驯狗，成天驯狗，乱拖人家东西。"

这时，我听见有我的同学说话的声音，上学时间到了。他们说："哟，这不是黑蛋吗？"

我头更低了，就要碰到地上去了。

我爸又踢了我一脚："给我跪好了。"

我终于忍不住了，大哭起来。我边哭边猛地站了起来，我说："不是我！不是我偷的。"我抓起裤子，穿了上去，就跑向家去。

到了家里，我妈正在锅屋，骂着我大哥，我妈说："你明天就出去打工，一天也不准在家了。"锅屋里散出一阵阵布焦味，看来我妈是在烧我大哥偷的那些女人的衣服了。我一头闯进去，果然是的，我妈把那些女人的衣服往锅膛里推。我妈说："你滚远些，有什么好看的！"我说："本来就不是我要去偷的。"我大哥斜着眼，冷冷看我。我也冷冷看他，他就低下了头。雨燕跑过来，围着我，低低叫着。我的泪水又下来了。我想不去上学了，再也不去上学了，再也不在家里了。

我从屋里出来时，我爸回来了。他一见我就说："你反了啊，我不叫你起来，你就起来了！"我不说话，冷冷地看着他。

我爸说："你看什么，不认识老子了，上学去！"

我不想上学了。

离我们家五六里的地方，有个土山，听说，土山下有地道，是打仗时挖的。

我带着雨燕进了地道。躺在黑暗里，我抚摸着雨燕的头说："雨燕，我们就在这里，再也不出去了。"雨燕把头搭在我的腿上，好像答应了。我闭起眼，睡了起来。蒙眬中，地道中好像亮了起来，我往前走，走了一会儿，眼前出现了一片波涛，蓝色的海水汹涌着，远处是一艘巨轮……

不知过了多久，我醒了。雨燕咬着我的衣服，往外拖。我说："雨燕，我们不出去，我爸说要杀了你。"雨燕还是把我往外拖。

我跟着它出了地道，天已经完全黑了。月亮淡淡的，像一块冷了的馒头，星星却亮得很，一颗颗闪烁着。天幕无限地延伸，比大地更大，远处的星星低垂着，就要落下来的样子。我带着雨燕，去了山芋地，刨了两个山芋，在衣角擦了两下就啃起来。雨燕是不吃生的山芋的，它只是在地上嗅着，发现一只虫子就扑上去。

我说："雨燕，我们去闯荡吧。"

我和雨燕上了大路，到了小镇上。小镇上的马路是南北方向的，我想，往哪儿走呢？我知道长江经过南京，我想向南走，到了长江边上，就往上游走，一定有数不清的景色让我作画。

天将亮时，我们到了一个城市的边缘，从墙上的标语上我知道是淮安。我坐在墙边，饥饿一阵阵袭来，肚子里像有一根棍子在搅着。雨燕走开了，我知道它是去垃圾堆里找吃的了。我不后悔离开了家，我要到更远的地方去。雨燕回来后，衔着半袋子发黑的饼干，我没吃，我让它吃了。

我看到一辆卡车在路边停下了，驾驶员下来，进了一个小饭店。我到了卡车旁，卡车正挨着路边的一个水泥墩，我高兴起来，上了水泥墩，就扒着车帮了。进了车厢，我对雨燕招招手。雨燕也跳了进来。我躲到车厢的角落，让雨燕也趴下了。

驾驶员吃了饭，上路了。风呼呼地打着我和雨燕。我对雨燕做着鬼脸，我悄声说："雨燕，我们要去很远的地方了。"

等驾驶员发现我们，把我们赶下来，我才知道我们到了一个叫高邮的地方。我和雨燕下了公路，进了一片小树林。我躺了下去，搂着雨燕，睡了。

我醒来时，眼前有两个人，是我们村里的冯二和大友。冯二说，他们是来高邮贩藕的，在公路上，见了我家的狗，我家的狗见他们开着拖拉机，说冲到路中心，险些给撞着了。他们停下来，我家的狗就咬住他们的裤脚，把他们往路下拖。他们也听说我逃跑了，就跟着狗找来了。我说我不回去，他们二话没说，就架着我，大友说："不回去，你就死了。"

我们是夜里到家的。到了家，爸妈正在吵架，冯二和大友说："孩子回来了，你们就别再吵了。"我妈说我爸是铁石心肠，说我走了两天两夜了，也不去找。我爸说："不让他吃点苦头他下次还要瞎跑的。"我妈给我做了两碗面条，我要倒一碗给雨燕，我妈说："就这点了，你还要喂狗。"我说："那我就不吃了。"我爸说："你还来脾气了，跑出去一回你当是立功了？"我说："狗也晓得饿。"我妈对我爸说："你让他安心吃饭好不好？"我爸上床去了。我妈说："你走了，晚上没回来，我到处找，把亲戚都找遍了，我也是才回来的。"我妈又说："你以后不能再这样了，你把我的心都操碎了。"我妈流下了泪。

要过年了，我爸那几天特别高兴。他早早地备了年货，比往年要丰盛得多。我爸一刻也闲不住，在村里乱晃。我爸见人就递上一支烟，引人家和他说话。

人家说："于国志，你年货备好了？"

我爸说："备好了，小舅子今年来我家呢。"

人家说："小舅子来了，你多少要沾点光呢。"

我爸就说："也不一定。"

村里人都知道我小舅在浙江搞工程，是大老板。我小舅多年没来我家了。平时，村里人问起我小舅的情况，我爸就叹气说："唉，人家大老板，哪让我们沾边？"我妈曾经叫我爸去我小舅工地上做小工，我爸说："哼，我去跟他做小工，丢死人，就是做小工，我也不跟他去做。"现在，我爸这么巴望我小舅来我家，是我妈从娘家人那里得到一个消息，说我小舅打算让我爸和我大姨夫去工地做后勤管理，还说要我俩哥去包点工程做。

我小舅回来过年了，但并没来我家，去了我大姨夫家。这是我妈说的，我妈说她在集市上碰见了我大姨夫。我大姨夫还说，我小舅子爱吃狗肉，他就把狗杀了。

我爸听了，一遍遍问我妈："真的？"

我妈说："是的，姐夫亲口说的。"

我爸说："那我也要把狗杀了。"

我害怕了，我说："爸，小舅不一定来的。"

我爸说："你晓得什么，来不来，都要把狗杀了，我心意表了，他就是不想来，也不好意思。"

我不敢和我爸多说，我知道说也没用。我悄悄去了我大姨夫家。

到了大姨夫家，就见他家门前停了一辆黑色的轿车。我大姨夫见了我，问我是不是来请我小舅的。我摇摇头。我大姨夫说骗谁呢，好像不高兴。这时候，一个端着茶杯的中年人出来了，手指上的戒指闪闪发光。那人问我大姨夫这是哪家孩子，我大姨夫这才对他说："你姐家的。男孩子里的老四。"小舅笑了，说："哦，这么大了。"我就赶忙叫："小舅。"小舅掏出一百块钱，说是给我的压岁钱。我没接。我说："小舅，我爸听说你要去我家，要把我家的狗杀了。"小舅哈哈笑起来："怎么都知道我爱吃狗肉？"我说："小舅，我家的狗叫雨燕，是我捡回家养大的，它可聪明了，什么都会，我舍不得它被杀了。"小舅说："哦，这样啊，你回去和大人说，不要杀狗了，就说我说的。"这时，我大姨夫说："你小舅多年才回来一趟，你家连一条狗也舍不得杀，不是你舍不得，是大人叫你来说的吧。"小舅说："姐夫，你别瞎说。"小舅说完又把压岁钱给我，说："拿着，听小舅话。"我不敢不听小舅的，就拿着了。我想，到了家里，就把钱给我爸，他一高兴，我再把小舅的话说给他，他就不会杀雨燕了。

我一口气跑到了家，到了家门口，我闻到了一股血腥味。再一看，墙上绷着一张狗皮。我叫着雨燕，雨燕不出来。邻居们笑着说："黑蛋哟，你的雨燕上西天了。"有一个邻居说："狗在你家缸里呢。"我不敢去揭开腌菜缸，我只是叫着：雨燕、雨燕……

下雪了，雪花由小到大，由疏到密，很快就把村庄盖上了一层白被单。我的雨燕，它只剩下一张皮了，几颗钉子将它固定在墙上，它一言不发。

夜里，我悄悄起身，将钉子拔了，抱着雨燕的皮，扛着铁锹，出了村庄。雪还在下着。

我在一个河坡停下。我把雨燕的皮抱在怀里，脸贴着它，我说："雨燕，我不该丢下你，一个人去找小舅，我太着急了。"雨燕不说话。

　　我挖了一个坑，把雨燕的皮卷成一个长筒子，轻轻放在坑里，就像它趴在地上一样。我铲着土，轻轻往坑里填着。坑填平了，我又站了一会儿，铲了雪，把土盖上。一些新的雪花很快又落在了雨燕的坟上，什么痕迹也看不出了。

　　一大早，我爸就叫起来："狗皮呢，狗皮呢，狗皮被人偷走了！"我装作没听见，在雪地上乱画着。

　　我爸骂起来："是哪个狗日的，一张狗皮二三十块呀，给我偷走了！"

　　小舅来我家了，他从轿车里下来时，我爸的腰就弯了下去。我爸说："他小舅，等你把眼都望穿了，我早早就杀了狗哩。"小舅说："什么呀，不是叫孩子回来说不杀狗吗？"我一听这话，就跑了。

　　我爸要去我小舅的工地了，我爸说像他这样的人早该去做管理工作了，浪费了这么多年光阴。临走时，我爸对我妈说："叫孩子再抱条狗回来养嘛，看看门，年终杀了，一举两得。"我妈对我说："你看看哪家狗生了，要一条小狗吧。"我说："我不养狗了。"我爸说："你是一天比一天捣蛋了，大人说什么都顶嘴，你说不养狗，家里就不养狗了？"我爸又对我妈说："你看看，叫哪个孩子抱条狗回来，这事不要拖。"我仰着脸，走了。

　　我上初中了。我的成绩不好也不坏，我还是爱画画。有一段时间，我爱画一个女同学。她叫方晓影。那天，我听见方晓影对叫我外号的同学说，别叫人家外号。上初中了，还有人叫我黑蛋桃子。我一扭头，碰上了她的目光。她的眼睛真好看。再画画时，我就画她了，有正面，有侧面，有背影。

初二时，方晓影转学了。她和同学们告别时，我想把那些画给她，又没勇气。

我爸在工地上做了一两年，就回来了。听说是和我小舅闹翻了。他说我小舅没人情，我小舅说他不服管。我爸回来后，心情一直不好，不是和我妈吵，就是打我们。不过，他让我下跪，我再也不听了。怎么打是他的事，跪不跪是我的事。

中考后，别的同学都在打听分数线什么时候下来，我不问。我已经不想读书了，我想去闯荡。我十六岁了，什么也不怕了。

天蒙蒙亮时，我背着一个小包出发了。快到县城时，我看到田野里有一条狗，黑的。我站住了，黑狗向我跑来。离我十几步远的地方，黑狗站住了。它的鼻尖上潮潮的，两只眼睛清亮亮的。我们对视着。我朝它招手，它一扭头，跑开了。

我继续前行。前方薄薄的晨雾里，透着微红的光。

那是城市的灯火。

平原诗意（系列）

豌　豆

　　一些人必须依附另一些人才能生存，一些植物必须依附另一些植物才能生存。在人类，依附造成残缺的畸形的人格，而植物的依附却构成婀娜多姿之美。植物的依附天经地义，因为它们只是顺从自然，并不存在理性与非理性的心智选择。

　　豌豆依附麦子，豌豆毫无愧色。因为它让麦地有了繁复的美，它白紫相间的花在麦海上招摇，犹如彩蝶，让那万亩绿浪有了飞翔的姿势。赶在麦子抽穗之前，它要结出果实，否则它就成了夺取肥力妨碍主粮生长的盗匪，成了鹊巢鸠占的恶霸，将遭遇农人的无情拔除，它知道寄人篱下的滋味，它知道喧宾夺主是自找难堪。因此，在三月笑里藏刀暗带寒意的春风里，它们就抓紧开花。花，是分批次开的，豆荚，是分批次结的。如此，无论多少冷雨寒风它都将保证继续的待续繁衍。鸡蛋不能装在一个篮子里，它不是赌徒，它是谨小慎微过日子的豌豆。初生的豆荚薄薄的，犹如翠绿的玉佩，挂在纤细的腰间。只需二三十天，玉佩就将变成嫩黄的小铜锁，六七颗豆粒珠圆玉润。

孩子们来了，他们不会放过任何可食之物。生豆有生豆的味道，微甜，微涩；熟豆有熟豆的味道，清香，甘美。吃着生豆到家，再把剩下的煮熟，用针线穿了挂在脖子上，边走边吃。一个叫小柿子的孩子多年后在一首诗中写道：

豌豆花静静地开着

豌豆荚悄悄地结着

豌豆粒渐渐地鼓起

豌豆花

豌豆荚

豌豆粒

只要是豌豆身上的

我都喜欢

一路走

一路剥着豌豆荚

——前面不远处

就是外婆家

无论多么苦涩的童年，作家们都可以打捞出美好和快乐，文学的种子往往埋在童年的豆荚里。但是，文学从来不回避苦难和艰辛，如果偏激地说，它更倾向于表达不幸者的人生，因为文学的意义无非是唤起人的灵智与美善，给人以慰藉与温暖。文学有声援弱者的脾气，就如村上春树所言，"在高大坚硬的墙和鸡蛋之间，我永远站在鸡蛋那方"。

　　那个叫小柿子的孩子，因为家庭遭遇冲击，随父母从外县搬迁到这个有豌豆的地方。人们对于陌生人的闯入向来是带有警惕或歧视的，如果这后来者既为弱势又无保护，定然是步履维艰。父母本以为这里的亲戚家族庞大，能够安居乐业，但是以贫穷的面目出现，首先警惕、歧视他们的就是家族中人。小柿子当然更不懂这世态炎凉，破衣烂衫、饥肠辘辘也不影响他和村里的孩子疯狂玩乐。一天，他和三哥以及村里的其他七八个孩子去麦田偷豌豆，每个人都装了几口袋，正走着，村里的强二追上来了。强二是队长的弟弟，看青的。三哥跑在最前头，强二偏偏绕过别人，揪住了三哥，一手抓住他的衣领，一手扇着他的耳光，然后又将他提起，扔了出去。三哥大哭，豌豆洒了一地。强二拾起一个土块往三哥嘴里塞，叫骂着："我叫你偷，我叫你吃！"别的孩子吓跑了，小柿子没跑，但是他也哭了。强二扭头对他说："把你的豌豆也掏出来丢下。"小柿子只得把豌豆都掏了出来。

　　三哥的脸上带着指印，腿一瘸一拐，到了家，母亲带着他找到了强二。母亲说："豌豆是混在麦种里长出来的，算不得正经庄稼，小孩子摘几个吃吃，你用得着这么狠心吗？"

强二说："摘豌豆踩着麦子你不懂？"母亲说："别的孩子也摘了，你凭什么只打我家小三？"强二说："打着谁是谁，再偷还打！"母亲说："你这是欺负人，欺负我们外来户！"强二说："我就欺负了，怎么了，有理你找大队干部讲去。"叙利亚诗人阿多尼斯说过，"就是给老鼠一根权杖，它也会趾高气扬"。强二不理母亲，说完扬长而去。母亲败下阵来，束手无策。小柿子想不到的是父亲得知事情之后，又打了三哥一顿，连带着把小柿子也打了，父亲边打他们边说："别给我惹事，别给我惹事。"

不久后的一个中午，小柿子一个人溜进了麦地，又偷了两裤兜豌豆，到了家里，把豌豆粒剥下，装了大半碗，和着一把米煮了豌豆粥，端给了躺在床上的母亲。母亲已生病两日，几乎没有吃饭。母亲问他："你还敢去偷？让人家逮住不得了……"小柿子说："妈，家里还有一把大米，妹妹要吃，我没让，我们都吃玉米粥，我用豌豆掺进去煮的，你吃了吧，你生病了，要吃好的。"母亲让他把碗放在柜子上，侧身揽过他说："妈过会儿吃，小柿子，听妈话，以后别去摘豌豆了，好好读书，长大了，去外面做事，比豌豆好吃的东西多着呢。"小柿子点点头，母亲的泪水沾在他的脸颊上，热热的，痒痒的。

五月到了，麦子抽穗了，豌豆也让人摘光了，它的花已落，叶已黄，藤已枯，它不再依附麦子，不再与麦子争抢肥力，不再占据麦海的舞台，它到了谢幕之时，它被人们拔起根子，扯下藤子，扔进肥塘，与污泥臭水混在了一起，结束了短暂的芳华。而孩子们，又去寻找别的可食之物了。天气一天比一天暖，可食之物会更多，大地会用尽它所有的力气把孩子们养大。

做豆腐

从圆圆的籽粒到方方的一包豆腐，黄豆与做豆腐的人将经历一场辛苦的磨炼。

傍晚时分，他们从田间回来了，从农活的疲惫进入另一种疲惫。黄豆是早上就浸泡好的，豆皮已经从金黄变为青黄，他们把它从发黄的水中捞出，再次洗清，再次挑出瑕疵，确保原料的纯正。磨杆架好，磨撑支起，女人在前，男人在后，男人前推后拉，转动磨盘，女人一手把着磨杆，一手往磨眼里添加豆子，豆浆从上下两片磨盘中流入了磨槽。一次是不够的，磨口的纱布挡住了没磨碎的豆子，它们将再次经过碾磨，直到贡献出所有精华。男人和女人不知流了多少汗水，他们的日子也是被碾磨的豆子。

豆浆磨好了，他们在一个大桶上支起布兜，将豆渣过滤。这无用的豆渣对于他们有大用，年底最终的收成取决于豆渣供养的几头猪，也取决于他们抵抗疲惫的毅力有多顽强。豆腐仅仅够原料的成本，豆渣才是他们的利润和宝贝。

豆浆上锅煮了。灶膛的火光映着男人和女人的脸，黧黑中透着一丝红艳，犹如褪色的春联。女人在灶后添着柴火，男人在锅前撇着泛出的沫子。女人会提醒男人：舀一碗豆浆给孩子吧。这是一种奢侈、一种奖赏，这样人家的孩子也是辛苦的受累的。一锅两锅，三锅四锅，煮好一锅就往大缸里倒，适当的冷却后，男人开始点卤、搅拌。豆浆凝结了。女人再次提醒男人：舀一碗豆腐脑给孩子吧。这是更大的奢侈、更大的奖赏。因此，这次提醒女人有些小心翼翼。若男人高兴了，会说，赚钱不赚钱落个肚儿圆；若是不高兴了，全家就伤了和气。大一点的孩子懂事，会自觉离开，小一点的则眼巴巴地望着等着。孩子的等待也带着风险：要么是一碗豆腐脑，要么是一声呵斥，或者是一脚踢开。但是对营养的渴求对美食的欲望使得他们愿意赌上一把。无论是否得到满足，一碗豆腐脑，都足以让穷人的孩子铭记一生，铭记住一个不同寻常的夜晚。

　　女人放好木桶，在桶里放上方形的木框，木框里放上蒲包，男人将豆腐脑一盆盆倒进打开的蒲包，扎紧，放上平整的木板，压上石头，黄豆转化为豆腐的最后一道工序完成了。此时，如果还有孩子等在一边，男人可真要发火了："还不去睡，都什么时候了，豆腐到天亮才出包呢。"女人也不顺着孩子了："去睡吧，明天再吃豆腐啊。"此时，别人家都已经进入梦乡。女人清洗着锅碗瓢盆，男人拎起装豆腐渣的铁桶试试重量，面露喜色。是的，这才是他们的希望，也是属于他们的生活。

　　几个小时的睡眠缓解了他们的疲惫，接下来又要开始一天的辛劳。天亮了，他们将豆腐抬上自行车后架，男人就出发了，走村串户叫卖了。而女人则开始家里家外的忙碌。他们不怕苦，知道"世上三苦，撑船打铁做豆腐"。他们总是相信劳动，相信前方的日子。

男人知道哪家的日子好一些，吃得起豆腐，就会在哪家门前走得慢一些，叫得响一些。很少有人用现钱，大多是用黄豆来换。人们计较着他秤杆的高低，他也计较着别人豆子的成色，但是最终会在双方的让步妥协中达成交易。口舌之争也是辛苦的一部分。卖掉豆腐，他才能保证成本的回收，才能保证赚得家里的豆渣。赊账的让他烦恼，但是没有办法，乡里乡亲的，如果驳了别人面子，以后的生意又如何去做？他也曾经遇到大雨，连人带车滑倒，将豆腐摔得稀烂。这些都是日子的一部分，他能接受，只要吃苦能换来日子的继续，没有什么能吓住他。

他们养的猪因为吃了豆渣，一头头油光水滑、膘肥体壮，收猪的贩子总是忍不住朝猪圈张望，问几时出栏，他们总是说，再等等，再做几十包豆腐再说。

可是不久，一场猪瘟袭来，疾风暴雨般地将他们的猪在一两天内掀翻了，撂倒了。

他们发现自己可怜的一点希望不过是易碎的豆腐，生活留给他们的是剩余的发馊的豆腐渣。女人抹着眼泪，男人垂着头。

夜里，女人对男人说："要不，你把外面的豆腐账要回来，再买两头小猪，等自家的豆子收下来，再做豆腐？"男人想了想说："也只能这样。"说着，起身下床，从柜子里拿出了账本……

他们一生都在辛劳，都在和贫穷拼争，和运气赌博。不，直到他们的孩子还是如此，因为从这样的家庭走出的孩子几乎是赤手空拳地与别人竞争，他们以匮乏去对抗人间的繁复，别人唾手可得的幸福他们却要付出百倍的努力……

那一年，他回家，母亲拿出一个红布缠着的东西，打开后，是一把划豆腐的刀子，倒三角形的，薄如纸片，闪闪发亮。母亲说："一转眼啦，你父亲走了十年了，等我走了，你把这把刀子陪葬吧，我们就靠做豆腐把你们养大的啊。"他点点头。父亲叫卖豆腐的声音在他耳边响起。他觉得这声音里夹杂着风雨，一辆笨重的自行车在平原上的泥泞中穿行。

大悲调

秋收过后，盲人夫妻来了。秋日盛大，秋风劲爽，但是他们的步子小心翼翼。男人背着胡琴，点着竹竿，眼皮一动一动，好像他不需要竹竿探路。女人挎着他的胳膊，紧挨着他，脸上带着常年不变的笑，好像她是天下最幸福的女人。她的另一只胳膊里挎着装乐器的包袱和生活用品。她的个头瘦小，刚到男人肩膀那儿。

村里人都熟悉他们，在麦收的时候他们就来过。他们是卖唱的，追逐着粮食而来。

村里的女人看着盲女人脸上的笑，竟然无端地生出了羡慕，如果她正好受了自己男人的气，就会对自己的男人说：下辈子我就是瞎了，也不跟你。这么说，等于是表扬了那个盲眼男人，盲眼男人的嘴角咧开一丝笑。

他们依靠听觉，判断着围拢过来的人对他们的态度。"今晚唱什么？"

"你们想听什么？"男人问，好像怕人们拒绝，立即又补上一句，"想听什么，我们就唱什么！"

"唱大悲调吗？"

"唱，唱，大悲调是少不了的。"男人的脸朝着女人，因为她才是主角。

"大悲调啊？当然要唱，唱多少都行。"女人的回答极其自信，她要让人们相信，唱戏不仅是为了向人们讨点粮食，也是她自己的享受。

以往，他们来村里都是自己先开口要宿，请人们给他们一个打地铺的地方，现在人们争着主动邀请他们了。

"去我家吧，我家堂屋宽敞。"

"去我家吧，我家地方也有，门口的场地也大，你们干脆在我家吃晚饭早饭。"

人们简单评判了一下邀请者的条件，给了他们一个建议，他们就先跟着选定的人走了。

他们还没吃完晚饭，那家人门前已经聚了好多人。男人将锣和镲绑在小腿上，他将用腿部的抖动将乐器击打出声音，然后坐下，调好胡琴，然后拉响了序曲。女人把一面鼓放到面前，手握鼓槌，咚咚地敲起来。

他们唱的是淮剧，一般唱一出戏的选段，原因是这段戏里有大悲调，而人们又偏爱大悲调。淮剧里的唱腔总体上是轻灵的、缠绵的，以中低音为主，多为拉调、自由调、小悲调，因为它起始时只是在逐疫驱邪、酬神还愿所做的神会上的香火戏，或者是乞讨者沿街串村时的"门弹词"，不可能有大起大落的气势，直到作为一个剧种上了舞台，才由老艺人们一代代改进唱腔，产生了大悲调。

剧情在逼近高潮，人物的情感蓄势待发，男盲人的胡琴越发悲凉，盲女人大显身手的时候到了。她的大悲调有秦腔的嘶吼劲、粗粝味，有豫剧的沧桑、高亢，甚至有草原民族音乐里的那种辽阔、奔放。是的，大悲调的美就在这里，它在南方婉约的基调里插入了北方的豪放，在南方平缓的河流里注入了北方的汹涌。铁骑突出，奇峰陡起。人们沉浸其中，在别人的痛苦里感受自己的命运，在自己的痛苦里感受他人的不幸。人们想不到这个小个子盲女人的胸腔有如此大的爆发力。人们感慨、佩服、动容。而这个盲女人忘记了自己，也好像忘记了周围的人，她只对剧中人负责，用她所有的气力情感去表现人间的爱恨情仇，表现那深远苍茫的意境。是的，大悲调是平原上的音乐里的一座奇峰，它让平原有了层次感阶梯感。人们仿佛浸泡在雨的狂暴里，行走在雪的纷飞里。

夜色深了，晚风凉了，他们要谢幕了，有人又要求他们挪到屋子里，他们也答应了。

孩子们已经趴在女人们的腿上睡着了，男人们把披着的衣服盖到了孩子身上，但是人们仍然不愿离去。

家家早饭时，盲艺人夫妻拿了布袋去挨家筹粮食。好在秋收过后，粮食总是有的，玉米、水稻、山芋干，等等。当然也有人家不给好脸色，这在他们的意料之中，他们依然是笑吟吟的样子，不与人争辩一句。置身于黑暗中的人，唯有寄托于人性的微光。

桂的女人给他们的粮食是最多的。桂的女人说："你们把我唱哭了，眼睛都哭肿了。"桂头脑不好，桂的女人是为了给哥换亲才嫁给桂的，但公婆对她不好，因为如果她敢走，她哥哥的妻子也会回来。但是多给一碗米的权利她要争取，她总是在盲人夫妻来她家的路上就准备好了一大瓢米，足有两碗。等他们一上门，她就迅速倒进他们的米袋。桂的女人对他们说："你们不晓哦，其实我也是瞎子，才上了这家人的门。"

没有人唱戏的晚上，桂的女人总是在门口那棵槐树下哭。人们说桂的女人的哭腔就跟大悲调似的，把人心都哭得揪起来了。开始有人去劝她，但劝不住，就任由她哭了。她能一连哭几个小时，奇怪的是，她的嗓子从来哭不哑。有时，她的哭声还能引发别的人跟着哭，明明是好好睡着的女人，听着听着就在被窝里哭起来。

桂的女人最终和桂生了孩子，她还带着桂去采茶，竟然也盖起好样的房子，当然不再在夜晚哭泣了。但是还会有别的女人因为别的事情在夜晚的平原上哭泣。

我童年的夜晚里，无数次被村里女人的哭声惊醒。多年后的一次文学活动中，有人问我你的写作是否形成了自己的风格，我说我理解的风格不是修辞的方式，不是叙事的某种语言节奏，我理解的风格是里尔克说的"内在的风格"，它事关气质、经验和审美。表面的风格是极易被模仿或复制的，只有内在的风格才能为作者所拥有。如果说我有风格的话，我的风格是内在的、无处不在的忧伤。我读了自己的一首小诗《大悲调》，其中有这么几句：

……
……

天问一般的大悲调
落下坚硬的露水

平原上的戏剧
就这样在荒凉里起伏

在她儿女的诗歌里
种下腔调

是的，大悲调已经浸入我的骨血，我的作品无论写什么都响着这种声音。我和那里的人们一样，用苦难抒情，用悲伤忘记悲伤……

槐 花

槐花是芳香的瀑布。

那么多花开了，争先恐后，大红大紫，夺人眼目，即便是无名野花也以异彩或奇香挤上春天的版面，享受丽日，享受赞美，槐花怎能甘拜下风！槐花必须拿出看家本领，必须独占鳌头。它要以自己的高度给平原上的花一个高度，要用自己的密度阻挡任何怀疑的流言蜚语。是的，它是瀑布，洁白的芬芳的瀑布，在它的身后是季节的无形山崖，是阳光与影子的落差，它一开就是倾泻，就是飞流直下的气势。穗状花序一根根从枝头垂下，几乎遮住了枝干，一层层，一团团，朝着村庄开，朝着田野开，朝着晨曦和落日开，朝着早晚的寒凉和中午的艳阳开。

它是一棵树的全部芳华和恩泽，它把五月捧起，把庭院装点，把我们贫穷的日子点亮。

在五月，在麦子没有成熟的季节，在春天最美的时候，却往往意味着春荒，粮食短缺，饥饿横行。我们吃生的槐花，也吃熟的槐花。我们把它摘下来，焯去水分，用玉米面拌上，以分量填充肚子，让香味驱赶苦涩。若是连玉米面也没有，就直接炒了，它不会嫌我们的油只是一点点油花，不会嫌我们的盐也锱铢必较，它把全部的营养输入我们的体内，它让我们记得这个春天它来过，它爱过。

它让我们也懂得爱和慈悲，美和高贵。

让我来讲一个关于这方面的故事吧。

那一天晚上，竹爹从砖窑上回来，赶紧催竹奶做饭，他饿得虚汗都出来了。竹奶对他说："明天她要回娘家，给侄子过生日，要两块钱。"竹爹说："哪儿来钱？"竹奶说："耘子家不是空我们三块钱吗，你去要要看，不给三块给两块也行。"竹爹说："怕是没有，耘子家的情况你也知道。"竹奶说："你去问了再说吧。"

竹爹去了耘子家，耘子的媳妇正在哭，耘子也抱头缩在墙角。竹爹问怎么回事，耘子抬起头说："家里没面没米了，别人都吃点槐树花，小月生病了，吃不下去，医生用了药，说要是胃口好了就能活动起来。"竹爹说："孩子呢？"耘子媳妇接过话说："哭累了，睡了。"竹爹叹了口气，说："不管怎么，得先让孩子吃上东西，得想办法。"

竹爹回去了，对竹奶说："装一瓢面吧，我给耘子家送去。"竹奶说："钱呢？"竹爹苦笑："小孩都快饿死了，哪有钱？"然后安慰竹奶："我会去别处给你借两块钱，耘子家这难关得先过去。"竹奶一直是懂道理的，不过还是要挖苦竹爹："这做的什么事情哟，钱没要来，又贴上面，家里的面也不多啊。"竹爹只得说："不帮不行啊，不能看着孩子受罪啊。"

十几天后，竹爹的腿浮肿了，砖窑厂的事情也做不了，有人约竹爹出去逃荒，竹爹说："我不去，要饭，我的脸拉不下来。"

竹爹就坐在墙根晒着太阳，一天两天，三天四天，十天不到，竹爹死了。竹爹无子，耘子给他捧了老盆。

"再有半月就收麦子啦，他没赶上新麦啊。"竹奶哭。

"竹爹，我报不了你恩了。"耘子拍打着坟头的鲜土哭。

"竹爹，好人啊，硬是给饿死了。"村里人哭。

十多年后的一天，耘子路过一工地，发现一帮人围着座坟，一台挖土机正向他们开来。耘子疾步上前看个究竟。原来乡里搞一工程，竹爹的坟碍事，即将被挖。耘子叫人家别动，去村里叫了几个人，拿了工具又回来了。耘子说："竹爹的坟怎么能让挖土机瞎糟蹋？”他们一锨一锨挖了土，发现棺材已朽，耘子下坑，把竹爹的每一块骨头都捡了，殓入白布。耘子想来想去，把竹爹的遗骨葬在了自家田头的一棵槐花下。

耘子是我父亲。关于竹爹，父亲说得最多的是在晚年，来来回回重复个没完：“你竹爹是饿死的，你妹妹小月的命是竹爹的一瓢面换回来的，我们家是外来户口，别人欺负，你竹爹不欺负，护着我们，你竹爹哟，就葬在槐树底下。”

父亲说这些话的时候，总是习惯仰着脸，向上看去。我当然会去联想，他在看着一片春天的瀑布，平原上的瀑布。

从高高的槐树上奔腾而下——

野蔷薇

美丽的弃儿，边缘地带的天使。

和它同科的玫瑰、月季、红莓，等等，尽享诗歌的赞美、世人的恩宠，人们将爱情的遐想寄予它们，浪漫的情歌献给它们，以它们象征高贵，比拟纯洁。而它，枝条细瘦，没有主干，披头散发，又出生乡野。蔷薇已经不起眼，况乎以“野”修饰？而它偏偏是个犟脾气，枝条上带刺，叶子上还长着锯齿，再能干，也不过是个野丫头。这样的花，人们怎能待见？栽在门前碍事，养在屋后多余，用它做篱笆也嫌占地。野蔷薇知道自己的位置，它选择沟渠之畔、河坡地头、灌木丛中，哪里偏僻长哪里，哪里清静长哪里。它在边缘地带，它是美丽弃儿。但它偏偏喜欢开花，春天开，夏天开，秋天还要开。它用花朵对抗自己卑微的命运，用花朵证明着自己的存在。在我们平原上，你随处走走，角角落落，都有野蔷薇的身影。

我现在要说说这样的一株野蔷薇，说说她的故事。

她在乡村是个异类。一般女孩子长大了，不过是做做针线，或者学个理发、裁缝之类的手艺，养家糊口中，到了适合的年岁便为人妻，生儿育女，操持家务，度过一生。她却另有爱好，边干农活边看书。很少看到她和村里的小姐妹在一起叽叽喳喳，她成天若有所思。这样的女孩子，农家不喜，受人指点。受伤委屈时，她喜欢去田野阡陌走一走，那些野蔷薇便映入她眼里。它们扎根的土是贫瘠的，可是开的花那么艳，或红，或白，或黄，小小的花骨朵一绽开，整株蔷薇便生动起来灿烂起来，没有一丝胆怯。它们给了她安慰和启示，因此她更加执拗地爱她所爱。

那一年，她因为在县报发了一篇小小说，便激起了对文学的兴趣，她想出去闯荡，父母无论怎么阻拦都没用。到了城市，她当保姆，端盘子，洗被单，脏活累活纠缠着一个热爱生活的人。她有了远方的奔波，却没有诗意的生活。收入的低廉，加上念念不忘写作，使得她做事经常出错，受人呵斥，经常失业。她却时时提醒自己：保持你的自尊。她的初中同学试图拉拢她去从事色情，被她一顿斥责。她说自己是一株野蔷薇，无法在城市扎根。

也就在那时我们相识了。我们以梦为马，却步履维艰。我也是一株乡野的蔷薇，是城市的"畸零人"，我也只有一支笔，一个随时可能破碎的梦。我们经常断炊，经常被房东驱赶。

她带着失望和疲惫回家去了，而我仍在都市苟活。

又过了几年，她路过郑州，在车站打通了我的电话，说马上来看我，我左等右等却不见她来。后来，她告诉我，说："想到你已经成家，还是打消了相聚的念头。"如此，我们走丢在时间里，命运的风没有给我们的爱情授粉。不久，她也结婚了。她在电话里跟我说起她的命运，小时候，父亲的耳光从右边扇到左边，从童年扇到成年，一直将她扇到另一个男人家里。扇耳光的父亲死了，死了，她也没有停止书写。另一个男人，在她生日那天，当着亲友的面掀翻了桌子："写！写！写那东西有什么用！"她语气平静，"懒得理他，疯子"。

她又说自己是一个罪人：在我们这个时代，写作几近触犯美好生活的律法。写作，必须接受耻辱……

她接受着命运的安排，以小说表达泪水，也被泪水表达。她写了，被删除，被删除，又写。没有一个人对她说，你能成为小说家，甚至没有人说她是一株野蔷薇了。有一种说法，故乡是不配得到天才的。我想，这是一个普遍的规律吧，因为所谓故乡，不过是芸芸众生组成的世俗的泥淖。

她最终忍受不了打骂，忍受不了泥淖的侵蚀，与夫离婚。一个女人，一个没有正常工作的女人带着孩子是多么艰难。娘家人说她作死，村里人说她头脑有病。有病就有病吧，她不在乎飞短流长，她说，也许写作本身就暗含着对疾病的挑战，这个时代谁不是或多或少有些病。

她租了房子，白天打工，夜晚写作。此时，我也已经从外地回到家乡，同样带着一身的病一颗疲倦的心。当我告诉她，我也离异时，她愣了半天，然后奇怪地笑笑，然后带我去古黄河边散步。我们又看到了野蔷薇，一丛丛的野蔷薇，枝叶是那么青葱，花朵是那么倔强，花瓣舒展着，香气散发着。她说回来也好，就像这些野蔷薇，扎根在人烟稀少之处，以自己的花安慰自己，疗治自己。

　　她的话我让心动。我将她搂住，想要吻她。但是她挣脱了，几乎是带着怒气说："我想看看失去了一切，包括爱情，我还能不能活下去！"

　　我不知如何对答，从失落到震惊。

　　她说："你也是这样，也应该这样……"

　　我落泪了。

　　她说："其实，你还没有失去一切，我也没有失去一切，我们还活着，还有时间。"

　　我拭着泪水，点头。

　　她微微笑了笑，眼角积着泪水，蹲下身子，嗅着微风中抖动着花蕊的野蔷薇。

赶庙会

　　柿村庙会在九月九。头一天，穗子爷就早早吃了饭，把十八个小板凳放在了板车上。

　　走了十多里路后，才到柿村庙会上。穗子爷将板车停在一棵大杨树下。树干上有粉笔淡淡写着的"18"。这是穗子爷提前买下的位号。

穗子爷松开绑凳子的绳子，把它们一一摆在杨树下。

做好一切后，已经临近中午了，赶庙会的人渐渐变少了。不过，穗子爷并不着急，凭他多年赶会的经验，午后两三点钟，才是人气最旺的时候。再说了，他对自己六十多年的木匠手艺还是很自信的。

两三点钟时，赶庙会的人越来越多了。从青云村方向驶来的一辆农用三轮车，左弯右拐，最后停在了大杨树对面，一车厢都是黄灿灿的柿子。九月也是柿子成熟的季节。人们手里提的，嘴里吃的是柿子，搞得庙会像是一个柿子大聚会。

卖柿子的也是一个老年男子，车厢前挡板处还站着一个小男孩，大概是他的孙子吧。穿着黄秋衣，小平头，两只长长睫毛的眼睛忽闪忽闪，像柿子树上机灵可爱的小鸟。柿子车停稳了，车厢里的小男孩下来了，直奔穗子爷而来。他跑到凳子旁，显然那些颜色鲜艳的凳子吸引了他的注意力。他一会儿坐坐这个凳子，一会儿坐坐那个凳子，轮流把所有凳子坐了个遍。看凳子的人越来越多，对面的老人唤小男孩，怕他耽误了穗子爷的生意。男孩站起身，恋恋不舍看着那些凳子。

穗子爷问男孩："他是你什么人？"男孩说："爷爷。"穗子爷就向老人招了招手，说："大兄弟，让他坐在这儿吧，正好可以给这些凳子当招牌呢。"

男孩坐到中间的一个凳子上，双膝并拢，两只手摊在两边的凳子上，真像个做广告的童星。正像穗子爷说的，有小男孩做招牌，这些凳子吸引了一拨又一拨的人。人们先是被男孩的神情吸引，进而注意到了男孩坐的凳子。人们露出欣赏的神情，啧啧称赞着："不错不错，好看好看。"分不清他们是称赞小凳子还是小男孩，好像小凳子和小男孩是不可分割的。

很快，就有几个人买了穗子爷的小板凳。

这时，男孩的爷爷拿来几个柿子给穗子爷说："大兄弟，小孩子淘气，碍了你生意，我送你几个柿子吧。"

穗子爷说："大兄弟，你咋这么客气，他可没碍我生意啊。"好像为了表示男孩不淘气，穗子爷把男孩抱在腿上，说："跟我孙女一般大，我可喜欢了。"

"那你就收下这几个柿子吧，自家长的，不要客气。"男孩的爷爷说完，丢下柿子，大步走向自己的车子。

穗子爷对男孩说："你爷爷真好。你几岁了？"

"八岁。"

"叫什么名字呢？"

"陆晓禾。"

"和我家的穗子差不多大呢。"穗子爷摸着男孩的头笑了笑，同时也后悔没带穗子来赶庙会，让她也看看热闹。

今天出发时，穗子要跟他来，穗子爷说好啊，可是老伴说："庙会上那么多人，走丢了怎么办，孩子爸妈回来我们怎么交代？"穗子爷想想也对，就对穗子说："你跟奶奶在家玩儿吧，爷爷给你带好吃的。"穗子还是哭着说："我想去庙会，我不要在家。"穗子爷犹豫的当儿，老伴抱起穗子一边往屋里走，一边对他说："你快走吧。"穗子爷只好拉起板车急急走了，可是心里头很不是滋味。

这时，男孩挣脱穗子爷的手臂，从板车上搬下那个黄色小凳子。男孩好像特别喜欢那个黄色小凳子，搬下来赶紧坐了上去。穗子爷拿了男孩爷爷刚才给他的一个大柿子，一掰两半，汁液顺着穗子爷的手指流到掌心，浓浓的香甜味扑面而来。男孩接过穗子爷递来的柿子，大口大口吃起来。

"你家的柿子，甜。"穗子爷抹掉溢在嘴角的果汁说。

夕阳下山了，九月的晚风已经很凉，透着寒意，庙会上的人开始回家了。

穗子爷带来的十八条小板凳卖了十七条。他坐在石墩上吸着香烟看着在风里打滚的枯叶，想着要给孙女带些什么东西回去。

对面男孩家的柿子已经清空了。男孩的爷爷走了过来，跟穗子爷打着招呼，穗子爷赶快起身，递给他一支香烟，又为他打着了打火机。

男孩爷爷说："刚才听你说，你有孙女，怎么不带来庙会玩？"穗子爷说："我想带来的，她奶奶不让带，怕孩子走丢了。"

男孩爷爷说："是啊，我也怕这事儿。孩子爸妈都在外打工，你说万一出啥事，我们做老人的可就……"说罢，就叫着男孩："晓禾，回家啦。"

不远处的小男孩听了，跑向爷爷的车子，很快就到了两位老人身边。男孩的手里多了一大袋柿子。"这调皮鬼，你这柿子从哪儿来的？"爷爷问他。

男孩说："我趁你忙着做生意，偷偷藏在工具箱里的。"说完，看着自己的爷爷说："我想送给爷爷，让他带给穗子。"

穗子爷忙说："不行不行，这哪能行，我自己买。"

男孩看着他为难，突然指着板车上的那个黄色小板凳说："爷爷，你把那个小板凳送给我吧？"穗子爷爷突然给提醒了似的，哈哈笑着："这孩子真是机灵，对对，我把这个小板凳给你！"说着，就拿过小板凳给了男孩，又抱歉似的说："这个小板凳腿上磕了一点油漆，我不好意思送你哩。"

男孩爷爷说："这怕什么，我看很漂亮，黄灿灿的。"男孩说："就像一个熟透的柿子。"两位老人都被他逗得哈哈大笑。

穗子爷回家了，拉着空空的板车疾步走着，车把上挂着的柿子一晃一晃。他已经想好了，明天还要来庙会，而且一定要带着孙女穗子一起来，老太婆子说什么他也不听啦。

菜　籽

星期天的早晨，菜籽坐在门槛上想爸。想他的头发，有黑的也有白的头发。

爸在家的时候，喜欢摸菜籽的头发。爸一摸菜籽的头发，菜籽就听见轻轻的流水声。爸一离开家，菜籽的头上就没有小河流水的声音了。爸才是小河流水，他流走了。一走就是半年或者一年。

爸以前是放映员。一开始的时候，爸放电影，乡里每月给他两百块钱，后来，这两百块钱也不给了。妈说，不给了好，出去打工吧，这两百块钱到哪儿挣不来？爸不听她的。爸一个村一个村地跑，请村干部每月出几十块钱让他放电影，可是没有人理他。

爸走之前，把放映机擦了又擦。爸说，他要把放映机交到文化站去了。菜籽说："爸，你出去了，菜籽会想你的。"爸说："爸在外面也要放电影。"菜籽说："打工怎么还放电影？"爸说："在头脑里放呀。"菜籽说："那我也在头脑里放电影，把爸的头发放得长长的，像小树林一样密。"爸笑了，眼里闪着泪花。

爸妈出去打工了，家里就只有菜籽和奶奶了。

这一天，菜籽跟着奶奶去镇上卖鸡蛋。一个胖大婶要买，奶奶把鸡蛋拾到秤盘里，刚提起盘子，就有一个鸡蛋滚了下去，"叭"的一声跌碎了。奶奶连声懊悔，说："装得好好的呀，怎么就掉了？"胖阿姨提着鸡蛋走了，奶奶还盯着那个破鸡蛋看，连声说："装得好好的，怎么就掉了呢？"奶奶拉着菜籽走时，旁边的人问她："这个破鸡蛋还要不要了？"要是以前的每次，奶奶是一定要的，但是这次奶奶说不要了不要了。

奶奶走着走着，停下来，说："记得不记得你爸工地上的电话号码？"菜籽说："记得。"奶奶说："给你爸打个电话吧。"菜籽一听心里就激动起来。

去找公用电话的时候，菜籽捡到了一盒火柴。那盒火柴和常见的火柴不同，是长方形的。盒子正面是一个很大的建筑，写着"楚天宾馆"。菜籽还从来没见过这么漂亮的火柴盒。菜籽不敢打开，害怕里面有什么神奇的东西跑出来。

走到一个公用电话前，奶奶就让菜籽拨电话。

菜籽拨着电话，手有些抖，心里突然有很多青蛙在跳。接电话的不是爸，是村里的常宽叔，他是工头。常宽叔说："菜籽呀，想你爸妈了？你和奶奶都好吧？"菜籽说："都好，奶奶就在我旁边。"常宽叔停了一下，说："叫奶奶接电话吧。"奶奶接过电话，听了几句，就对常叔说："那你叫他们赶紧打个电话回来呀。"奶奶放下电话时，脸上闷闷的。

回去的路上，奶奶直叹气。菜籽拿出那个火柴盒给奶奶看，菜籽想她开心些。菜籽说："奶奶，你看多漂亮。"奶奶说："漂亮，我还没见过这种火柴呢。里头有没火柴？"菜籽打开来，里头只有一根火柴，嘿，应该说是半根，因为它只有火柴头那半截。菜籽心里一阵难过，就一根火柴，还只是半截，它在里面是多么孤单啊！奶奶看了一下，就说："扔了，扔了！"菜籽赶忙把火柴盒关上，把火柴盒藏到身后。奶奶说："唉，今天是怎么了，什么不好的事都碰到一起了。鸡蛋打碎了，你又拾着半截火柴。"菜籽说："拾着半截火柴怎么啦？"奶奶这才说："你爸在工地受伤了，受伤好多天了，唉，也不知道那条腿能不能保住啊。"

菜籽哭了。奶奶说："把那个火柴扔了，你总是不听我的话，什么事都是有预兆的，今天有多少预兆啊，鸡蛋打碎了，你又拾着半截火柴，难怪你爸的腿受伤了。"

菜籽想，是啊，怎么这么巧，都是不好的预兆。可是，菜籽又一想，要是那个火柴棒变成整根的话，爸的腿就能治好了。这个主意，像一个火把烧了起来，脚下的路忽然亮了，菜籽又看见爸的头发了。

到了家里，菜籽拿着火柴盒向村后的小树林走去。这时，月亮"唰"地一下蹦了出来。月亮真亮啊，小树林猛地往上一升。

菜籽走进小树林，在两棵小白杨之间蹲下了。菜籽把几棵小草拔了，把带出的土拍了拍，掏出火柴盒，拿出那半截火柴，栽到了土里。菜籽起身，摇了摇小白杨，露水"滴答滴答"往下掉。菜籽听到的是绿色的声音，菜籽相信菜籽的火柴，喝下这露水，就会发芽。

夜里，菜籽做梦了。梦见小小的火柴棒发芽了，有两片白白的小芽儿，小芽儿的边沿是青青的。菜籽的泪水滴在那小小的芽上，它无声地放大着，无声地绿起来。很快，两片叶子下又生出了对称的小小的叶子。呀，菜籽的火柴棒已经成了小树的幼苗，它在长高！菜籽看见爸向她飞奔而来，他骑着自行车，好像骑着风。他的腿好好的，一点伤也没有。爸一弯腰将菜籽抱上了车杠，风扬起菜籽的头发，响着欢快的流水声。

红公鸡

妹妹跟我要一个鸡毛毽子，我就想到了荣奶奶家的大红公鸡。

荣奶奶孤身一人，陪伴她的只有一只大红公鸡。那只大红公鸡的尾巴翘得高高的，鲜红的尾羽，边缘带一溜纯黑，又长又亮，做毽子再好不过了。

这会儿正是春天，暖洋洋的，紫穗槐丛里开着无数小花，不时蹦出几个小虫子，大红公鸡看准一个，就啄一个，那样子又威风又自在。我拉着妹妹退到墙拐角，伸头注视它的一举一动。

荣奶奶不知从哪里冒出来的，声音突然响起："小柿子，你想捉我的大公鸡？"

我拉起妹妹就跑。刚到家一会儿，荣奶奶就来了。我想如果不说实话，她告诉我妈，我就难免挨一顿打了，要知道村里人都说荣奶奶是好人，她说什么大人都信的。我只好老实承认："我想给妹妹做个毽子。"

荣奶奶的表情一下子放松了，说："你们想拔它的毛是不是？拔它的毛它能不疼吗，不信我揪你们头发试试，拔它的毛就跟揪你们头发一样呢。"

我和妹妹都低下了头。

荣奶奶又说："这样吧，我去庄上找找，看哪家这两天杀鸡的，说不定能找到好的鸡毛呢，以后可不要捉我的大公鸡啦。"

我们连连点头。

想不到，傍晚时，荣奶奶给妹妹送来了一个毽子，荣奶奶说她去别人家找了鸡毛，自己做的。那个毽子的鸡毛也是长长的，有白的有红的有黑的，色彩斑斓。

夏天的一个晚上，我去荣奶奶家玩，就见荣奶奶在门前焦急地自言自语："我的米哪儿去了？谁偷走了我的米？"

荣奶奶见了我，问："小柿子，你看没看见有人从我门口走过？"我说没有。荣奶奶说她去了一趟菊花家，回来就见锅屋的一袋米没了。

这时，我突然看到地面上有几粒米，再仔细看一下，那米撒成弯弯的线，一直延伸向村路上。我说："奶奶你看！"

荣奶奶使劲弯下腰，才看清了。然后又往前几步，仔细看了，说："一定是让人偷去了。"我说"：奶奶，米口袋漏了。"荣奶奶说："不是米口袋漏了，我的米口袋好好的，我想起来了，一定是大公鸡看人家来扛我的米了，就在口袋上啄了一个口子，我的大公鸡通人心呢。"

我说："对、对，我们去找那个小偷。"

荣奶奶拿了手电筒，对我说："小柿子，你陪奶奶走一趟，顺着这米线找找看，是哪个不要脸的偷我一个老太婆的粮食。"

奶奶打着手电，我走在前面，我们顺着米线走，拐了几个弯子，我们来到了魁二家门前。我看到门槛上都撒着几颗米。魁二的村里名声不好，懒惰，爱赌钱，还有小偷小摸的毛病。

魁二家的灯正亮着，门虚掩着。荣奶奶轻轻一推，门开了，魁二吃了一惊，结结巴巴地说："荣奶奶，这么晚了……你……"

荣奶奶说："魁二，你出来，看看地上。"

魁二走出门一看，脸"腾"地红了，低声说："荣奶奶，对……对不起……"

荣奶奶说："魁二，我知道你困难，你好好出去打工挣点钱吧，今天的事我不会和任何人说的，这袋米算我借你的盘缠好不好？"然后，又转向我说："小柿子，今天的事不要说出去，你魁叔是个好人。"

我一时糊涂了。

魁二低声说："荣奶奶，我挣了钱还你。"

荣奶奶说："我们走了，你把家前屋后的米扫干净，当心天亮了让旁人看出来。"

魁二连声说："嗯嗯。"

回去的路上，我问荣奶奶，为什么饶过了魁二，荣奶奶说："魁二都三十大几了，还没个媳妇，要是说出去了，名声坏了，就讨不到媳妇了。孩子，这叫得饶人处且饶人，奶奶啊，是盼着他学好呢。"

冬天来了，下了一场小雪，到处晶晶亮亮的。我们一群孩子带着狗，去含沙河边的桑树林里捉野兔。桑树落了叶子，再加上雪的映衬，野兔很容易看见的。

到了河堤上，我们刚要进桑林，就见河坡上的一座坟头站着一只大红公鸡。我突然想起了荣奶奶养的那只公鸡，一时惊呆了。有一个孩子说："庄上的公鸡怎么会跑到这里来呢？"

另一个大我们几岁的孩子一跺脚说："鬼啦，鬼来啦。"

我们都知道荣奶奶家的那只大公鸡的去向：荣奶奶去世后，大公鸡让村里给她办后事的人杀了。

可是我们谁也没怕，都静静地看着那只大红公鸡。这时，一个人走近了我们。是魁二。

他穿着崭新的衣裳，背着崭新的包袱，比原来精神多了。魁二问我："小柿子，这是谁的坟？"我说是荣奶奶的坟。

"荣奶奶？她死了？什么时候死的？"魁二连声问。

我告诉他，荣奶奶死了十多天了。

魁二一下子扑到坟前，跪在地上。"奶奶，我回来了，魁二来看您了！"魁二的哭声在清冽的空气里响起。

那只大红公鸡一拍翅膀，飞下坟头，飞进了桑林里，转眼不见了踪影。

乡村教师

人们似乎很尊敬他们。将孩子交到他们手上时，十有八九会说："先生，孩子交给你了，不听话，就打，放心打，我不怪你，不会护短。"乡下人相信棍棒的威力，一旁的孩子低着头，缩着肩，好像人生第一课不是读书而是准备挨打。再如，哪家遇到跟"文字"有关的事了，不懂不会了，必去求他们："先生，你有文化啊，给我写封信，大儿子在部队呢。""先生，你帮我念念这封信，闺女嫁出去几个月了，也不晓得过得咋样。"甚至，写个对联，摆酒席记账，都要请他们。

可是，人们又似乎看不起他们，一是说他们抠。"你说那个汪先生吧，两个孩子，他就买一根油条，撕开来一人一半，吃烧饼用手捧着，怕芝麻掉了。想找他借钱，算了啵，抠！

做教师的都抠……"二是说他们爱讨便宜。"你说马先生，那才叫不像话呢，让孩子们勤工俭学，去捡豆子，一人一茶缸豆子，不冒尖不行，他把冒的尖子偷偷刮下来，自己炒了盐豆子下酒……"

人们看不起他们的原因，似乎还有一条，好像他们算不得真正的知识分子。他们的穿着打扮比周围的村民好不到哪里去，只要下了课堂他们说话办事跟农民没什么区别。"你说，那个周先生，嘿，把自己的玉米放到学校操场上晒。学生做作业时，他把簸箕端到讲台上，挑有虫眼的豆子。""你说徐先生，不对哦，是校长哦，回家的路上，竟然在下水沟里摸鱼，摸了几条鱼上来，东张西望一下，就顺手拔了人家几棵豆子，别在车座上，啧啧啧，你说这校长……"

这些话都是背后说说的，当面可不敢，孩子在人家手上呢，见面还得规规矩矩，有事还得求他们。可是向先生的到来，引起了一些风波。

向先生是南京知青，大姑娘一个，不知为什么没回城，被分到了盐码头小学。二十三四岁了，没结婚，这也是一个让村里人疑问的"为什么"。

向先生不让孩子们叫她先生，必须叫老师。这倒没什么，问题是有些识字的家长，认为向先生没文化，把孩子们教错了，他们找到徐校长，说孩子回家以后读书，把"业"（药）读成了"yiào"，把"国"（谷）读成了"gǔ"，等等，全教错了。校长也蒙了，叫来了向先生，向先生说："我教的是标准的普通话，没错，药就读'药'不读'业'，谷就读'谷'不读'国'，以后要按我教的来！"徐校长说："你确定对？确定这是普通话？"向先生说："我确定，比如大家叫你'qú'校长是不对的，普通话念'xú'，x－ú－徐，徐校长。"徐校长笑了，挠着头："我的姓也念错了？日鬼了日鬼了，好吧，以后就按你的办，教普通话，但是我还是觉得'qú'听来顺耳。"旁边的几个家长附和："对、对，还是'qú'校长好听！"向先生还在较劲，好听没用，标准才有重要。

向先生坚持普通话教学，村民们都说徐校长惯着她呢。这个向先生还有让人不解的，要求家长督促学生剪指甲，指甲长的不许进教室，男孩子就穿男孩子衣服，女孩子就穿女孩子衣服，说什么这样会引发不良心理暗示，导致性别的错误认知，等等，要么是让村民嫌麻烦，要么是听不懂。徐校长也不干涉，听之任之。过了没多久，就有了关于向先生的传闻，说夜里去田间放水的人，路过她的宿舍，听到男人的说话声。还有说得更直白的，说那声音就是徐校长嘛。

三四年级的男孩好奇，从后窗偷窥，却没有看到什么不正常。有一天，被向先生发现了，逮着了，听孩子们交代是受人唆使，便捂着脸哭了。

一天，乡里文教上来人通知，说学校要的一批书下来了，催着去领。徐校长说："向先生你没事，又年轻，去领回来吧，骑我的自行车。"向先生领书回来的路上突然下起雨来，前不着村后不着店，虽说雨不是很大，可是自行车后座放着两捆书，向先生一急，就把自己的皮夹克脱下来，还是不够包书的，又把衬衣也脱了，把两捆书严严实实地包好了，她光着上身，只余下胸罩了！赶紧骑上车，一个劲踩着脚踏。

到了村头，在老廖家小卖铺里躲雨的人看见她来了，都惊叫起来，说向先生这是疯了吗？还有人说，这是浪骚吗，妈呀，这怎么还能当老师呢？骑到小卖铺前，她停下了，连车带人直闯店里，解掉书上的衣服，书只受了一点点潮。女人们赶紧脱下自己的衣裳给她披上。人们明白了真相，一个个都不作声了。

打那之后，再也没有人传她的流言蜚语了。

向先生最终没有回城，她就嫁在了盐码小学附近，丈夫是本村的代课老师。结婚以后，她真正像一个农村教师了，一边教书一边种地。她学会了当地话，但是一走进学校就立刻改成了普通话。

我也是向先生的学生，一年级和四五年级的语文都是她教的。

前不久，我回老家见到了向先生，她早退休了。闲聊中，我说我的爱人也是老师，向先生说："当老师好，当个好老师不容易，你得把心抠出来给学生啊！"

我说："是啊。"然后问她："听说村小并到十多里外的镇上了？"

她说："合并过去几年了，村小租给人家养鸡了，自从成了养鸡场，我就再没有去过一次了，再也没有……"说罢，缓缓抬头，依然明净的目光越过空荡荡的村庄，投向虚空之处。

鱼　妻

岸生是贩鱼的。

天一亮，他就骑着自行车去菱角洼，从渔家那里买了鱼，再背到城里去卖。去菱角洼贩鱼的人不少，差价并不大，只够维持日用的，属小本生意。小本生意做起来是辛苦的，除了起早摸黑，还有鱼贩子之间的争斗，谁提价买了，谁压价卖了，谁挖了谁的老主顾了，常常为这些事弄出不愉快来。有一次，岸生早早去买了鱼，经过一座小桥时，碰上了其他两个鱼贩子，那两人不高兴，故意把他往桥边上挤，岸生的车子倒了，一竹篓鱼扑通扑通往河里掉，自己也险些掉下河。那两人在渔市上有一帮人，平时就爱欺负人，岸生尽量不理他们。两人撞了岸生，岸生没敢发作。岸生扶起车子，看竹篓里还有一条小鲤鱼，气得抓起来，也扔到河里去了。

那时候，岸生二十七八岁，还没娶媳妇，母亲很是操心，到处托人给他说媒，但是媒人介绍了几个姑娘，也没人相中他，都嫌他家穷，岁数也大了。有一天，岸生卖鱼回来，看到一个姑娘坐在路边哭，岸生就问她怎么回事，姑娘说，她是外省人，被人贩子骗到这里，卖给人家做媳妇，成婚那天她跑出来了。岸生说："要不，你去我家吧，先吃了饭再说。"姑娘就擦擦泪水，跟岸生回了家。

到了家里，母亲赶忙给姑娘打水洗脸，叫岸生快给她盛饭。岸生盛来一碗米饭，端来一碗小鱼煮咸菜。姑娘只吃饭，不吃鱼。姑娘吃了饭，母亲已经请来村里的媒婆问她愿不愿留下来，姑娘看了一眼岸生，脸上泛出红晕，掩着嘴轻声笑。岸生也红了脸，挠着头，傻傻笑。

岸生就这样成婚了。媳妇名叫小莲。

岸生叫小莲和他贩鱼，小莲不愿意，说她只想在家种田，服侍婆婆。母亲很高兴，岸生觉得这也不错。

一年后，岸生和小莲有了一个女儿。

岸生的生意越做越好，买了一辆农用三轮摩托车，每天能做几百块钱的生意。

再后来，岸生在市场上租了个铺子，收小贩们送来的鱼，再批发给外地的小贩，一买一卖间，钞票就变厚了。

岸生在城里买了房，把小莲和孩子接到了城里。

岸生的变化让村里人羡慕，都说自从娶了小莲，一天一个样子。

多好的日子。

可是，后来，情况又发生了变化。

进了城，小莲还是不和岸生卖鱼，她租了个摊位，卖水果。岸生呢，生意做大了，交往多了，见的世面多了，心里开始花了，外面有了一个比小莲年轻的女人。

为了这事情，夫妻俩常常争吵。一天，岸生打了小莲，小莲也抓了岸生一下，给岸生脸上留下了一道伤口。

小莲走后，岸生脸上的伤口就肿起来了。

岸生就去了诊所，医生用药棉擦擦伤口，说里面好像有什么东西。岸生说："可能，我也感觉有什么东西在里面。"

医生用镊子从他伤口里夹出了一个东西，看看说，好像是鱼鳞。

岸生吃惊，看了看，果然是一片鱼鳞。

医生给他消毒包扎之后，伤口还是很疼，且很快又肿了。

岸生想来想去，似乎明白了什么。

他带着女儿到了乡下，在一座桥上，岸生跪了下去，对着河水喊："小莲，你回来吧，我错了！"岸生又对女儿说："你快叫妈妈回来！"女儿茫然。

岸生说："你喊呀，喊了你妈妈就会回来的。"

女儿就喊道："妈妈，你快回来！"这时，岸生就听到桥头有人叫他："岸生，我在这儿呢！"

女儿大叫起来："妈妈！妈妈！"

又朝着岸生叫："爸爸，妈妈来了！"

岸生走近小莲，拉住了她的手，泪水直往下流。

岸生带着小莲回了城。

此后，岸生常常给小莲剪指甲，借机看她的指甲，却也看不出和常人有何不同。但是，岸生有时遇到不快的事，想发火了，脸上就会隐隐地痛。

岸生摸摸脸，气儿就消了。

对小莲越来越好了。

第二辑

小说观

现代小说的诸多嬗变

现代小说在叙事上讲究象征性，讲究带入感，讲究作家自身的心理感受，力求风格化，强烈的个人印记。在人物塑造上讲究多维度多侧面，人物多重性格构成立体感，在意图上讲究立意，主题的确立使之与故事区分。

我把叙事语言分为几个层次。通顺、明白是基本要求。简洁、生动、形象是第二层次。有节奏感、饱满度是第三层次。对于小说语言来讲，有象征性暗示性，有弦外之音，有带入感才是最高层次。现代小说越来越向诗的本质接近，那么首先在语言上要有诗的张力和意趣。

我们先来说一下初学小说时通常存在的问题。举一个例子：一个春风和煦的早上，我在吃了一碗热乎乎的羊肉汤之后，骑上我心爱的电瓶车，走在开满了美丽樱花的淮海路上，想到上班之后就能碰见美若天仙的马晓丽就激动无比……请问：不是一个早上，是两个早上吗？不强调电瓶车是"我的"，读者会怀疑是你偷来的吗？除了你不幸喝了一碗冷的羊肉汤，哪家早上的羊肉汤是冷冰冰的？喝羊肉汤你就好好喝呗，干吗要说"在……之后"呢？樱花需要你说它美丽吗？春风除了"和煦"，美貌除了"天仙"，你就没有其他词了吗？能不能想办法给读者一点陌生感呢，能不能有点原创性呢？你这个叙事语言有文字的含蓄吗？象征性、暗示性又在哪儿？编辑和读者见多了同质化的语言要打瞌睡，你知道吗？多读读萧红、汪曾祺、苏童等作家的作品吧，看看他们语言中的那份简洁、生动、明晰，那种血脉充盈、水乳交融的叙事之美。这个例子中叙事方式陈旧，语言呆板，不鲜活，缺少象征性、暗示性。好的语言应该顾盼有姿，有光有影，有声有色，在你的故事里回响。

象征性是诗歌的传统笔法，可惜我国的古典小说与散文少有借鉴。诗歌中有所谓的赋、比、兴之说，这个"比"就是象征。《诗经》中的"青青子衿，悠悠我心""蒹葭苍苍，白露为霜""风雨如晦，鸡鸣不已""桃之夭夭，灼灼其华"等等，"野火烧不尽，吹风吹又生""欲穷千里目，更上一层楼"都是象征。现代小说本质上是一种象征，一种对现实的隐喻，因此它的叙事语言必须具有象征性。有些小说我们从标题上就能看出其象征的意图，如鲁迅的《药》，马尔克斯的《百年孤独》，王小波的《青铜时代》《黄金时代》，苏童的

《黄雀记》等等。

语言的象征性就是要言此及彼，同时在语言中蕴藏着作者要表达的整体意图。我们看苏童小说中第二章的开头："后花园的墙角那里有一架紫藤，从夏天到秋天，紫藤花一直沉沉地开着。颂莲从她的窗口看见那些紫色的絮状花朵在秋风中摇曳，一天天地清淡……她提起裙子……走到井边，井台石壁上长满了青苔，颂莲弯腰朝井中看，井水是蓝黑色的，水面上也浮着陈年的落叶，颂莲看见自己的脸在水中闪烁不定……回到南厢房的廊下，她吐出一口气，回头又看那个紫藤架，架上倏地落下两三串花，很突然的落下来，颂莲觉得这也很奇怪。"这里面的紫藤花是沉沉的，是突然地落下。井是黑色的，自己的脸在水中闪烁不定。这些都象征着暗示着人的命运：三太太梅珊含羞投井，四太太颂莲精神失常。小说的最后一句：文竹说，她好奇怪，她跟井说什么话？人家就复述颂莲的话说，我不跳，我不跳，她说她不跳井。紫藤还有依附的意思，女人只能依着男人，井的象征性就更不言而喻了。

我们再看《雨水淹没了村庄的道路》中："我们在昏暗中吃了晚饭，上床以后，听着屋檐下流水倾泻，无端紧张，在那铺天盖地的雨幕后，好像隐藏着什么更大的声音，担心房子随时要被冲垮。"这里的"好像隐藏着什么更大的声音"预示着人物的命运将有更大变化。再看此小说中的一句："这条倒霉透顶的鱼以为雨水能给它自由，没想到雨水很快就把它送上了绝路。""倒霉透顶的鱼"不是写鱼的命运，是写人物最终的命运，文中的父亲为躲债自杀。

现代小说语言还经常用陌生化的手法修辞，给人以奇异之感、咀嚼的余地。比如成语的活用，我们不说今天听课的聚精会神，我们说花朵听着春风聚精会神。我们不说花朵争奇斗艳，我们说花朵争风吃醋。我的小说中有这么几句：贫穷的秋风，是我的知己，我想再次去流浪。没有谁认识我，我也不要认识谁。我被拆散在陌生的夜里，孤独的鹰在我身边落下……这里面的贫穷和拆散都是陌生化用法。

现代小说的叙事讲究带入感，步步为营地推动情节，节省空间与时间，加大信息密度。如山东作家风袖的《疗伤之地》：十年后的一天（意味着十年前必有故事），他与陈兰英再次重逢。那天傍晚，他突然出现在陈兰英居住的那条小巷（为什么突然出现，必有事要说），要不是她生涩的鲁北口音和那身一年四季都洁白如新的衬衫，他不会认出她。他喊了一声兰英，她打了一个愣怔，眯眼儿打量他。自李凡死后（李凡为何死，与他们有什么关系，暗含故事），她就从医院辞职搬到这条隐秘的小巷，职业也从医生变成了超市营业员，每月领着菲薄的工资，过着与世隔绝的独身生活。整所医院的人，都说陈兰英是因为突犯抑郁症才离开的（为何犯病？），但在他看来，原因绝非这么简单（既然有原因，那么也就有故事）。

大家看，如此短的一节文字里，包含了多少信息，有悬念有伏笔。

现代小说的叙事讲究风格化，高度的个人化叙事。风格就是辨识度，让你的作品有辨识度，就如歌唱家唱歌那样，用自己独特的歌喉带给人耳目一新的感觉。风格又是内在的，风格的内在隐含着作家的价值观。鲁迅就有强烈的风格，拿来主义是他的思想，用来揭露社会腐败，弘扬民主精神……

　　有人说，风格化的东西走不长，容易被模仿。其实，真正的个人风格是模仿不了的，因为那里面有作家的气质和文化修养。只有皮毛化的风格才能被模仿。内在的风格是一种美学观念在支撑，一种思想价值在支撑。比如墨西哥的胡安·鲁尔福、波兰的舒尔茨、美国的威廉·福克纳，他们的诗意呈现节奏感、音韵感，你也许可能学得一二，但是你无法套用他们的语言中体现的个人性情和气质，无法套用他们独特民族文化的灵魂。你只能借鉴他的写法，形成你自己的民族的个人的双重风格。民族的是底色，个人的是创造。

现代小说的主题

这篇小说是什么意思呢？你经常遇到这样的问题。

现代小说与古典小说最大的区别就是为故事确立主题意识。故事只讲好看好玩，停留在感官刺激。小说要产生价值，产生意义。人是追求意义的生物，这就是文学作品为什么总要强调"立意"的原因。没有高的立意，对读者和作家本人来说，作品就失去了滋养。我经常说的是：我只是饲养故事并给其寻找灵魂。

下面以我的小说《入殓师与春风》为例。小说大概意思讲一个入殓师的一生，一个叫桑元的法官草菅人命却得以长寿，风光一生；一个叫左明的商人目中无人却恐惧死亡；而那个最后出场的女诗人一生都想做一个诗人，却从来没像一个诗人那样生活过，"春天那么美，朝前走一走，我就消失了"。

那么我想表达什么？我写的是一种职业？

"先生，就像做你这一行的，要是没有跟你学，你也会伤心的吧？"小说中的女诗人问入殓师。

"有好多事物不都在一天天消失吗？"入殓师对自己说。

消失的事物总是让人心起沧桑，那是整个人类的"乡愁"。

我写的是命运？无论是谁，他们都留恋生命。留恋生命有什么错？我个人的理念是，我们可以珍惜生命，但不可以贪恋。死亡是人的宿命。因为有宿命，才有悲悯，不分职业与等级的悲悯。

那么，我写的是对死亡的思考？死亡有什么好说的呢？死亡是一道难以逾越的墙，如果有向死而生的境界，我们也许活得更从容，对万物有更多的体恤。

这些都是我想写的吗？也许还有更多。

所谓的小说主题，我想应该体现在意味上。这个意味是可以去品的，是要让每个读者从自己的生活经验、美学经验去理解的，更多时候是可意会而不可言传的。之所以有"一千个读者就有一千个哈姆雷特"这句话，就是因为小说主题可以呈现它的多义性，反之，假如小说（当然也包括其他题材）总是一处主题，这句话便不能成立。我想，好的小说，应该最大限度地加深其内涵，让它的主题更加丰富。

再拿我的短篇《奔走的少年》说吧，《奔走的少年》这个小说，两三年前就有雏形在心，但一直没下笔，因为没有找到最佳切入点。直接写少年受伤害，小说就成了控诉，控诉不是文学的任务，控诉是很浅层的东西，一把鼻涕一把泪，不像小说家的样子。如果写出少年受了伤害，尔后百折不挠成了记者、作家，那就成了励志小品，实在狗血。直到有一天，我想到以治安员的视角切入，才有了冲动。我将治安员与少年的起点放在同样是弱者的位置，一样的身份，不同的性格，反差的命运，交织在一起，这就构成了张力，构成了意味。主题不再单一了，不再是概念了，于模糊中给人一种欲说还休的意味。小说往往是这样，换一个视角，故事发展就有了另一种可能性，叙述方式就有了另一种味道，内容也就有了更开阔的空间。

小说结尾处有一句："我很奇怪，他为什么还相信这个世界。"

少年因为没有六块钱办自行车照，徒步走了几十公里，还差点被派出所的人打死，"他为什么还相信这个世界？"这句话在小说里是设置了支撑点的：一是少年的姐姐虽然是个精神病患者，住在精神病院，但是"我姐让我喝了几口汤，还让我吃了一个鸡腿"；二是"回来时我坐了人家的拖拉机"。这里引用的两句话是草蛇灰线，是一种暗示：尽管世间有恶，但是善良同样深藏人心；善，有它恒久的力量，是我们相信这个世界热爱这个世界的理由。善，是和星辰一样值得仰望的道德。引用的两句话是少年向治安员说的，"少年说完拉拉衣角，低下头，吸了一下鼻子，要哭的样子"。少年的表情流露出他的内心，他被姐姐和陌生人的爱感动了，他相信爱，他相信这个世界。

意味，是不能在小说中明说的，说出来就成了概念，就无味了。福克纳说，艺术就是表现最高的道德，但他的小说从不直接说道德。

所以，我认为小说的意味是一定要苦心经营的，有苦心才会有灵感一现。字、词、句、章每一处细细经营，都能体现意味：那种与众不同的艺术美感。

我们如何书写苦难

我们经常碰到"苦难"这一主题。

苦难是一个永远的话题，不说我们经历的贫穷，不说我们失去的美好（爱情的挫败、亲人的离去、故乡的面目全非），即便你住在别墅，当老总、官员，即使你大名鼎鼎，你还可会有心灵的苦难。心灵的苦难是人的宿命。

那么我们如何书写？首先要认识苦难的价值，它让我们从中间获得了什么？它对自身和别人有无启示？它是否是一个时代的缩影？它是否有文学上的审美意义？

具体到一个人物身上，无论他如何苦难，他值得读者同情的地方是什么？

我想，一个有追求的人，一个有美德的人，一个陷于苦难却不服输的人，一个被现实打败却在灵魂上没有被打倒的人，他的苦难才有书写的价值。

书写苦难不是老妇诉苦，而是写苦难中的精神。

一个人的苦难，更多体现在心灵的苦难上，他不为人所理解，他孤独，他没有诉说的对象，作家和文学替他说了，这才有书写的价值。文学才有了价值。

一个人的苦难不仅是他自己的，也要成为一个时代的缩影，写的是"这一个"人，却引发大多数人的共鸣，这样的苦难会成为一面镜子，让我们看到各自的灵魂，这样的书写才有文学意义。

一个劲儿地诉苦，不表达人的精神，让人对你的人物绝望，对生活绝望，这不是文学干的事。我们说的不绝望，也不是一定有希望，不绝望是指我们看到了人性在挣扎中，趋向一种美的可能。趋向我们共同追求的那种美道德，那种哪怕不可能我们也要为之梦想的东西，这就是苦难的美学意义。安娜·卡列妮娜自杀了，我们依然看到作家的希望：对自由的追求永存于心。她爱过，她努力过。爱与努力，是一种精神，让苦难有了价值。没有精神的苦难人物是可怜虫，文学的人物不是去写一个可怜虫。

很多作品中的人物，写的是自然状态下的人物，没有进入或达到文学的审美层面，因此人物的苦难打动不了人，甚至让人反感。无论你写喜写悲，首先要优美，通过语言意境，书写其精神，让你的人物达到崇高。这种崇高不是语文课本上的"崇高"，不是高大全，是他在困境中依然有他（人物自身）的想法，有他对生活的爱。

人之于世界，和其他物种不同之处在于：人能意识到自己（本体）的存在，并自觉追求某种意义，这种追求是人存在的价值，也是小说中人物的价值。并不是所有苦难都值得书写。要清楚驱动你去写它的理由和它的价值是什么。

小说的精神，这个话题比较大，我们挑"实惠"的讲。小说的精神，就是作品中人物的精神，作品中人物的精神就是作家的精神（思想境界）。大量来稿中，人物也有性格，读到最后发现断了气儿：你不能从人物身上看到作家对生活的感悟，他对生活的理解还是世俗层面的。小说当然写的都是世俗生活，而且写世俗生活的小说才更有滋味，但是精神是不能世俗的。小说要体现作家的个性，作家对生活的独特理解。不久前，看到一个小说，写一个女孩失身后，想办法用鸽子血当作初夜的血，骗了老公。然后，小说中说"她最终松了一口气"，完了，小说再无下文。在这里，作家的同情极其廉价。作者本人对什么是真正的尊严和人的价值没有自己的认识。

我想，所谓小说的精神，就是要作者对一些形而上的观念，对一些传统的说教要有自己的思想。还看到一个作家，写了这样一个东西：小说中作家以成功者自居，说某文学爱好者找到他说，想写作，他看着他粗糙的外表，问爱好者，你结婚没有，爱好者说没钱娶媳妇。作家劝道，连自己的日子都过不好，也讨不到媳妇，搞什么文学呢？然后，小说又道，妻子担心他伤了人家，他说我是为他好哈。小说到此结束，说实话，看完这小说我简直有点怒。这个作家完全是一副小市民嘴脸，或者是坐井观天的某个乡村老太。粗糙的外表，说没钱娶媳妇，就不可以有精神追求？人的生活有表层和内心，表层是世俗的，是我们要面对的，内心是自由和理想。文学要表达的恰恰是这种理想，以及对理想的追求。如果作家总是"实际"去写，站在所谓"大众立场"，他的作品是走不远的，是速朽的。

《最慢的是活着》这个小说写的是祖母的一生，但它不仅仅是写亲情的，她写的是命运、人生、苦难的。最慢是活着，或者说，最难、最苦的是活着。最后，作者说，我的祖母已经远去。可我越来越清楚地知道：我和她的真正间距从来就不是太宽。无论年龄，还是生死。如一条河，我在此，她在彼。我们构成了河的两岸。我的新貌，在某种意义上，就是她的陈颜。——活着这件原本最快的事，也因此变成了最慢。生命将因此而更加简约、博大、丰美、深邃和慈悲。

作者想要表达的，是一个哲学上的如何活着的问题，是形而上的主题，所谓亲情只不过是小说的故事线索，是表层的，它超越了这个亲情表述，这就是名家比普通作者的高明之处了。前面说到小说的结尾，你看人家是怎么结尾的，仔细揣摩揣摩，自能体会。

短篇小说有意味，于无声处听惊雷

短篇小说长不过万余字，短则三五千字。因为短，就不可能有大开大合的故事、迂回曲折的情节，几乎没什么"看点"。

短篇"命贱"，不能浓妆，只能淡抹，穿多了就肥，装多了就胖。短篇"胆小"，跑慢了就拖沓，跑快了就走形。写短篇真的要小心翼翼，拿捏到位。

局限就是特质。

于局限中体现特质就是艺术。

我以为短篇之美全在意味，尽可能多的意味。

所谓意味，概念化地讲，就是作品中体现的独特价值，包括形式、情感、观念等等。但是，一概念化了，"意味"就没有意味了。我理解的意味，是语言背后的东西，是故事背后的东西，它"此时无声胜有声"，它"于无声处听惊雷"。它藏在某个地方，却又要你露点痕迹，它留着空白，却又要你给一些暗示。如上文讲到的关于我的短篇《奔走的少年》。

所以，我认为小说的意味是一定要苦心经营的，有苦心才会有灵感一现。字、词、句、章每一处细细经营，都能体现意味：那种与众不同的艺术美感。

对于短篇小说来讲，细细经营就不能用力太猛，不能粗手笨脚，要有"润物细无声"的耐心和雅致，要有"山抹微云"的轻灵与大气。

短篇与中篇的结构

    以苏童的《刺青时代》为例。这个小说主要讲男孩小拐的成长史，属于典型的（性格、心灵）成长小说，所谓的残酷青春、野蛮成长。我们先看下人物关系：

    与小拐有关的主要人物：父亲（养父）王德基，哥哥天平，帮派人物红旗，帮派人物董彪，帮派人物朱明，"只卖药不传武艺的"张文龙。

    次要人物：帮派人物的配角座山雕，姐姐锦红（更次后的配角秋红及母亲），武术师傅罗乾，以及其他次要人物。

    这些人物与小拐是什么关系呢？

    1. 父亲。父亲先是反对他惹是生非，后来因为儿子天平被人打死，又支持儿子学武。文中有交代："人们普遍认为那是王德基为了儿子免受欺侮的权宜之计，是王德基把小拐送到延恩巷的武林泰斗罗乾门上习武的"——顺便说一下这也是作者的高明处，让配角的性格也"成长"一下。这样配角也出性格了。

2. 哥哥天平。天平是小拐羡慕的人物，是他的少年偶像，是他对帮派（或说少年血气的张扬）产生兴趣的关键人物，而天平的死又促使他复仇，他让小拐的性格往前"成长"。

3. 红旗。红旗对小拐的"成长"关系最大，他与小拐其实是两个男主角。先是欺负小拐，然而打死了小拐的哥哥，出狱以后，又和帮派人物董彪合伙将小拐毁容（刺青本是小拐向往成长的标志，最后却落得个被人在脸上刺字的惨剧！）

4. 帮派人物董彪。他对小拐的一次次欺负，使得小拐下决心学武。

5. 朱明。在小拐的"成长"史上，朱明不可或缺，因为小拐一直是失败的委屈的，可是朱明让小拐胜利了一次，文中说："我看见少年小拐的眼睛里倏地迸出罕见的可怕的红光，他狂叫了一声，从别人手里夺过九节鞭，率先发起了对朱明他们的攻击。九节鞭准确地抽到了朱明的后颈上，小拐的伙伴们一拥而上，本来应该避人耳目的混战就这样猝不及防地发生了，糖果铺周围一片骚乱……他们亲眼看见朱明他们满脸血污地在街上翻滚……"这虽然是小胜利，且胜得不光彩，因为朱明没带武器，但是极大地刺激了小拐，要将出人头地的"事业"进行到底。

6. "只卖药不传武艺的张文龙"。这个人物也是小拐"成长"中的一个关键人，他的"任务"是增加小拐的自卑（小拐要跟他学艺，人家不带他玩）。让他因为自卑而更加表现自己不具备的"江湖"能力，小小少年不懂现实之残酷，何况这是个本性善良的少年（关于善良，文中有多次提到）。

从以上人物关系分析，我们发现每一个人都和小拐有关系，他们"烘云托月"地伴随着小拐的命运成长，将他的性格不断丰富，命运不断改变。

而在短篇中，其他人物设置更强调与主人公的内在关系，更强调"烘云托月"，但是短篇却不可能容许你写这么多人物，尤其是不可能允许你去正面写这么多人物。

在这个中篇小说里，我们还发现一些主要人物与次要人物，如红旗、朱明、锦红等有他们自己的"故事"（如卖药的张文龙、锦红等，但都是略写），除主人公之外的人物间也发生了故事（如天平与红旗的对战等），而在短篇中几乎不可能允许你在他们身上花笔墨。

这里，就"人物"的概念延伸一下：在小说中，没有参与情节发展的、没有性格的人都不能叫"人物"，连配角都算不上。不参与情节发展的、没有性格的人只是小说中的"群众演员"。

下面我们将鲁迅的短篇小说《祝福》与这个中篇对照一下，看短篇是如何处理人物关系的。

《祝福》也有不少人物：1. 叙述人"我"。2. 主人公祥林嫂。3. 四婶。4. 卫老婆子（还有柳妈）。5. 祥林嫂的儿子阿毛。6. 贺家坳那个死去的丈夫老六。7. "第二个也要死去的男人"。

鲁迅是怎么处理这些人物关系的呢？

他让人物"各负其责"，所有人的出场都是为了交代主人公的故事，以侧面描写为主，展开人物命运叙述。

祥林嫂的身份和对"灵魂"的不停追问性格是通过叙述人"我"来交代的。

先看身份交代："然而先前所见所闻的她的半生事迹的断片，至此也连成一片了。她不是鲁镇人。有一年的冬初，四叔家里要换女工，做中人的卫老婆子带她进来了，头上扎着白头绳，乌裙，蓝夹袄，月白背心，年纪大约二十六七，脸色青黄，但两颊却还是红的。"

我们再看性格：

"这正好。你是识字的，又是出门人，见识得多。我正要问你一件事——"她那没有精采的眼睛忽然发光了。

我万料不到她却说出这样的话来，诧异的站着。

"就是——"她走近两步，放低了声音，极秘密似的切切的说，"一个人死了之后，究竟有没有魂灵的？"

……

"那么，也就有地狱了？"

"阿！地狱？"我很吃惊，只得支梧着，"地狱？——论理，就该也有。——然而也未必，……谁来管这等事……。"

"那么，死掉的一家的人，都能见面的？"

"唉唉，见面不见面呢？……"这时我已知道自己也还是完全一个愚人，什么踌躇，什么计画，都挡不住三句问，我即刻胆怯起来了，便想全翻过先前的话来，"那是……实在，我说不清……其实，究竟有没有魂灵，我也说不清。"

祥林嫂的婚姻情况由卫老婆子"负责"交代："她吗？"卫老婆子高兴地说，"现在是交了好运了。她婆婆来抓她回去的时候，是早已许给了贺家坳的贺老六的，所以回家之后不几天，也就装在花轿里抬去了。"

下面这一节又通过祥林嫂自述来讲儿子阿毛：

"我真傻，真的，"祥林嫂抬起她没有神采的眼睛来，接着说，"……我一清早起来就开了门，拿小篮盛了一篮豆，叫我们的阿毛坐在门槛上剥豆去。他是很听话的，我的话句句听；他出去了。我就在屋后劈柴，淘米，米下了锅，要蒸豆。我叫阿毛，没有应，出去看，只见豆撒得一地，没有我们的阿毛了。他是不到别家去玩的；各处去一问，果然没有。我急了，央人出去寻。直到下半天，寻来寻去寻到山坳里，看见刺柴上挂着一只他的小鞋。大家都说，糟了，怕是遭了狼了。再进去，他果然躺在草窠里，肚里的五脏已经都给吃空了，手上还紧紧地捏着那只小篮呢……"

而柳妈则"负责"交代的祥林嫂的另一桩不幸："柳妈打皱的脸也笑起来，使她蹙缩得像一个核桃，干枯的小眼睛一看祥林嫂的额角，又盯住她的眼。祥林嫂似乎很局促了，立刻敛了笑容，旋转眼光，自去看雪花。"

"祥林嫂，你实在不合算。"柳妈诡秘地说。"再一强，或者索性撞一个死，就好了。现在呢，你和你的第二个男人过活不到两年，倒落了一件大罪名。你想，你将来到阴司去，那两个死鬼的男人还要争，你给了谁好呢？阎罗大王只好把你锯开来，分给他们。我想，这真是……"

最后，叙述人"我"来交代主人公的命运归宿：

"然而她是从四叔家出去就成了乞丐的呢，还是先到卫老婆子家然后再成乞丐的呢？那我可不知道。"这样的归宿肯定是不会好的。

我们设想一下，如果每个人物都正面去写，每件事都正面去写，这个小说还会那么精致吗？作者开门见山地抓住主人公对"灵魂"的质疑（其实是对命运的质疑，也是作者的质疑），写出她的万般无助，饱受欺凌的折磨，然而用别人的交代"填补"了她的不幸与所有质疑的心理。人物与人物之间并没有"故事"联系，紧扣主人公命运来写，使得小说结构严密，情感浓烈，人物突出。

所以，短篇如何剪裁，如何突出人物（主角）非常考验功力。

我们再回过头说中篇结构的另一个要点，即情节推进。

中篇一般要在一个好的故事情节中演绎，要求稳打稳扎地镶嵌好每一个故事版块。在这些故事版块中带出与主人公有关的人物。

《刺青时代》中发生了哪些主要事件呢？

1. 小拐出生。其实也就是身份交代（弃婴，被收养，有两姐姐，父亲严厉，等等）。

2. 被红旗欺负。

3. 石灰厂之战，导致小拐哥哥死亡。

4. 小拐头一次有了刺青，但成立野猪帮失败。

5. 小拐招来了董彪日复一日的追逐和报复。

6. 拜师罗乾。

7. 疯狂地追逐张文龙。

8. 与朱明打仗。

9. 红旗狱中归来。

10. 被红旗与董彪毁容。

11. 大结局。"孬种小拐羞于走到外面的香椿树街上去，渐渐地变成孤僻而古怪的幽居者。"

如此多的事件构成了一个故事版块，不断向前推进，"推"出了命运结局。

所以，我建议写中篇时，要好好地拟一个提纲，将你的：

（1）故事脉络理清楚，哪儿开始，哪儿转折，哪儿高潮，一定心中有数。写中篇不能像短篇一样，靠灵光一现，靠语感到来一时冲动，靠一个意象涌现，不深思熟虑，往往中途受阻，甚至半道夭折。

（2）人物关系理清楚，哪些人和主人公有关系，都是什么事情将他们联系在一块的，这些事安排在哪个段落（当然，我们说的是一般作者，"天才"除外哦）。

如此，一个中篇的结构才能稳固。

还有，中篇还会多少有些副线，有的有一条，有的有两条。比如这个中篇中，就有一个：锦红的恋爱（虽是短暂的，但是有用）。结尾时，"孬种小拐的两个姐姐出嫁后经常回来照顾父亲和弟弟的生活"，将这个副线与主线交织，巧妙地画了一个"圆"。

别小看这个副线，它写出了生活的广度、情感的深度，而且里面隐含着爱与亲情。这种情感才是人们值得热爱生活的理由，而不是在什么"帮派"里出人地头，作者举重若轻地带出了自己的思考和价值判断："少年们一个个从秋红身旁鱼贯而过，消失在河边的夜色中。最后一个是少年小拐，你别管我们的事，小拐气喘吁吁地把一匹布往秋红的怀里塞，然后他把通向河埠的后门反锁上，隔着门说，这匹布给锦红做嫁妆。"

而对于短篇来说，除了要紧绷主线外，非主角的人物之间尽量不要有故事，与主角发生关联的人物也不要多，一两个足矣。否则，就容易将一个本是中篇才能写出的故事和人物"压缩"在短篇里，伸展不开，形成臃肿。与之相反的是，有些作者将本来可以用一个短篇写出的故事写成了中篇。原因在于，作者对故事的"核"理解不到位，不知那个"故事核"的能量到底有多大，无端地设置了与主人公不相关的人物，无端地设置了与故事主题无关的场景，使得短篇变得稀松冗长。

一般来说，短篇是抓住一个人物，铺垫一下性格，"制造"

一个让人物境界升华的制高点，或者是表现人物命运的一个有意味的结局，即可完成（这个铺垫有可能是作者介绍式的，也可能是在情节中生发出来的）。这个制高点，这个"有意味"，不仅是情节性的，还要有作者不一般的思考在里面。

而对于中篇来说，要生活的广度（要"面"），要深度（不仅是思想深度，还要有展现生活的纵深感），这就要不同的各式人物来缔结关系，要一个又一个情节来构建故事的版块。

我想，这大概能说明中短篇之间的同与不同。

相同的地方，当然都要人物，要思想；不同的地方，是人物关系缔结与情节布局。

短篇之所以需要设定一个空间，是因为那个题材的"故事核"只能在一定范围的空间爆炸，才能产生有效的艺术感染力。那个"故事核"所生产的能量是灵光一现的，是攻其一点不及其余的。它或者围绕一个核心事件铺排渲染，最终抵达一个有意味的境地，或者将多个生活片段拼接串联，最终演绎出一声命运的怅叹。甚至，它只写一情一景带来的感喟，写一低头一回眸的韵致。但它也不是直奔阅读快感而去，总要写写沿路风光写写人间烟火的，最重要的是，它还要和其他小说一样，写出人物性格的成长，写出人物命运的波折。而留给短篇的只能是一个剧场的空间一个舞台的空间，这个"剧场"，这个"舞台"，小到可以是一间厨房一张床，小到墙上的一个斑点，小到可以是一棵树、一片叶子、一根藤。如上文所述鲁迅的短篇小说《祝福》中对人物关系的处理。

写作的意志力

写作的意志力不仅表现在写作自身的耐力、对生存压力的抵抗、对失败的不屈，更重要地体现在对生活广度和深度的发掘，在社会的横轴和历史的纵轴上找出人们最关切的问题。

人的意志是一种执意行为，目标和追求是其动力，它有着顽强的生命力。

创造性和独特性都来自于这种意志力，这种野心。

这个时代可以闹着玩的东西太多，努力摒弃纷扰，面对真实的生活，发出自己的疑问（这是对的吗？生活应该是怎么样的？），并呈现自己的理想，为社会为历史为个人心灵建一个档案，你的作品才能具有文学的意义。

足够的警觉和反省，让我们的作品变得沉甸甸，而不是轻飘飘。

任何肤浅的东西都是写作的敌人。

起点高，才能俯瞰生存的土地。

在小水洼里玩耍，是不可能看到湖泊的。

《悲惨世界》《鼠疫》《霍乱时期的爱情》《我的名字叫红》等，就是文学的湖泊、精神的巨河。

越是在物质主义时代，越要看到精神的天空。

通过作品反抗什么、抵制什么、寻找什么，如果心中没数，没有这些形而上的认识，作品最终是"皮包下的小（鲁迅）"。

意志力就是追问、探索。

"星星／那些小小的拳头／聚集着浩大的游行"（北岛）

作家就是这些星星，可能很小，但是握着拳头。

"谁是全景证人／引领号角的河流／果园的暴动"（北岛）

当然是写作者，作品就是证人。

一个大作家和普通作者有很多区别，其中最重要的一条：大作家是有意志力的，不但有洞察生活的能力，而且有洞察生活的渴望和责任感。

他要越过生活表象和现世的浮华，越过个人生活的一地鸡毛，去追求价值感。

海德格尔说：思考最深之物，爱最富生命之物，这才是好作家要做的。

如何在虚构中写出感情

我想，一是要把你打算写的素材放在你熟悉的背景中，你出生之处、你工作之所、你生活了多年的地方，一旦有好素材放进去，除了得心应手外，你能写出独特的气味，这独特的气味也是感情之一；二是要将人物在心中仔细掂量，形成眼前的画面感。你几乎熟悉到他的脚步声，他在你下笔之前已经"活了"；三是将小说中人物的诉求（对爱恨情仇的诉求等）变为你的诉求，将他变成你，你和他们是不分的。

一旦你和他们建立了感情，你就不会煞费苦心地去编离奇的不靠谱的故事，你就将深入他们的内心，去寻找表现他们感情的细节，去写微妙的有个性的心理状态。

大量的来稿中，作者和笔下人物是游离的，是有阻隔的。

感情其实是一种经验（所谓情感经验），那么这种经验一定是作者先生于心的，一定要投射到人物身上。需要说明的是，我们表现的感情是有价值取向的。

宽容、慈悲、对自由的追求、对弱者的同情、真诚的悔过等，是永远的谱世价值观。如果你的内心并不认同这些价值观，为了"崇高"去强行表现，也是不行的，你总会露出小的、狭隘的境地。

多读书，增强人文精神素养，会让你的作品境界提升。

比如泰戈尔的诗和散文，比如汪曾祺的小说和散文（汪曾祺的小说和散文的语言好，只是一个方面，更重要的是那种老知识分子所散发出的士大夫的人文精神），比如纪伯伦的散文诗……

我们说感情，归根结底说的就是爱。但如何爱，爱的要旨是什么，作为一个作家是不得不考虑的问题。我们的传统教育，是缺失爱的教育，千年以来强调的是礼，是规矩，是等级。我们的爱是建立在"服从"这一原则下的，如君民，如师生如父子，等等。我们对爱的理解，缺乏宗教般的高度。我们读苏童的《拾婴记》《西瓜船》看看，表现的是一种宗教般的情感。那种爱那种感情是没有国别没有民族之分的，也是没有阶级之分的。海子的诗之所以引起共鸣和轰动，并有一些成为经典，也是因为吸收了宗教般的情感。《面朝大海，春暖花开》这首诗流传广矣，然而谁知道它的内在精神？谁注意了其中的这一句："陌生人，我也为你祝福"？这"陌生人"就是众生，就是诗人的境界，就是杜甫的"安得广厦千万间……吾庐独破受冻死亦足"！

人文精神就是站在一定高度上，站在爱（感情）的高度上对待你的人物，将他的艰难、心境，视同如你的境遇。这不是高调，也许你在生活中做不到（做不到，也是你的艰难），但是你得有这种意识，你得给你的人物以精神上的"声援"和支持。

我们如何将感情融入人物，投射到人物身上？

除了刚才讲的"大道理"以外，我们还要将人物的优点和缺点进行"平衡"处理。你的人物恶贯满盈，毫无人性，到最后想要读者同情和宽容，你都没有办法处理得妥帖（电影《窃听风暴》，讲一个坏人最终帮助好人的故事，在前面讲了他如何坏，但是也讲了他讲义气，不忍心杀他的哥儿们，故意放哥儿们走了，要知道上级若是知道，他犯的是纵容的杀头之罪，这个情节安排就是为了平衡，让观众相信他后来变成好人是有内在逻辑的）。

你对你的人物要有足够的心理分析，才能做到理解他，从而为之设计情节。足够的心理分析，也就是体贴，就像我以前说的一个观点：爱上你的人物，这样你才能注入感情。

我们通常说的，小说是写人的，可以理解为：小说是写人的感情的，小说是有别于传记的，也有别于通俗故事的，不仅要有人，更要有人的感情。每个词语，每个情节背后都应该有作者的情感投射。

小说片羽

1. 小说只能提出问题，不能解决问题，没有结尾的结尾往往是最好的结尾。

2. 要打败"自己不会写，生活阅历不够"这些心里的魔咒，才能提高。关键是要找到学习方法。我虽然讨厌自恋，但是对写作来说，自恋比自卑要好，自卑会把自己淹死。

3. 心理活动靠人物之间的关系来展现。要通过"对手戏"呈现，心理活动在人与人的碰撞中。

4. 语言要有诗意。语言要匹配思想。当然思想也要与语言匹配。语言要体现书卷气、文化含量、飘逸美的形态。

5. 文学不是用来泄愤，小说是为了打动人，是为了美。写小说不是泄愤。要有情怀，从狭隘的思想格局中走出来。

6. 在叙述中要学会放大自己的感觉。作家写的东西是变形的，唯有感情是不变的。一定要爱上你写的人物，感情始终贯穿到人物中。

7. 作者设置的人物和环境要是自己能够把握的。

8. 陈述性语言不是文学语言，它和"零度语言"是两码事。零度也是修辞，陈述只是说明。

9. 语言要有画面感。

10. 文学语言不是说话，和口语有极大差别。必须讲究修辞……修辞要体现你的高明之处。

11. 长篇小说要历史感、现实感并重，光有故事和饱满的人物还不够，还要有其他艺术含量。

12. 传统小说多阐述已知观念，现代小说是作家对生活的思考、体验，提出诘问。我们评价一部小说具不具有现代性，更多是从精神的向度上来区分。

13. 小说中的"道德"是小说人物自己的道德，但，是作家给予的。就是说，作家通过塑造的可信的有感染力的人物表达道德观（但从不解释）。

14. 视角对了，小说的叙述才好自如展开。

15. 对短篇小说来说，交代事件不要绕太多弯子，网不能撒太大。

16. 对话要有推动情节发展的作用。对话里要让人感觉人物的表情和动作，如同戏剧。对话非高手不能为，要修炼。

17. 避免鸡汤式小说。现在的"鸡汤"实际是寓言的变种，寓言总是偏颇的，寓言的荒诞大多不具有生活逻辑，小说的荒诞要有生活逻辑的。

18. 立意要体现作家对生活的思考。不要落入儿女情长。要像张爱玲那样从儿女情长里写出人世沧桑。

19. 通过一个题材的不断书写，挖掘更多更深的东西。要把身边的事、生活的土地写透写活。

20. 小说要从有人物、有冲突、见性格的地方写起，特别是中短篇小说。

21. 作品要有引领作用。作家要把自己视为知识分子，要有知识分子的尊严，不论世俗如何评价你。

22. 书写中的美，不是赞美、是情感之美，是艺术之美，是人物挣脱困境后的洗礼之美。

23. 要让自己沉浸在文学状态。生活不易，文学很苦，所有的快乐都是苦中作乐，快乐要有代价。纯粹的快乐是谈不上什么担当的。

24. 适当读些诗歌散文，对写小说有好处。诗歌是发现，并将这种发现以最直接最生动的方式表现。小说中要有诗歌的内核。

25. 悲剧色彩更有震撼力，所以现代小说中的故事很多都是悲剧，从悲剧中引发人性的思考与社会的反思。就艺术本身而言，悲剧更有力量，更能感化与打动读者，它的尖锐与哀伤虽然读来极其痛苦，但却蕴含着化腐朽为神奇的力量，这种低沉的美感，能把悲惨化为悲壮，把哀怨化为忧伤。

26. 小说中的故事要打破常态，有冲击力，有看点，引起读者阅读的兴趣。

27. 要写自己熟悉的生活与文化，因为文化能折射一个人的行为方式，借此表达情感的差异，通过情节、细节、语言表达人物状态，将人物的心灵世界及生存状态呈现出来。阿城的《棋王》《孩子王》《树王》是他的高峰，也是当代小说的高峰。

28. 小说中故事的立意很重要，必须要有触动，有感而发才写。

29. 一个写作者要有创作的自信，要有痴迷的文学态度，有专心致志的钉钉子精神。

30. 如果不能一气呵成，写作中途出现短路，可以写几部分再串起来，强迫自己去执行。

31. 多读书、勤于思考、锻炼想象力是供给写作不竭的源泉。

32. 长篇小说要折射社会历史，需要较长的时间跨度，要写出对生活的思考、立意和体验，通过塑造不同的人物表达意图。

33. 要从琐碎的家长里短里写出人生的感慨与人生思考，要有意识地把控情节，写出深度来。

34. 现代小说要具有象征意义，要从思想上挖掘，写得有深度而有意义。要从司空见惯的题材上写出新意来。

35. 创作要形成自己的个性与风格，真正的风格是指一个作家的审美。

36. 故事的立意是什么？写作故事的动机、引起兴趣的点是什么？当你感觉故事好玩，有意思，荒诞，能触动作者，就有了写作的欲望。

37. 故事的重心落点在于作家的观点，这个重心落点往往能传达出作家的价值观。小说是有作者的思想在里面的。

38. 小说从触动你的地方入手。世态炎凉在你的内心触动，大自然的诗意触动，人与人交往产生的表达触动，小说从触动你的地方入手，并时刻准备抓住这种触动。

39. 小说中的地域文化更多地要通过人物表达情感的方式和与人共事的方式来体现。写出地域特征来，要有独特的文化含量。

40. 短篇小说不需要完整的故事情节，不要为编故事而编故事，抓住感动点，并明白立意何在。可以是板块式的，用琐碎的镜头来写，如《孔乙己》。

41. 养成坐冷板凳的习惯。强迫自己大量阅读，大量写作。不写半截文章，开了头就写完，再烂也写完。初学时理论的东西不要多看，重要的是写自己的东西。

42. 把老观点颠覆，人性与穷富无关，与中国外国无关。人性就是把所有人当成"人"写。我有一个看法：以"人"为标准做人，是最高标准。

43. 爱上你作品中的人物。把感情贯注到人物身上时，自然而然替他设想，为人物找出路。绝对的温馨是没有的，温情是想对的，快乐永远伴随着辛苦；人们付出劳动获得幸福，这个过程布满沧桑。

44. 文学的大道，藏在常识中也藏在哲理中。文学是综合的学问，是艺术之母。希望大家读读莎士比亚的作品，读读木心的《文学回忆录》。

45. 作家看书，千万不能把自己当一个普通读者，应该带着研究的精神，谁先出场、对手是谁、心理活动、人物关系、细节、对话、结构、思想等，都要细细琢磨。

46. 写一个地方骨子里的文化、气质、感情表达方式，要把内心写出来。比如王洛宾整理的《达坂城的姑娘》《在那遥远的地方》，只有在新疆那里，男女表达爱情的方式才是歌里唱的那么直接、奔放。一个地方的青年是怎么想的，与其所受地域文化有关。我们要写熟悉的生活，把人物背后的特殊的文化的东西写出来。选择能操控、特别熟悉的环境来写。阿城的"三王"，有北京的，有下放地的生活，折射文化的东西，皆是通过人物言行表达出来。我们写乡土的，写某种职业的，都要在特殊环境中围绕人物活动的场景展开，这样才有可能出彩。

47. 要把人物状态写出来，让读者心领神会。动作、情节、细节，都是为了把人物内心写出来。如盛琼《老弟的盛宴》中，哥哥为了弟弟结婚付出了许多，希望得到尊重，但却又被人们忽略。作者通过一场婚礼宴席，大量的细节性描写，将盲人的自尊和无助写得极为透彻。

48. 小说情节要有必然性，而非偶然。作者需要寻找小说中的可能性、合理性，不要把偶然性当作推进情节的动力。情节的发展是必然的，作者要做的是寻找可能性。编故事，必须要找到人性的可能，通过情节设置寻找合理性。

49. 如何活下去，是小说永恒的主题。作家对于故事，要融入自己的价值观——对善的赞美，对美心灵的讴歌，对困难的抗争。再苦再难，心底角落依然存在微光。

50. 故事的重心落在哪里，人物的命运走向哪里。这是作家的一种选择。要有"设计"意识，语言、情节、细节、意象一定是经过精心设计的。

51. 为什么有的作家高产？因为有触动、被打动、有感动。当我们有表达的欲望时，不要放弃，寻找其中的可能性，找到顺手的生活和故事来表述。故事不重要，触动你的东西才是最重要的。抓住触动的点，放大、再放大，掘到"金子"，故事大致就成形了。

52. 我们写的是不是现代小说，可从叙事方式、结构、作家态度三个方面来考量。

53. 卡尔维诺、卡夫卡在叙事方式上，逊于安徒生，但在思想上有超越。

54. 汉语文字是单音节，组合非常自由，非常容易形成音乐般的叙事节奏，我们要擅长发挥这一优势，写出腔调。

55. 现代小说的语言，同时兼备叙事、抒情、透露信息。语言再简洁，也要有画面感，有人物情，有带入感。语言一定要服从人物，与内容合拍。最厉害的作家，一定是多种风格。不论荒诞的、幽默的、抒情的，人物和内容需要什么就写到什么。

56. 人类文学发展至今，唯一不变的是情感。小说作品中要有作者对人性的体恤，如孤独的，艰难的，把这些感觉，无限放大，集中笔墨，必定感人。

57. 一个小说，有无闪光点，看几方面：故事（忌俗套）、情节（忌雷同）、人物（忌扁平）、立意（忌浅白）。只要有一个闪光点，就能打磨成不错的小说，最怕的是这些一点也没有。

58. 一定要讲究创意。要细细体会，让自己的作品和别人的有所不同。独特就是优势。哪怕是一个标题，也要别出心裁。

59. 小说，当有一个东西触动你之后，必须靠自己的想象去完成，发挥虚构能力，小说不是报告文学，要在现实里找寻，小说在作家的大脑里生成。

60. 我们每个人的人生都会有各种不幸、不快乐、不公平，我们可以通过作品去倾诉，倾诉的目的是唤起人们美好的情感，让人们对万物对"人"产生体恤。

61. 人类文学先是有诗歌的，然后才有其他，都有一种美的东西存在，这是文学的本真，讲究审美。无论写的是丑还是美，就一部作品本身来说都要达到美的效果。

62. 文学不是为了讽刺某个人，丑化某个人，把某个人打倒，虽然有的人专门做这个事情，但是成不了作家。

63. 任何一个小说，不管是长篇还是中篇，或者短篇，主题要有多义性是最好的。

64. 要通过虚构把人物形象变成艺术形象，不要受制于自己的生活。推荐看看电影《立春》，看看人家是怎么写人的。

65. 坚持每天写一点，可长可短，也就是要有意识地保持写作状态。要是你某天散步构思，一头撞树上，头上起一个大包，这就是进入写作状态了。

66. 用好自己的写作资源。你自己的职业、所处的环境、你的出生地等，可能是别人不了解的，这些都是有价值的资源，比如你是傣族人，你生活在大兴安岭，你家靠近哈萨克斯坦，对读者来说很陌生，但是对你来说确是很熟悉的。写好了，把这种先天的独特性呈现，就比写一般的题材容易引起注意。

67. 沉住气，多读书，保持每个月至少读一两篇当代小说，再读一些经典的作品，文学的影响是潜移默化的。

68. 风格就是辨识度，让你的作品有辨识度，就如歌唱家唱歌那样，用自己独特的歌喉带给人耳目一新的感觉。风格又是内在的，风格的内在隐含着作家的价值观。有人说，风格化的东西走不长，容易被模仿。其实，真正的个人风格是模仿不了的，因为那里面有作家的气质和文化修养。只有皮毛化的风格才能被模仿。内在的风格是靠一种美学观念在支撑，一种思想价值在支撑。

69. 我把取材的门道叫作"矿脉"。不但有矿藏，还有脉，脉是系统的，是成片的。作家们之所以有所谓的"文学地理"，是因为他在写作中更容易进入情境，更容易把握小说的物质部分（民风民俗、语言习性等），也更容易调动回忆。要知道，我们在写作中，小说的情境越熟写得越顺手，我们就更容易通过细节发挥想象。再从"成功"的角度说，这样还能高产。

70. 强调"矿脉",还有一个原因,就是从心理学角度讲,人的思维联想性很强,可以举一反三,可以写出系列的作品。当然,我们可以找一两块自己熟悉的生活为文学版图,在上面摸爬打滚,当你有了经验后,便可能突飞猛进。

与《儿童文学》编辑对话：
替所有写作诗歌的人自恋

小编：你的新作《如此忧伤，如此之美》和前两年的《火柴发芽》《拉魂腔》，都很好地运用了第一人称"我"这个孩童视角，你是如何做到写起孩子来不幼稚的？

王往：作为一个大人，写孩子，你得走入孩子的内心。选择"我"来讲，更容易沉入内心，沉入回忆中，以孩子的内心讲孩子的故事，我想自然而然地就真诚、真实了。当然，你提到的这几篇，都用第一人称也是个巧合。人称的选择决定小说人物的视角，选择什么人称都得根据表达的内容决定。

孩子未必就幼稚，他们的内心世界往往比成人更丰富，对情感，对社会的认识，他们其实都有自己的看法。而且，他们有更丰富的想象。贴近他们，首先要忠实于自己的内心：那就是让自己回到孩子状态，回到记忆中的童年。

但作为作家，有表达的优势，我在语言上花了功夫，我要找到那种具有"真理"性的语言，它们能为所有人接受。表达不能幼稚。语言通向所有人的内心。

小编：能具体说说具有"真理性"的语言吗？

王往："真理性"的语言是指在写孩子的心理和社会现象时，你得站在思想的高度上，对爱、慈悲、忧伤、善良，这些美好的情感进行解读，获得人们的共鸣；你要在书写孩子的心理与人文关怀方面有一个平衡。

小编：就语言本身而言，你的文字很有诗意，这是诗歌的写作对你的语言的锤炼吗？

王往：可能是的，我一直替所有从事诗歌的人自恋着：诗人掌握着语言的最高标准。让人能记得住的语言几乎都是来自于诗歌，或者具有强烈的诗性。

但是小说语言是叙事的，和诗歌的抒情语言功能不同，小说语言要在诗歌的抒情性和小说的叙事性之间找到一种平衡。

我又说到了平衡，是的，平衡很重要，在平衡中，写作的呼吸才是沉稳的，才能更好地表达内在激情。

小编：可不可以理解为小说的文学性和可读性？

王往：我们通常说的可读性主要是指故事情节，文学性体现在思想和语言方面，但是如果把文学的可读性引申开来说，那么好的语言也是可读性的一部分。

小编：你怎么看待故事？有人说故事不重要，语言好就可以。

王往：故事不重要？那一定是不会编故事的作家替自己圆谎。小说的起源就来自于故事，故事是小说大厦的结构，怎么不重要呢！故事是载体，文学性、文化性是故事存在的价值。文学性、文化性既是文学的灵魂，也是我们要营造的精神家园。二者不可偏颇。

小编：为何如此钟情于乡土题材的写作？

王往：我个人不太同意"乡土小说"这一说法，尽管中国有很悠久的乡土文学传统。我认为无论是什么环境背景下的故事，写的都是共通的人性。但是，"乡土题材"这个概念绕不过去。作家总是写自己熟悉的东西顺手嘛。我生于乡村，二十岁左右才离开，乡村的人物、故事、一草一木都浸入了骨血，乡土题材当然为我创作首选。

小编：你如何看待如今以微博为传播媒介的微童话？你认为需要在儿童文学领域里发展微型小说这种文体吗？

王往：以微博传播微童话，应该是好事，让更多的人了解童话，文化方面的东西越普及越好。不够智慧不够美好的微童话在微博上肯定有，但我想大人也是看了玩，不会向孩子推荐的。我觉得儿童文学领域不必刻意发展微型小说这种文体，有一些点缀就可以了。

小编：寒假到了，给《儿童文学》的小读者推荐三本书吧。

王往：薛涛的长篇《满山打鬼子》，写得有趣味。满山是东北小镇"灌水镇"的一个少年，最敬佩的人是抗联司令杨靖宇。灌水镇被日本人占领修建了车站，舅舅海川当了"汉奸"，还帮日本人抢了满山的蝈蝈笼。满山哪里能服气呢！他从此寻机找日本兵报仇，并有意无意地配合着和抗联队伍与日本兵斗争，故事精彩，充满童趣。

法国作家塞奇·布鲁梭罗的《魔眼少女佩吉·苏》。塞奇·布鲁梭罗，是当今世界读者最多、名声最大的法国小说家之一，被誉为"法国的斯蒂芬·金"，他为年轻人写了许多荒诞小说和科幻小说，这些作品独树一帜，游弋在超现实主义和幻觉之间，荣获十多项文学大奖。《魔眼少女佩吉·苏》是一个魔幻加哲理的童话故事，却引人发笑，激人梦想，让人心悸。作者以简捷明快之笔揭开序幕，为读者创造了一个妙趣横生的奇异世界，所有魔眼少女佩吉·苏不可思议、好玩、天马行空的故事一瞬间发生。

美国作家怀特的《夏洛的网》。此书在美国儿童文学史上是一再被提到的作品，主要内容是：一头小猪威伯与大灰蜘蛛夏洛同住在农场仓房的地窖中，聪明勇敢的夏洛在自己的网上编织"好猪""杰出""谦虚"等等字样，使得威伯在猪的比赛中荣获了大奖，救了他的性命。而威伯又怀着感激之情，保护了夏洛的孩子顺利诞生。这本书出版后，深受小读者的喜爱，许多成年人也爱读，在欧美经典之地位足堪媲美《小王子》。这部作品改编的同名动画电影也大受欢迎，不可不看哦。

《夕阳山外山》创作谈：没有青春，幸有河流

　　小区后有一条河。这条河至今没有统一的名字，老百姓叫它废黄河，官方的路标上写作古黄河，还有人叫它古淮河。这说明它没有名气。但这是我喜欢的河，只要没有特殊事情我每天都会到河边走一走，如果出差回来，我的第一件事就会奔河边而去。

　　记得那年秋天从广东回淮安工作，入职不久后的一个周末去了城郊的桃花坞，穿过桃林来到河边时，我突然想起老家的村庄就在三十多公里的下游。看着缓缓而流的水，嗅着花花草草的气味，我猛然地实实在在地感觉自己回家了。那一刻，眼睛湿润，既幸福又酸楚。后来我在一首诗中写道：我将有不竭的河流 / 获得流水孕育的诗 / 获得诗歌传承的流

281

水／我将被她们／重新塑造／……

　　我为什么要说"重新塑造"呢？少年时，我就为生计奔波，整个青春期我都东奔西跑，南京、上海、郑州、广州、北京……其他中小城市不计其数，我的青春里一直响着铁轨的声音。多年以来我从事的工作都与文字、杂志、编辑有关，它们没有给我带来物质上的富有，也没有给我带来名声的光环，除了奉献除了忍受除了疲惫我到底收获了什么？文学视野的扩大？人生经验的历练？世态炎凉的体察？从写作角度讲，也许都有吧，也许应该像有些作家说的要"感谢生活"。但我说不出这样的话，我不知道是自卑还是伤悲。作为一个少年时就酷爱阅读并立志献身文学的人，几十年来籍籍无名，我把自己归于失败者。在那些漂泊的日子里，每换一个城市一个工作，我都要很长时间才能进入写作状态，而不在写作状态时我有严重的写作焦虑，我怕自己失败，怕一事无成。我要熟悉周围，要习惯某种气味，让自己处于一种恒定的安全的状态，才能调动激情。可是生活与我的内心经常发生冲突，在异乡的日子永远有一种漂泊感，让我产生了逃离的想法。我梦想着返回故乡，有个安定环境，重新感受长大成人的地方，让我的作品接上地气充满灵性。

　　一转眼，回江苏已经十年，我仍然没有什么作为，仍然时有孤独时有纠结。但是总体上来说幸福感还是多了许多。在故乡的河边，我总是灵感不断，我的诗集《梦境与笔记》《不竭之水》的几乎所有灵感都来自于河流。几个比较好的小说也都是在河边散步构思而成的。现在的我，在做好本职工作的同时，带几个学生，指导他们创作，于人于己都有好处。对于我来说，成名成家已经不重要了，保持对文学的感觉，保持对生活的一份爱就足以让我活下去。"值得书写的总是忘记言辞／值得活着的是这河畔烟霞"，这两句在河边写的诗是我这些年的心态写照。

《平原诗意》创作谈：就这样写了

　　我偏爱北方的音乐，比如西藏音乐里的苍凉高远，蒙古音乐里的辽阔深沉。第一次听腾格尔《父亲的草原 母亲的河》，我就像歌词中说的一样"泪落如雨"。后来我又听了多个版本，乌兰托娅、降央卓玛、布仁巴雅尔、呼斯愣、斯琴格日勒……作为诗人，席慕荣一生有这首诗便可言灿烂，足以自豪，它将永远传唱。

　　在马头琴的伴奏声中，我的思绪会飞得很远。我会想到自己的家乡——苏北平原，没有山和石头的平原，没有马匹和马头琴的平原。但是有河流，纵横奔流，如同我摆不脱的无尽忧伤。我会想到父母，想到我生活过的村庄。我的心里也有一首歌，要写平原，写父亲的平原母亲的河。当初写

"平原诗意"系列的动因，就是这样。在故事情节部分，它当然有虚构的痕迹，但是其间复杂的感情，是真实的，说它是我的情感自传，也不为过。

我东奔西走，堕落过，打拼过，伤心过，得意过，始终没有带给父母和家人幸福，更谈不上对生养我的平原有何奉献。那么，我写这些，是报答？是救赎？还是忏悔？不，一个也谈不上，这些词语都太重了，太高尚了，我的这些文字是担当不起的，无论是其审美价值还是思想质地——尽管我力求做到最好。我不是一个好作家，担当不了过多的沉重、过分的高贵。我写的只是忧伤，只是美好的或痛苦的回忆。如果这些文字能够说到其他人的共同经验，引发别人的一些感慨，带着他人一同去回忆，我觉得就已经够了，自足了。

所谓诗意，我的理解是一种个人经验在文字中的升华，它最终要通过修辞、节奏等等艺术手法才能呈现。诗，无法定义；意，也靠心领神会。自然赋予众生以本真的诗意，而如何诗意地生活，与人的精神境界、人的格局气象大有关系。现实无时无刻不在摧残诗意，保持诗意生活的方式只能依我们心境的修炼，而对于文学来说，它更多地体现在我们心智的反刍、对"无邪"的追索，它是一种可以呈现于自己与别人眼前的梦境。

"平原诗意"系列已经写了数十篇。说实话，写得很累。因为我这种写法比较冒险，也有一定难度。我淡化了故事，故事只服务于情绪和氛围，是写意的。而在描写的事物上却用了工笔，精雕细琢，几近卖弄才华，犯了叙述之忌。原因是我想更自由地去表达，也想探索一下多种文体交织的叙事边界。有一点儿诗的抒情，有一点儿散文的思索，有一点儿笔记小说的意趣，好像什么都要融进去一些，什么都有，又好像什么都不是。结合，混合，融合，叙事的边界在哪儿，怎么把握怎么控制，这就是冒险、挑战。说白了，若有人问我这写的是啥，还真不好回答。但我就这样写了，也不是不可以吧？到底好不好，我也不敢说，因为我还在探路。